LA BRÉSILIENNE

ILLUSTRÉ PAR UZÈS
GRAVURES DE HAUGER

LA
BRÉSILIENNE

PAR

A. MATTHEY

* * *

PARIS

PÉRINET, ÉDITEUR

10, RUE DU CROISSANT

1879

CLICHY. — Imprimerie PAUL DUPONT, 12, rue du Bac-d'Asnières. 1146. 9.79

A PAUL MEURICE.

—

MON CHER AMI,

S'il fallait que « La Brésilienne » confessât tout ce qu'elle doit aux conseils d'un maître, à l'aide fraternelle d'un ami, les quelques lignes d'une dédicace n'y suffiraient pas.

Que votre nom y soit, du moins, en tête ; — c'est sa place.

Je vous savais un esprit ; — vous m'avez prouvé que vous étiez un cœur, — ce qui est plus rare.

Alors que la tempête brisait, comme des fils, les liens qui unissaient les plus intimes, vous avez ouvert les bras à l'Absent. Vous l'avez consolé de votre estime, soutenu de votre sympathie, — estime et sympathie qui seraient un honneur pour les meilleurs et les plus grands, qui, pour moi, furent en plus la force et le salut.

En perdant tout, je vous ai trouvé. — Vous m'avez appris à vous connaître tout entier.

Aujourd'hui, pour vous en remercier et m'en montrer digne, je ne puis que le constater.

Acceptez donc ce témoignage public de mon dévouement absolu et de ma profonde reconnaissance.

A. MATTHEY.

San-Remo, 15 mai 1877.

voyer avec leur adresse, à M. Périnet, 10, rue du Croissant, 5 francs en mandat-poste ou en timbres-poste.

Les abonnés de *la Revanche de Clodion*, illustrée, qui ont envoyé 6 francs à l'éditeur, n'auront qu'à ajouter *quatre francs* pour recevoir les cinquante livraisons de *la Brési-lienne*.

Clichy. — Imp. Paul DUPONT, 12, rue du Bac-d'Asnières. 538.5.79.

D'après les demandes nombreuses qui lui ont été adressées, l'éditeur de *la Revanche de Clodion*, illustrée, s'est cru devoir être obligé de publier une édition d'un nouveau roman, édité en livraisons illustrées par les meilleurs artistes, et qui a pour titre : *la Brésilienne*.

L'attente du public ne sera pas déçue, et cet ouvrage, qui fait suite à *la Revanche de Clodion*, sera apprécié comme il le mérite.

Il formera un fort volume composé de cinquante livraisons à 10 centimes. Il paraîtra deux livraisons par semaine, — une série tous les quinze jours.

Nous sommes certain que les lecteurs de *la Revanche de Clodion*, illustrée, voudront prendre également *la Brésilienne* qui en sera le pendant. — Ces deux ouvrages sont du même auteur : A. Matthey.

Les lecteurs de *la Revanche de Clodion* trouveront le titre de cet ouvrage encarté dans la deuxième livraison de *la Brésilienne*.

Nous croyons devoir prédire à ce dernier ouvrage un succès comme il le mérite, et nous sommes sûr d'avance qu'il sera lu avec autant d'avidité que *la Revanche de Clodion*.

Ce dernier ouvrage est assez connu d'ailleurs pour que nous n'ayons pas ici à en faire un éloge. — Quant à *la Brésilienne*, l'auteur y a consacré tout son talent habituel.

Ces deux ouvrages, également remarquables, formeront deux beaux livres que chacun voudra posséder dans sa bibliothèque. —Indépendamment de la verve et de l'esprit fin de l'auteur, le luxe typographique viendra encore ajouter au succès.

Les personnes qui ont déjà lu *la Revanche de Clodion*, illustrée, liront certainement avec plaisir le roman qui l'accompagne : *la Brésilienne*.

Ce serait superflu, croyons-nous, d'ajouter encore une fois que ces deux romans à sensation sont d'un intérêt tout palpitant à l'époque que nous traversons.

Nos lecteurs, d'ailleurs, seront les meilleurs juges, et il est évident que l'accueil favorable fait par eux au premier de nos ouvrages : *la Revanche de Clodion*, sera reporté sur le second : *la Brésilienne*.

Nous croyons donc pouvoir compter sur un succès complet, et nous pouvons affirmer à nos lecteurs que rien ne sera négligé pour mener à bonne fin cette entreprise.

Les personnes qui désireraient recevoir *franco*, **à domicile, les livraisons au fur et à mesure de leur apparition, sont priées d'en-**

LA
BRÉSILIENNE

PAR

A. MATTHEY

PROLOGUE

Le drame que nous allons raconter, bien que étrange et terrible dans beaucoup de ses détails, n'a eu qu'un faible retentissement. Le public n'en a jamais connu les péripéties vraies. Il n'a vu que le dénouement, auquel il n'a rien compris.

Quelques personnes ont supposé, deviné une partie de la vérité, mais en petit nombre, et elles se sont tues d'ailleurs, ne pouvant apporter aucune preuve à l'appui de leur opinion.

On causa pendant vingt-quatre heures de la catastrophe inattendue qui frappait une grande famille, puis on pensa à autre chose.

Il n'en pouvait être différemment. Les acteurs du drame étaient trop haut placés et avaient trop d'intérêt à étouffer l'affaire, pour qu'elle ne restât pas à peu près secrète.

En voici, aujourd'hui, le récit complet.

I

L'HÔTEL DE SERGY

Le comte de Sergy occupait, en octobre 1863, l'un des plus beaux hôtels du faubourg Saint-Honoré. Cet hôtel avait pour façade sur la rue une immense porte cochère, derrière laquelle on apercevait, au fond d'une cour large et soigneusement sablée, le perron élégant et les hautes fenêtres du bâtiment d'habitation, élevé de deux étages seulement. Au-dessus du toit on distinguait, dénudées par les approches de l'hiver, les branches supérieures de quelques arbres. En effet, la partie de l'hôtel qui regarde du côté des Champs-Élysées donnait sur un assez grand jardin, plein d'ombre, de fraîcheur et de senteurs, à la belle saison. Ce jardin s'étendait jusqu'à l'avenue des Champs-Élysées, où il se terminait par une grille, ouvrage remarquable de serrurerie moderne.

M. le comte de Sergy était un homme important et riche, décoré de tous les cordons et de tous les aigles, bicéphales ou non, que produit l'Europe monarchique. Sa noblesse était d'ailleurs tout à fait ancienne et authentique.

Bien qu'il appartînt à l'opinion légitimiste par sa naissance, il était de ces grands cœurs qui ne refusent jamais de servir la France sous tous les gouvernements, dans les hauts emplois largement rétribués.

Sous Louis-Philippe, député agréable, il allait devenir pair de France de la branche cadette, comme son père l'avait été de la branche aînée, quand éclata la révolution de 1848. Ne reconnaissant plus la France dans le gouvernement provisoire, il ne fit point partie de l'Assemblée qui constitua la République, mais il se laissa élire à la Législative.

Le coup d'État l'ayant d'abord fourré en prison, M. de Sergy s'éloigna du second empire, qui ne lui offrait rien du tout. En voyant cependant à l'œuvre le nouveau souverain, il comprit vite que le prince expéditif qui nettoyait si bien la France de tout esprit de liberté, de toute institution démocratique, représentait à son tour la

France. Il brigua pour la troisième fois la confiance des électeurs. Une bonne candidature officielle en Normandie, où madame de Sergy possédait le château d'Estourville, lui valut un siège au Corps législatif, avec l'espoir justifié d'obtenir, un jour ou l'autre, une ambassade, ou même un ministère.

A l'époque où nous avons l'honneur de le rencontrer, M. de Sergy pouvait avoir soixante ans, mais il ne les paraissait pas. Les gens de sa sorte vivent vieux ; ces conservateurs se conservent étonnamment ! ce qui provient évidemment de la solidité imperturbable de leur conscience.

Le rez-de-chaussée de l'hôtel de Sergy était occupé par les pièces de réception et d'apparat. Deux appartements, séparés par une vaste antichambre, composaient le premier étage : à droite l'appartement du comte, et à gauche l'appartement de la comtesse et de sa fille ; car M. de Sergy était époux et père.

Au second étage, l'appartement principal était occupé par une jeune parente, cousine de madame de Sergy, née au Brésil, pauvre, orpheline, et recueillie six ans auparavant par la comtesse, qui avait cru de son devoir de ne point l'abandonner. On l'appelait dans la maison mademoiselle Balda.

Cet étage avait également contenu le logement du fils aîné de la maison, Lucien, absent depuis plusieurs années.

Il était environ huit heures du soir. La journée avait été une de ces journées de l'automne parisien, humides et sombres, dont la lumière indécise s'étend sur la ville maussade comme un linceul gris. Avec la nuit, avait commencé une pluie glacée, menue et monotone. Seulement, — rien n'existe que par contraste ou comparaison, — ce temps âpre et lugubre au dehors ne faisait paraître que plus doux et plus chaud le confortable et luxueux intérieur de l'hôtel de Sergy, et surtout, dans son grand goût et dans son élégant ameublement, le salon particulier de l'appartement de la comtesse.

Un vieux domestique était en train d'activer le feu dans la cheminée de ce salon, quand une jeune femme de chambre entra, portant de ses deux mains une grande lampe allumée, en porcelaine de Sèvres bleu de roi, adoucie par un abat-jour et par un globe dépoli. Elle posa cette lampe sur un guéridon, auprès d'un vaste fauteuil de

velours, large et profond, dont la vue attristait sans qu'on sût pourquoi, et faisait rêver de larmes et de maladie.

— Comment va madame la comtesse, ce soir, mademoiselle Julie?
demanda le vieux domestique.

— Pas trop bien, monsieur Germain ; madame est toujours d'une
faiblesse !...

— Madame doit être pourtant bien contente aujourd'hui?

— Ah! vous savez donc la grande nouvelle, monsieur Germain?
Qui a pu vous dire...

— Eh! c'est mademoiselle Lucie. Je suis un vieux serviteur,
voyez-vous, et elle n'a pas de secret pour moi, cette chère enfant.

— Eh bien, oui, M. Lucien est en route pour revenir ; madame
a reçu ce matin la lettre qui le lui annonce. Mais, avec sa maladie de
cœur, les émotions, même de joie, ne sont pas bonnes. Ainsi, madame, malgré sa potion, n'a pas pu dormir, dans la journée, les
deux heures, qui, avec deux heures de nuit, sont tout son sommeil.

— Oui, madame est délicate, mais elle est nerveuse, elle résiste.
Et elle résistera longtemps ; vous verrez.

— Possible! mais alors, ce serait à une condition qui, dans
l'état des choses, n'est malheureusement pas facile à remplir, — à
la condition qu'on la ménage, qu'on lui épargne toute secousse...

— Oh! quand M. Lucien sera là, le bonheur continu la sauvera,
j'en suis sûr.

— Dites donc, monsieur Germain, il y a dans la maison une
autre personne qui sera moins heureuse de ce retour.

— Mademoiselle Balda! je crois bien! C'est à cause d'elle que
M. Lucien a été obligé de partir, il y a trois ans.

— Ah! c'est donc vrai ?

— Oui, et c'est malgré elle qu'il revient, j'en réponds !

— Malgré son père aussi, peut-être ?

— Je n'en sais rien. En tout cas, M. Lucien a vingt et un ans à
présent. Il est majeur, et si mademoiselle Balda...

— Chut! c'est elle! dit vivement la femme de chambre.

En effet, la porte venait de s'ouvrir doucement; Balda était entrée
dans le salon sans bruit.

— Lucie n'est pas là ? demanda-t-elle.

— Non, mademoiselle, dit sèchement Julie, en appuyant d'une façon particulière sur le mot *mademoiselle*.

— Savez-vous si elle est dans sa chambre?

— Non, mademoiselle.

— Madame de Sergy est-elle visible?

— Non, mademoiselle. — Madame n'a pas dormi dans la journée; elle essaye de reposer, et m'a défendu de la déranger. Elle ne recevra pas ce soir.

— Elle n'est pas plus malade? demanda Balda avec une certaine vivacité.

— Nous espérons bien que non! dit la servante.

— Nous l'espérons tous! ajouta Germain.

— C'est bien, répondit froidement Balda. La consigne n'est point pour les personnes de la famille. Je l'attendrai ici.

— Mais... dit Julie intimidée de son accent.

— Vous pouvez vous retirer, reprit Balda.

Sur ce mot, la femme de chambre se redressa, et, se tournant vers Germain :

— Monsieur Germain, lui dit-elle, votre service vous appelle sans doute auprès de M. le comte. Moi, je suis au service de madame la comtesse, et j'attends ses ordres.

— Bien répondu! grommela Germain, et il se retira.

Mais Balda n'avait même pas paru entendre la femme de chambre. Elle s'était approchée de la cheminée, et chauffait successivement à la flamme le bout de ses petits pieds.

II

LES DEUX FEMMES

Balda était plutôt petite que grande. Sa taille, bien prise et mignonne, et ses formes délicates, lui donnaient toute l'apparence d'une jeune fille, bien qu'elle ne fût plus déjà de la première jeunesse. Elle avait vingt-sept ans, et elle en paraissait dix-sept.

Sa physionomie frappait tout d'abord, sans que l'on pût juger si elle était jolie. Il fallait s'y habituer, s'y faire, se laisser pénétrer; et alors, on comprenait que, sous cette apparence inoffensive et ingénue, il se dégageait de cette femme une sorte d'attrait puissant, d'autant plus redoutable et irrésistible que rien ne vous mettait en garde, et qu'à l'instant où vous le perceviez, il avait déjà accompli son œuvre d'envahissement et de conquête.

La tête était petite, développée dans la partie supérieure, renflée aux tempes, et allait en diminuant des pommettes à l'extrémité du menton. Le front, assez grand et bombé, dominait deux yeux bleus, mais d'un bleu intense, qui n'avait rien de commun avec les diverses nuances où il se rapproche insensiblement soit du gris, soit du vert; c'était du bleu — bleu. Immenses, longs, bien fendus, on ne voyait que ces yeux dans toute la figure, bien que le regard manquât généralement de vivacité et parût plutôt concentré; singulier regard, qui fait dire des gens qui le possèdent, qu'ils « regardent en dedans! » La fixité en devenait parfois inquiétante pour celui qui le rencontrait tout à coup.

Cependant ces yeux étranges et magnifiques savaient s'animer à l'occasion. Ils pouvaient devenir terribles sous l'empire d'une passion violente. Habituellement, les longs cils châtains qui les ombrageaient leur donnaient une grande douceur; et leur expression semblait celle de la candeur un peu étonnée et interrogative des vierges.

Les sourcils minces et foncés, les cheveux abondants, fins, à reflets dorés, relevés sur les tempes, achevaient d'éclaircir et de mettre en relief cette partie de la figure.

Le bas, moins développé, était gracieux et, pour ainsi dire, enfantin; le nez, petit, avait les narines mobiles. Petite aussi était la bouche avec des lèvres un peu trop minces; petit le menton; petites les oreilles finement modelées.

Le teint, généralement pâle, et pâlissant encore au choc de la moindre émotion, donnait quelque chose d'intéressant à cet ensemble, qui, une fois entrevu, vous occupait comme une vivante énigme.

Pour M. de Sergy, et pour la plupart des hommes, c'était une tête angélique.

Une jeune femme de chambre entra, portant de ses deux mains une grande
lampe allumée. — Page 5.

Les femmes, au contraire, y démêlaient un air de fausseté et de
ruse, et déclaraient « qu'il n'y a pire eau que l'eau qui dort. »

2

S'il est vrai que presque tous les êtres humains ont primordialement quelque chose d'un animal quelconque, Balda, avec son air doux, innocent et endormi, devait tenir de la chatte, ce diminutif de la tigresse.

Le costume de Balda, simple et modeste comme sa personne, semblait calculé pour n'éveiller aucune attention ; mais, admirablement proportionné à ses formes, il en faisait ressortir l'aspect juvénile et la gracilité presque enfantine.

Elle portait une sorte de robe de chambre, dont le corsage n'était point ajusté, mais qui s'amincissait à la taille sans la presser, suivait les contours des hanches, tombait droite sur le devant et les côtés, et s'allongeait par derrière en deux gros plis souples. Cela moulait discrètement le corps, et le faisait voir, en paraissant seulement le faire deviner.

Cette robe gris clair, faiblement échancrée en cœur au cou, pour en détacher les attaches élégantes, n'avait d'autre ornement que des revers et des parements, du bleu des yeux. Des manches, demi-plates, et dessinant le bras, sortait une main toute petite, blanche, souple, ni maigre ni grasse, et terminée par des ongles transparents.

Pas un bijou ; pas même des boucles d'oreilles ; pas un ruban ; rien dans les cheveux.

Quand Germain fut sorti, il régna, pendant quelques minutes, dans le salon, un silence profond, interrompu seulement par le pétillement joyeux des tisons.

La femme de chambre, pour se donner une contenance, affectait de mettre un peu d'ordre sur la table, encombrée de divers objets laissés là par Lucie. Balda, debout devant la cheminée, tournait le dos à Julie, qui l'observait en dessous.

La pendule sonna la demie de huit heures. Puis on entendit un léger bruit dans la chambre à coucher de madame de Sergy.

Julie se dirigea vivement vers la porte de communication, tandis que Balda se retournait lentement, de façon à voir de face la personne qui allait entrer.

Sa figure était parfaitement calme ; seulement un observateur eût remarqué que la pâleur ordinaire de son teint avait un peu augmenté.

La porte s'ouvrit au moment où Julie mettait la main sur le bouton.

Madame de Sergy parut.

C'était une femme grande et maigre, que sa maigreur faisait paraître plus grande. Elle avait les joues creuses, les traits allongés et réguliers. Ses yeux noirs, et entourés d'un large cercle dessiné par la maladie et le chagrin, brillaient d'un éclat fiévreux. Sa figure avait de la distinction, et avait dû avoir de la beauté ; une beauté aristocratique, trop régulière et quelque peu froide. Mais la souffrance physique et morale, avait imprimé sa trace sur chaque ligne, adoucissant et flétrissant ce qu'elle touchait.

Tout, chez elle, indiquait la surexcitation nerveuse et l'exaltation maladive ; rien ne marquait la volonté ferme qui ne plie pas.

On devinait, à la voir, que cette femme, d'abord choyée par la vie, avait été surprise par la lutte et la douleur sans y être préparée, et n'avait su ni prendre le dessus avec résolution, ni céder avec résignation.

Ce qui frappait en elle, à première vue, c'était la dignité tempérée par la bonté, et la bonté dévoyée, exaspérée par quelque profonde commotion. C'était assurément là une nature altière à l'extérieur, timide au fond ; à la fois faible et passionnée.

La comtesse était vêtue de noir, et comme en deuil.

Ses gestes avaient ce caractère saccadé, exagéré, propre à certaines maladies qui troublent la circulation, et, par là, ébranlent le système nerveux.

Ses cheveux, jadis noirs comme le jais, à présent semés de fils d'argent, descendaient en bandeaux plats sur les joues, dont on pouvait suivre l'ossature, des pommettes à la mâchoire.

Bien qu'elle n'eût que quarante-deux ans, elle paraissait avoir largement dix ans de plus. Cependant elle avait encore d'admirables dents, qui étonnaient entre ses lèvres décolorées et crispées par une expression d'amertume.

En apercèvant Balda, madame de Sergy s'arrêta brusquement, et presque pliant sur elle-même, comme sous un choc électrique. Un nuage de sang monta à son visage, puis disparut faisant place à une pâleur mortelle.

III

LA LUTTE

Ce fut d'une voix entrecoupée par les secousses d'une palpitation évidente que madame de Sergy dit à Julie, qui lui offrait avec empressement le bras pour la conduire au fauteuil, près de la table ronde :

— Je vous avais dit qu'aujourd'hui je n'y étais pour personne, si ce n'est pour ma fille.

— J'ai fait savoir votre volonté, madame, répondit Julie à demi-voix, mais de façon à être entendue de Balda ; on n'a pas voulu comprendre... et j'aurais craint... en insistant...

Madame de Sergy, comme si elle regrettait d'avoir trop laissé voir les sentiments que lui inspirait la présence inattendue de Balda, interrompit vivement Julie, pour dire, en s'asseyant, à la femme de chambre, d'une voix plus douce et qu'elle cherchait à rendre indifférente :

— Merci, mon enfant. Laissez-moi.

Julie salua sa maîtresse avec un respect qui n'était pas affecté, et, passant devant Balda sans la regarder, sortit de l'appartement.

Il y eut un moment de silence. Ces deux femmes en présence savaient ou sentaient clairement qu'une lutte allait s'engager entre elles.

Madame de Sergy posa sur la table sa longue main diaphane et couleur de vieil ivoire, redressa la tête, et envisageant Balda en face, lui dit d'une voix sourde :

— Que me voulez-vous ?

Balda, qui était restée près de la cheminée, supporta ce coup d'œil hautain sans sourciller. Elle demeura ainsi sans bouger jusqu'à la fin, arrêtant imperturbablement son œil froid sur la comtesse ; et rien n'était insolent et insupportable comme cette attitude immobile et ce regard fixe.

Elle reprit, lentement, avec un calme suprême et une douceur indifférente, comme si elle n'avait rien vu, rien entendu, rien compris :

— Je cherchais Lucie. Je venais lui offrir mes soins. Vous savez, madame, que Lucie est attendue chez madame de Solanges, à une soirée de jeunes filles où mademoiselle de Solanges réunit quelques amies de pension. Me trouvant chez vous, — contre mon habitude, — j'aurais cru peu convenable de me retirer sans vous présenter mes respects et m'informer de l'état de votre santé.

— Rassurez-vous, dit amèrement madame de Sergy, ma santé est aussi mauvaise que possible.

Balda ne parut toujours pas entendre.

— Je voulais également vous féliciter sur le bonheur qui vous arrive.

Madame de Sergy se souleva à demi ; ses yeux lancèrent un éclair.

— De quel bonheur parlez-vous ? dit-elle, d'une voix presque menaçante.

— Je parle du prochain retour de M. Lucien, répliqua Balda, toujours impassible, et dont la voix devenait plus douce à mesure que celle de madame de Sergy s'élevait et s'animait.

Madame de Sergy pâlit, se leva brusquement tout d'une pièce :

— Assez ! s'écria-t-elle, avec un geste d'une violence inouïe, assez ! S'il est un nom que vous ne deviez jamais prononcer devant moi, c'est celui de Lucien, du fils qui, à cause de vous, a dû quitter la maison paternelle, où il ne pouvait voir de sang-froid votre triomphe et ma douleur ! Il y avait trois êtres que j'aimais : mon mari, mon fils et ma fille. Vous avez chassé mon fils... Et vous osez me féliciter de son retour prochain ! L'impudeur a ses bornes. Jouissez de mes larmes, je vous le permets ; mais n'essayez pas d'empoisonner mes joies, je vous le défends.

Balda ne perdit rien de son impassibilité apparente, en écoutant ces paroles passionnées et l'accent de mépris altier avec lequel elles étaient prononcées. Si sa pâleur augmenta et si un léger frémissement agita ses narines, la comtesse, dans la pénombre, ne put s'en apercevoir ; seulement les grands yeux de Balda fixés sur elle lui parurent s'agrandir encore.

Balda laissa passer un temps ; puis, de la même voix impitoyablement douce et calme, elle reprit :

— Enfin, madame, reçue ici par vos domestiques, j'ai voulu rester pour me plaindre d'eux directement à vous, et pour vous dire

que si j'étais méchante, c'est à M. le comte de Sergy que je dénon-
cerais leur insolence.

C'était trop ! Étaler et vanter devant la comtesse la toute-puis-
sance qu'elle exerçait sur son mari, n'était-ce pas délibérément vouloir la défier, l'exaspérer, la pousser à bout ? Madame de Sergy le
comprit ; mais tout ce qu'elle put faire, ce fut de prendre assez sur
elle-même pour imposer à sa colère la dignité et lui interdire la violence ; seulement, cet effort allait lui coûter plus que la violence
même.

Elle se dressa debout, et, s'avançant vers Balda, dans sa longue
robe noire, qui flottait sur son corps amaigri comme de grandes
ailes repliées :

— Mademoiselle, dit-elle, vous avez tout pris ici, et je vous ai
laissé tout, par respect pour le nom du père de mes enfants, et pour
sauver l'honneur, ne pouvant plus sauver le bonheur. Du naufrage
de ma vie, je n'ai réservé que deux choses, mais auxquelles vous ne
toucherez pas : — un sentiment, mes joies ou mes douleurs mater-
nelles ; — et un asile, cet appartement, où le respect de moi-même,
à défaut de la maladie, m'aurait clouée. En passant le seuil de cette
porte, vous êtes chez moi. Le reste vous appartient. Allez !

Balda l'avait écoutée avec une sorte d'avidité ; on eût dit qu'elle
était venue chercher ces malédictions et provoquer ces insultes.

La comtesse avait évidemment dépassé la mesure de ses forces ;
mais, par un prodige de volonté, elle se tenait debout, la main étendue, montrant à Balda la porte. Balda, loin de paraître écrasée par
cet héroïque et suprême effort d'une âme outragée, semblait vouloir
plutôt le prolonger comme quelque chose qu'on admire. Il était
visible que, dès qu'elle serait dehors, ou seulement dès qu'elle n'aurait plus les yeux sur la comtesse, sa vaillante rivale retomberait
épuisée ; Balda ne se pressait pas de sortir, Balda soutenait de son
regard fixe le regard irrité qui pesait sur elle ; et, même en marchant
lente et silencieuse vers la porte, même en passant le front courbé
devant la comtesse, elle tournait la tête de façon à ne pas perdre
madame de Sergy un instant de vue, faisant ainsi durer un temps
mortellement long leur mutuel supplice.

Et quand enfin la porte se referma sur elle, ce n'était pas l'humiliation qui se peignait sur son visage pâle, c'était plutôt le triomphe; et un sourire étrange desserrait ses lèvres minces.

Mais ce ne fut que l'affaire d'un instant, elle composa tout de suite son visage, et, traversant l'antichambre, alla frapper un coup discret à la porte de l'appartement de M. de Sergy.

Un jeune groom, qui se tenait dans la petite pièce d'entrée, lui ouvrit.

— Demandez à M. le comte, lui dit-elle, de vouloir bien venir me parler un moment.

— Mademoiselle n'y va pas elle-même?

— Je n'ai qu'un mot à lui dire. Allez.

Le groom entra dans le cabinet du comte; et presque aussitôt parut M. de Sergy, en robe de chambre, l'air surpris. Balda s'empressa de prévenir ses questions.

— Monsieur, lui dit-elle à demi-voix, je quitte madame la comtesse, à qui j'étais allée présenter mes respects et mes félicitations. Je n'ai pas besoin de vous assurer que je n'ai pas dit une parole qui ait eu l'intention de l'offenser, mais elle s'est offensée elle-même de ma démarche, et je crains de l'avoir laissée bien souffrante et bien agitée. Je vous serais infiniment obligée si vous aviez la bonté, avant d'aller à votre cercle, d'entrer chez madame la comtesse, et sans lui parler de moi, de la calmer avec quelque bonne parole.

— Mais, je n'ai pas vu ma femme depuis huit jours, dit M. de Sergy, et aujourd'hui moins que jamais cette visite...

— Monsieur, je vous en prie, interrompit Balda.

Et elle appuya ces mots : *je vous en prie*, d'un regard qui contenait à la fois une supplication si instante et une injonction si impérieuse, qu'aussitôt le comte reprit :

— Je ferai ce que vous souhaitez.

— Merci! dit Balda.

Et, s'inclinant, elle se retira.

IV

DEUXIÈME ASSAUT

Dès qu'elle avait été seule, madame de Sergy avait perdu la force factice que la passion lui avait prêtée. La réaction se fit, son corps se détendit, elle se courba en deux, ses jambes tremblèrent, et elle put à grand'peine se traîner jusqu'à son fauteuil, où elle tomba presque évanouie.

Rien de plus triste à voir, dans cet appartement somptueux, en face de ce feu joyeux, que cette pauvre créature, seule et désespérée, où la destruction avait mis son empreinte. C'est que le bonheur, comme la douleur, est tout en nous. Le monde extérieur se reflète dans l'homme; mais l'homme est un instrument d'optique qui décompose les rayons de la lumière, éloignant les uns, appelant les autres, les noyant tous parfois sous la teinte uniforme d'un deuil incurable.

Une fois tombée dans son fauteuil, madame de Sergy porta la main à son cœur avec un geste d'effroi désespéré.

— Oh! non, non, murmura-t-elle, je ne veux pas mourir maintenant! Je veux le revoir, le serrer dans mes bras, plonger mes yeux dans ses yeux, plonger mes lèvres dans ses cheveux, sentir son haleine sur mon front, sa main dans ma main, entendre sa voix!

Elle s'arrêta, haletante. La sueur perlait sur son visage; le cercle profond de ses yeux s'agrandissait et se creusait. Sous le corsage de la robe, les bonds furieux du cœur soulevaient l'étoffe.

— Non, non! s'écria-t-elle, se roidissant encore, je ne veux pas qu'il ait l'horrible surprise de me trouver mourante!

Elle se tut. La crise approchait de sa fin; l'agitation désordonnée qui secouait ce pauvre corps débile devint moins cruelle, la palpitation plus lente et plus régulière. La malade passa son mouchoir sur son front, respira un flacon, et parut reprendre possession d'elle-même.

— Oh! cette femme!... dit-elle encore sourdement.

Mais aussitôt elle secoua la tête comme pour chasser une idée importune, et, tirant vivement de sa poche une lettre froissée, et qui semblait avoir été lue et relue :

— Donne-moi de nouveau du courage, mon Lucien!

Balda. — Page 10.

Elle lut avec un sourire de joie, murmura doucement : « Dans huit jours!... Par Liverpool... Sur le *Gibraltar...* »

3

En ce moment, Julie entra après avoir frappé.

— Madame, dit-elle, M. le comte fait demander à madame la comtesse si elle veut bien le recevoir avant qu'il sorte.

— Ce soir ?... à présent ?... demanda madame de Sergy avec une sorte d'effroi.

— Mais... oui, madame.

— Oh !... mon Dieu ! Impossible ! Faites répondre à M. le comte que je suis trop souffrante, trop fatiguée ; que je le prie de m'excuser ; que...

La parole expirait sur ses lèvres.

— Oui, madame a raison ! elle n'est pas assez bien pour recevoir M. le comte, dit Julie, qui marchait déjà vers la porte.

— Non... attendez ! reprit vivement la malade.

Elle pressa son front de ses deux mains ; elle réfléchit. — Son mari voulait sans doute lui parler de Lucien, de sa lettre, de son retour ; refuser de le recevoir, c'était paraître écarter et redouter ce sujet de conversation ; il venait bien assez rarement chez elle, il ne fallait pas le décourager de ces velléités d'attentions et d'égards.

— Julie, dit-elle, décidément, je me sens un peu mieux. Vous pouvez faire répondre à monsieur que je serai heureuse de le voir.

— Madame, vous êtes si faible, si pâle !...

— Faites ce que je dis, mon enfant.

— La femme de chambre sortit, en secouant la tête.

Madame de Sergy ouvrit le tiroir de sa table, y chercha un cordial que le médecin avait prescrit pour être pris, par cuillerée, après les crises et les évanouissements, et, portant le flacon à ses lèvres, en absorba coup sur coup trois gorgées. Elle approcha ensuite un miroir en marqueterie, prit un petit peigne d'écaille, et lissa ses cheveux ; puis elle tira ses manchettes, arrangea son col, disposa les plis de sa robe. Rien n'était triste et touchant comme cette toilette de mourante.

Julie ouvrit la porte, annonça : « Monsieur le comte, » et se retira.

M. de Sergy entra, tenant son pardessus et son chapeau, qu'il déposa sur une chaise, et s'avança vers sa femme d'un air aisé et avec les façons les plus parfaites.

Il lui prit la main et la baisa.

— Eh bien! ma chère Jeanne, fit-il, qu'est-ce qu'on me dit? que vous êtes aujourd'hui un peu plus *indisposée*? Je n'ai pas voulu sortir sans prendre moi-même de vos nouvelles.

— Vous êtes bien bon, mon ami, dit doucement la comtesse, je ne me sens pas plus mal.

Monsieur de Sergy s'assit près du fauteuil de sa femme.

Le comte de Sergy était un des plus beaux hommes de sa génération. Grand, bien fait, la poitrine large, la tête altière, la main et le pied remarquablement petits, il avait en tout un grand air de distinction : ce qui causait toujours une certaine sensation quand il assistait aux réunions intimes de la cour de Napoléon III, où l'on rencontrait tous les *airs* possibles, mais rarement cet air-là.

L'âge avait dégarni le front, où rayonnait l'orgueil assuré de lui-même. Le nez long, effilé du bout, tombait droit sur une bouche assez grande, aux lèvres sensuelles, dont le pli sarcastique laissait voir en se relevant une double rangée de dents parfaitement blanches.

Ce qu'il y avait de réellement beau dans cette figure, plus frappante qu'aimable, c'étaient les yeux, grands, bien fendus, gris clair, abrités sous une arcade sourcilière proéminente et abondamment fournie de poils soyeux et encore noirs. Cet œil brillant, — quand le reste de la figure s'encadrait dans la neige des cheveux et de la barbe en collier, — donnait un caractère singulier d'originalité à l'ensemble de la tête. L'expression habituelle de ces yeux était la dureté, tempérée par l'usage du monde. A certains moments même, le regard pouvait devenir caressant ; jamais doux ou bienveillant.

Ce fut avec ces caresses dans le regard que M. de Sergy parla d'abord à sa femme. Il obéissait, sans comprendre, à la volonté de Balda en lui faisant cette visite; mais son air, sa voix, ses paroles lui demandaient en quelque sorte de ne pas la rendre plus embarrassante et plus pénible.

C'est ainsi qu'en s'informant avec sollicitude de sa santé, il ne voulut entendre à aucune réponse découragée, n'admettant qu'une indisposition un peu prolongée, et se récriant contre toute espèce d'inquiétude et de doute sur un rétablissement prochain. Il était, en ce qui touchait le malaise et la souffrance des autres, d'un optimisme absolu et obstiné.

Cependant ces premières questions sur la santé furent épuisées assez vite, entre le mari et la femme, qui, habitant sous le même toit, se voyaient si rarement; et il se fit un court silence.

Madame de Sergy attendait, évidemment, qu'il lui parlât de Lucien. Ce ne pouvait être, pensait-elle, pour une autre raison qu'il lui avait demandé cet entretien. De son côté, il sentait cette attente; il eût voulu pourtant se dérober à cette périlleuse conversation; mais le pourrait-il ?

Balda avait bien su ce qu'elle faisait en les mettant ce soir-là en présence l'un de l'autre. La lettre de Lucien reçue le matin même, l'arrivée prochaine du fils exilé, cet intérêt présent et pressant, cette passion commune et différente à la fois, devaient forcément s'imposer à ce père et à cette mère se retrouvant face à face. Deux nuages chargés d'électricité peuvent-ils se rencontrer impunément ?

M. de Sergy, se redoutant lui-même, essaya néanmoins encore d'éviter ou tout au moins d'ajourner le choc; et, faisant un mouvement pour se lever :

— Je crains, dit-il, que vous ne soyez fatiguée ce soir...

— Oh! je suis toujours fatiguée..., répondit-elle. Voyant son mari hésitant, elle ajouta : Vous n'aviez sans doute pas, mon ami, à me parler seulement de moi?

— Rien cependant ne m'est plus à cœur! dit-il, comme machinalement.

Il s'arrêta. Il était visiblement troublé. La pauvre généreuse créature voulut lui venir en aide.

— Voyons, dit-elle, vous avez dû recevoir ce matin une lettre, — une lettre de Lucien, — pareille à la mienne?

— Une lettre de Lucien, c'est vrai. Pareille à la vôtre, j'en doute.

L'accent sourd dont ces paroles furent prononcées, les sourcils froncés, les lèvres serrées de M. de Sergy frappèrent sa femme d'une sorte de terreur; elle eut comme un pressentiment funeste; elle se repentit d'avoir parlé. Mais il était trop tard.

Madame de Sergy rassembla tout ce qu'il lui restait de force morale, à défaut de la force physique, et reprit, après un moment de silence :

— Je connais mon fils, et, sans avoir lu la lettre qu'il me dit vous avoir écrite, je suis sûre qu'elle ne peut être que pleine de respect pour son père.

— Le respect est dans les paroles, peut-être, dit M. de Sergy en secouant la tête, mais il n'est guère dans l'action.

— Dans quelle action?

— Eh mais! vous le savez, cette lettre de Lucien m'apprend qu'il est en route pour revenir. A-t-il daigné me consulter pour prendre cette brusque détermination, *que rien ne justifie?*

M. de Sergy appuya sur ces derniers mots.

— Il sait sa mère malade et...

— Et malheureuse, n'est-ce pas? dit avec un sourire amer M. de Sergy; et il revient pour la consoler!

— Vous ne sauriez blâmer l'affection d'un fils pour sa mère, dit la malade d'une voix presque humble.

— Non, certes; à condition, toutefois, que l'affection pour la mère ne soit pas de la rébellion contre le père.

— Oh! cela ne peut être! s'écria madame de Sergy. Elle ajouta plus timidement : — Cela n'a jamais été.

— Rebelle à ma personne, c'eût été un peu trop fort! Mais, à mon autorité, à ma volonté : Lucien a-t-il été toujours filial et docile?

La mère courbait la tête, pensive; puis, à voix basse, comme se parlant à elle-même :

— Hélas! dit-elle, j'ai pu, à Lucie, jeune fille ignorante et innocente, cacher la vérité; mais Lucien était homme...

M. de Sergy se leva avec violence.

— Et moi, je ne tolérerai jamais qu'un enfant, mon fils, se permette de contrôler mes actes et de juger ma conduite!

Madame de Sergy porta la main à son cœur d'un mouvement convulsif.

— Jacques, par grâce, murmura-t-elle, ne me tuez pas avant son retour!

M. de Sergy s'arrêta, la regarda. Un éclair de pitié succéda dans ses yeux à l'éclair de la colère. Il se contint, et ce fut d'une voix plus calme, quoiqu'il y tremblât un reste d'irritation, qu'il lui répondit en se rapprochant d'elle :

— Vous avez raison! excusez-moi, Jeanne. J'oubliais que votre santé exige des ménagements... excessifs. Mais comprenez aussi, et

faites comprendre à Lucien, je vous prie, qu'il est des choses que
ma dignité ne peut admettre.

— Lucien a eu tort! reprit vivement madame de Sergy, profitant avec hâte de cette accalmie momentanée. Oui, un fils ne doit
jamais... Mais voyons, tâchons de prévenir le retour de ces conflits,
de ces douleurs. Je ne vous demande plus aujourd'hui ce que vous
avez refusé dans le temps, ce qui eût pourtant coupé court à tout, ce
qui eût évité ces séparations, ces angoisses... Je vous avais supplié
d'éloigner de cette maison une... personne, qu'il semblait un peu
dur de garder sous le même toit que moi.

— Une personne, interrompit brusquement le comte, que vous
aviez appelée et introduite sous ce toit vous-même; votre parente à
vous, que vous vouliez chasser, jeter sur le pavé, après lui avoir fait
quitter sa patrie!

— Nous étions assez riches pour qu'elle ne manquât de rien, et
vous étiez libre de la voir ailleurs autant que vous auriez voulu.

— C'est cela, le scandale!... le déshonneur, la honte pour elle!

— Ah! il valait donc mieux le désespoir et la mort pour moi!

Ce cri échappa à la comtesse. Il surprit M. de Sergy, et, chose
étrange, parut le calmer. Sentait-il que le terrain était mauvais pour
lui? Craignait-il d'épuiser la patience de sa femme, ou, tout au moins,
sa force? Toujours est-il qu'il resta silencieux quelques secondes, et
que sa voix avait pris une intonation plus conciliante, lorsqu'il lui
dit :

— Voyons, Jeanne, vous disiez que vous ne vouliez plus toucher
à ce point délicat; à quoi bon, alors, revenir sur le passé?

Madame de Sergy, que brisaient toutes ces alternatives, reprit
d'une voix lente, avec accablement :

— Ne parlons donc du passé que pour ce qui me concerne. Il y
a trois ans, j'ai consenti au départ de Lucien pour éviter ce scandale,
que je redoutais autant que vous, pour mes enfants. Vous m'avez
demandé le sacrifice le plus cruel pour une mère, l'éloignement de
son fils. Et j'ai consenti. J'avais déjà immolé l'épouse; j'ai immolé la
mère. A votre nom, à votre réputation, j'avais déjà donné tout ce
qu'une femme peut donner. Il me restait deux enfants; on m'en a
pris un; et je n'en suis pas morte sur le coup... puisque j'en meurs
encore. Je me suis demandée quelquefois, depuis, si ce n'était pas

pousser l'abnégation jusqu'au crime, et si Dieu ne m'en punirait pas.

Madame de Sergy se leva lentement, avec la solennité que la douleur et la maladie donnent à nos moindres actions, et fixant ses yeux noirs, où brillait la fièvre, sur les yeux irrités mais domptés de son mari, avec une hardiesse qui ne lui était pas habituelle, elle ajouta d'une voix basse, suppliante, et pourtant ferme :

— Pouvais-je davantage, monsieur? Et regrettez-vous que ce soit moi qui porte votre nom, sans tache... aux yeux du monde?

M. de Sergy, quoiqu'il se roidît, se sentit ému plus profondément qu'il n'aurait voulu, et qu'il ne convenait à son orgueil de le reconnaître; car, s'émouvoir sur elle, c'était se juger, lui ; et le plaindre, c'était se condamner.

— Je ne vous accuse pas, reprit-il plus doucement, je reconnais les sacrifices dont vous parlez, bien que vous m'ayez fait souffrir beaucoup par vos tristesses, vos larmes, vos airs de victime.

— Aurait-il donc fallu supporter allègre et indifférente l'écroulement de mes illusions et de mon amour? car je vous aimais, moi ! Vous ne m'en aimeriez pas davantage et vous m'en estimeriez moins !

— Enfin, que voulez-vous de moi ? balbutia M. de Sergy, troublé par ces accents qui, à travers la triple cuirasse de sa vanité, de son égoïsme et de son entêtement, pénétraient jusqu'en lui et l'amollissaient.

— Que vous pardonniez à Lucien, que vous le receviez comme un père reçoit son fils, que vous n'exigiez pas de lui certaines condescendances... qui révolteraient sa nature fière et loyale, et qui blesseraient l'affection qu'il me porte.

Madame de Sergy venait d'être imprudente, et M. de Sergy saisit ce joint, trop heureux d'échapper, n'importe comment, au malaise qu'il éprouvait depuis quelques instants. Il avait presque failli se trouver des torts, et s'attendrir sur quelqu'un qui n'était pas lui !

Aussi ce fut avec un emportement, trop précipité pour n'être pas un peu voulu, qu'il s'écria :

— Je vous comprends! Vous désirez que j'autorise votre fils à insulter, à la journée, une jeune femme qui ne peut se défendre... sans protection...

— Sans protection ! répéta madame de Sergy avec une ironie

qui vibra aux oreilles de son mari comme une lame de poignard dans la blessure qu'elle ouvre.

Elle se reprit aussitôt, et continua d'une voix haletante et suppliante :

— Jacques, mes jours sont comptés à présent. Je le sens... je le sais! Lucien revient pour fermer mes yeux, pour que je puisse mourir dans ses bras. En échange de tout ce que vous m'avez pris, en échange de tout ce que j'ai perdu, pour tant de larmes versées dans le secret de ma solitude, je ne vous demande qu'une chose : ne me faites pas une nouvelle douleur du retour de Lucien! ne m'empoisonnez pas cette joie suprême, la dernière que je puisse goûter ici-bas! Cela, oh! cela, je vous le demande, s'il le faut, à genoux!

Et madame de Sergy se laissa tomber sur le tapis, les mains levées vers son maître.

M. de Sergy, comme beaucoup d'autres, était fort sensible aux choses extérieures. La vue de cette femme en deuil, amaigrie, mourante, à ses pieds, lui arracha un véritable cri de pitié et de honte.

Il se précipita vers elle, la releva, la fit se rasseoir dans son fauteuil.

— Jeanne! Jeanne! s'écria-t-il que faites-vous? Je ne suis pas une âme si cruelle! Pourquoi me calomnier ainsi? Que Lucien m'aime, et moi aussi je l'aimerai.

— Je vous jure d'obtenir de lui plus de raison, plus de respect, si vous le voulez; mais vous, jurez-moi que son retour ne sera pas l'occasion de nouvelles luttes, que je n'aurais pas la force de supporter.

— Je vous le jure, répondit M. de Sergy. Il ne trouvera en moi qu'un père indulgent, qui aura tout oublié.

— Merci! merci!

— Mais vous êtes bien pâle! Voulez-vous que j'appelle Julie?

— Non, non; ce ne sera rien. Les émotions, vous le savez, me fatiguent un peu; mais je vais me remettre; j'ai seulement besoin de quelques instants de repos et de solitude. Allez à vos plaisirs, moi je reste avec mon bonheur.

M. de Sergy, un peu pâle, lui aussi, s'avança vers sa femme comme pour l'embrasser sur le front; mais elle détourna tristement la tête, et lui tendit la main.

Madame de Sergy parut. — Page 11.

— Allez, lui dit-elle, merci.

M. de Sergy hésita une seconde, mais il n'osa pas insister, et

4

serra avec embarras cette main moite et glacée ; puis il se retira
le front moins haut qu'à son entrée.

Madame de Sergy, quand il fut dehors, tomba dans une sorte
d'anéantissement. Après la joie, trop forte pour elle, de la lettre de
Lucien, et les exaspérations de la lutte avec Balda, les terreurs, les
secousses, et, pour ainsi parler, les hauts et les bas de cette explication avec son mari, avaient comme achevé le pauvre corps agonisant
qui enfermait cette pauvre âme endolorie.

Elle n'était pourtant pas encore au bout de ses émotions. Dans
ce même instant, Balda disait à Lucie, qui allait partir pour le bal
avec sa gouvernante :

— Ne vous en allez pas surtout sans avoir vu votre mère.

V

LUCIE

Combien de temps madame de Sergy resta-t-elle plongée dans
une espèce de torpeur, elle ne le sut pas elle-même ; elle s'en réveilla,
en sentant sur sa main brûlante le doux baiser d'une bouche fraîche.

Elle ouvrit les yeux, et elle vit Lucie agenouillée près d'elle ; et
rien n'était charmant comme cette jeune fille, blanche et toute de
blanc vêtue, penchée sur ce long corps amaigri en habits de deuil.

Un pâle sourire effleura les lèvres de la mourante quand elle
aperçut sa fille. Elle allait donc enfin se détendre et respirer un peu !
Elle le croyait, et elle se trompait : l'âme humaine est comme un
clavier dont les sentiments sont les cordes ; tous les sentiments
venaient d'être frappés, malmenés et surexcités dans la pauvre malade, excepté peut-être ceux de l'attendrissement, qu'il aurait fallu
du moins laisser en repos ; et elle était en ce moment trop brisée et
trop épuisée pour qu'il lui fût bon même de pleurer.

— Comme tu es belle, petite coquette ! dit-elle à Lucie d'une
voix basse et douce comme un soupir.

Lucie, dans sa robe de bal, était en effet une mignonne et ravissante créature. Au premier abord, elle ne ressemblait ni à son père ni à sa mère, bien qu'à un second regard, on pût la reconnaître aisément pour leur fille. Son père et sa mère étaient grands ; elle était plutôt petite. Tous deux étaient ou avaient été bruns ; elle était blonde. Le père avait les yeux gris, la mère les yeux noirs ; elle avait les yeux bleus. La couleur de ses longs cils et de ses sourcils finement dessinés, la rapprochait seule un peu de sa mère ; quelques-uns de ses traits aussi, tels que le front élevé et le nez droit rappelaient son père ; mais la ressemblance s'arrêtait là. La bouche gracieuse et expressive, les lèvres vermeilles, le regard à la fois tendre et passionné, le menton à fossette où siégeait l'énergie, tout cela était d'elle et d'elle seule.

Au moral, les deux natures opposées de M. et de madame de Sergy s'étaient aussi comme fondues, et en même temps améliorées, dans Lucie. L'entêtement et l'égoïsme paternels étaient, chez elle, de la volonté et une personnalité indépendante et fière. La faiblesse de sa mère était devenue douceur, et son exaltation énergie.

Cependant, comme pour marquer l'empreinte indélébile de la race, Lucie, sous l'empire d'une émotion profonde, surtout inattendue, pouvait tout à coup se révéler sous un jour nouveau, où apparaîtraient alors la violence paternelle et l'exaltation maternelle. Mais c'était là, pour ainsi dire, le sous-sol de sa nature : il ne devait manifester sa présence que dans les grandes convulsions et les moments suprêmes.

Ce qui dominait en elle, dans les circonstances ordinaires de la vie, c'était une extrême dignité, et une sorte de mépris du mal et des méchants, où elle puisait parfois l'apparence de la froideur et de l'indifférence, bien que froideur et indifférence fussent absolument l'opposé de sa nature.

La vie qu'elle menait dans cet intérieur divisé, — près d'une mère triste et malade, d'un père égoïste et impitoyable, et d'une femme fausse et profondément calculée qui gouvernait sans régner, — avait contribué à la mûrir de telle sorte que, dans cette enfant de seize ans, frêle et gracieuse comme une fleur, qui ne montrait à la surface que douceur et tendresse, se formait déjà une femme froissée et-passionnée, ayant une originalité étrange, et une volonté dont elle ignorait elle-même la puissance.

On ne se doute pas assez combien les luttes et les déchirements de la famille influent sur la nature et le caractère des enfants, alors même que cela se passe sans cris et sans violence, chez des gens bien élevés, habitués à surveiller toutes leurs manifestations extérieures. De cette lutte, de cet antagonisme, il se dégage une sorte d'électricité invisible qui, pénétrant l'atmosphère ambiante, imprègne en quelque sorte ces réceptacles de sensations qu'on appelle les enfants. Ils respirent les passions, les absorbent, les assimilent avec une merveilleuse facilité, et se développent hâtifs, avant maturité, comme des fruits en serre chaude. Ajoutons que ce phénomène se produit, alors même que les enfants ignorent ce qui se passe autour d'eux, ou ne le comprennent pas.

Madame de Sergy avait pourtant, ainsi qu'elle l'avait dit à son mari, dépensé tous les efforts de sa prévoyance et de sa volonté à cacher la triste vérité à Lucie, et un de ses rares bonheurs était la conviction intime qu'elle y avait réussi.

— Comme tu es belle !... répéta-t-elle en embrassant sa fille avec une sorte de frénésie heureuse. — Tu vas chez madame de Solanges ?

— Hélas ! oui, répondit Lucie soupirant et souriant à la fois.

— Pourquoi hélas ?

— Si tu avais voulu, je serais restée ce soir auprès de toi.

— Non, non ! Tu ne restes que trop auprès de moi ; tu n'es que trop garde-malade. Je veux que tu prennes un peu de distraction et de plaisir. A ton âge, c'est un besoin. Miss Mac-Trevor, qui t'accompagne, n'est pas une gouvernante ordinaire ; elle est, par sa mère, apparentée à madame de Solanges elle-même, et tu es avec elle comme tu serais avec moi. Est-ce qu'elle n'est pas prête, que je ne la vois pas ?

— J'ai pris un peu d'avance, pour pouvoir au moins rester quelques instants près de toi. Ah ! tu as beau dire, si j'avais pu rester tout à fait, quelle bonne soirée nous aurions passée ensemble à parler de Lucien !

— Eh ! mon ange, puisque je suis heureuse, c'est le cas de m'abandonner ; je ne serai pas seule : le bonheur tient compagnie.

— C'est égal ! reprit Lucie, j'ai fait, depuis ce matin, tant de

projets, tant de rêves !... J'aurais voulu t'en parler. J'aurais voulu,
par exemple, te demander...

— Quoi donc ?

Lucie parut hésiter une seconde. Elle baissa tout à coup les yeux
et, faisant tourner, autour du doigt qu'il avait serré jadis, l'unique
anneau que portât sa mère, elle ajouta d'une voix plus basse, en
coupant ses phrases, comme si elle cherchait ses expressions :

— Pourquoi, quand mon frère sera de retour... au lieu de rester
ici, dans ces chambres si tristes... n'irions-nous pas... à la campagne?... tiens, à ton château d'Estourville, en Normandie? Tu irais
l'installer là, avec Lucien... Et mon père ne refuserait pas que j'aille
vous y rejoindre... Vois-tu comme nous serions heureux... tous les
trois !

En entendant cette proposition, en voyant l'hésitation et l'embarras de Lucie, madame de Sergy éprouva un commencement d'inquiétude. Pour la première fois, Lucie semblait établir une séparation
dans la famille, mettant d'un côté sa mère et son frère avec elle-même,
laissant de l'autre son père. Ce fut donc en essayant de lire, sur le
visage de sa fille, jusqu'où allait sa pensée, que madame de Sergy
répéta d'une voix interrogative :

— Tous les trois ?

— Oh ! mon père viendrait nous voir autant qu'il voudrait ! Tu
aurais autour de toi de l'espace, le calme, le bon air, et les deux
enfants ! Et tu ne pleurerais plus !

— La singulière idée ! murmura madame de Sergy, en observant
Lucie.

— Est-ce qu'elle n'est pas bonne?

— Mais si, excellente...

Et prenant, elle aussi, sa résolution, pour sortir du doute qui
l'obsédait, madame de Sergy plongea son regard dans celui de sa fille
et lui dit :

— Pourquoi cette idée t'est-elle venue ?

— Pourquoi ?... Mais... c'est le retour de Lucien qui m'a fait
penser... que cela vaudrait mieux ainsi.

— Tu n'as pas d'autre raison ?

Lucie rougit.

— Voyons, ma chérie, sois sincère, ne me cache rien. — Quelle est ta vraie pensée ?

— Mais, maman, tu n'ignores pas que cela serait meilleur pour toi... pour Lucien... pour mon père... pour tout le monde enfin ?

Madame de Sergy saisit la tête de Lucie dans ses deux mains, et, la forçant de la regarder :

— Que veux-tu dire ? Est-ce que?...

Lucie baissa les yeux et garda le silence.

— Enfin, reprit la mère d'une voix palpitante, depuis quand as-tu ces idées ?

— Oh ! depuis assez longtemps déjà, murmura Lucie ; tiens ! depuis que je ne te demande plus pourquoi Lucien est parti.

Une sorte d'effluve de douleur monta au front de madame Sergy, et elle fondit en larmes.

— Dieu ! s'écria Lucie désolée, je t'ai fait de la peine !... Tu m'en veux ?

Et elle se jeta au cou de sa mère.

— Non, chère fille, non ! — Mais écoute-moi, reprit-elle vivement ; il faut aimer ton père, ma fille ! le respecter, lui obéir ! — Et que jamais il ne se doute... J'ai eu des torts... J'étais trop exigeante peut-être... altière parfois... triste souvent...

Lucie lui mit doucement la main sur la bouche.

— Tais-toi ! reprit-elle. Ne l'accuse pas, je ne te croirais pas !

Madame de Sergy serra convulsivement sa fille sur son cœur, et imprima sur ce front blanc un baiser fiévreux, plein d'orgueil, d'angoisse et de joie.

En ce moment, Julie entra pour annoncer que la voiture attendait mademoiselle Lucie et sa gouvernante.

Ce fut presque un soulagement pour madame de Sergy.

— Va, va, ma chérie ! dit-elle vivement.

— Décidément, tu me renvoies ?

— Oui, ma bien-aimée ; va ! Plus que jamais j'ai besoin d'être seule.

— Et tu ne m'en veux pas ? murmura Lucie.

— Ah ! je te bénis, mon doux ange ! répondit la mère, en la couvrant de baisers et de larmes.

VI

LE DERNIER COUP

Julie, dès que Lucie fut sortie, rentra dans le salon.

— Madame a-t-elle besoin de moi ? demanda-t-elle.

La femme de chambre se rappela, et témoigna depuis, qu'elle avait vu sa maîtresse étendue dans son fauteuil et cachant ses yeux de ses deux mains.

— Non, laissez-moi, je vous sonnerai, lui répondit la comtesse d'une voix faible.

Julie se retira.

Madame de Sergy, quand elle fut seule, découvrit ses yeux et laissa lentement et silencieusement sortir ses larmes. Elle pensait :

— Ma pauvre enfant ! elle sait tout ! quelle initiation à la vie ! Ah ! décidément, est-ce que je n'ai pas été coupable en acceptant une semblable existence ? Là où je croyais faire acte d'abnégation, n'ai-je pas été simplement faible et imprudente ? N'aurait-il pas mieux valu tout briser, emmener mes enfants, seuls avec moi, loin de cette maison où régnait une autre que leur mère ?

Une voix sourde au fond du cœur de la pauvre femme répondait :
— Il est trop tard !

Et ses larmes redoublèrent.

Puis, une pensée plus affreuse encore la torturait.

— Et si je mourais ? Lucie serait donc à la discrétion de cette femme qui domine son père ? — Oh ! non, non ! je veux vivre ! répétait-elle, comme elle avait déjà fait en apprenant le retour de Lucien. Je veux vivre assez du moins pour que Lucien puisse me remplacer dans la protection de sa sœur.

Et la malade, la croyante, joignant les mains, supplia Dieu de la laisser vivre un peu de temps encore. Elle priait ardemment, car elle priait non pour elle, mais pour ses enfants. Prière vaine et qui ne devait pas être entendue.

La comtesse resta quelques instants dans une sorte de recueillement religieux ; puis ses traits se détendirent, ses yeux se fermèrent, et, absolument à bout de forces, elle tomba de nouveau dans cette espèce d'anéantissement où la nature semble suspendre la vie afin de pouvoir la réparer.

Un silence profond régnait dans la pièee, où le feu se mourait, et dans la maison toute entière.

Monsieur de Sergy était au cercle; Lucie et sa gouvernante étaient au bal. Au rez-de-chaussée, les domestiques, réunis à l'office, achevaient de souper ensemble.

Balda était seule au second, dans sa chambre. On était accoutumé à ne jamais l'entendre, et on ne l'entendait pas plus que de coutume.

Ce silence absolu, solennel, interrompu seulement par la respiration saccadée de madame de Sergy, dura environ un quart d'heure.

Il était en ce moment dix heures moins cinq minutes.

Tout à coup, la porte du salon s'ouvrit, et tourna, sans bruit, d'un mouvement lent et continu.

Dans la pénombre apparut une figure pâle, éclairée de deux yeux brillants et dilatés, dont l'expression eût donné le frisson à l'homme le plus brave.

On entra avec précaution, et on s'arrêta sur le seuil.

C'était Balda.

Elle fit deux pas en avant, s'arrêta encore, regarda.

Ses lèvres murmurèrent :

— Elle dort !

Balda alors retourna en arrière, regagna la porte, interrogea le corridor d'un long regard scrutateur, écouta, en retenant sa respiration.

Rien. Le corridor était désert. Personne ne l'avait vue, personne ne l'entendrait.

Un murmure confus et lointain, venant du rez-de-chaussée, indiquait que les domestiques étaient tout occupés d'une conversation animée.

Balda revint sur ses pas, rentra rapidement dans le salon, et, bruyamment, en referma la porte.

Elle tenait à la main un numéro du *Times* du matin, qui arrive à Paris le soir.

Elle s'élança vers madame de Sergy, et, d'une voix aiguë et vibrante, cria :

Balda, blême, les cheveux hérissés... — Page 34.

— Ah ! pauvre mère ! pauvre amie ! Quel malheur !... c'est épouvantable !

5

Madame de Sergy, réveillée en sursaut, le visage bouleversé, se leva droite comme mue par un ressort, et, portant la main à son cœur :

— Hein ?... quoi ?... un malheur ?... balbutia-t-elle avec égarement.

Balda agita devant elle le journal anglais :

— Le *Gibraltar*... Perdu corps et bien !...

Les yeux de la malade s'élançaient hors de leur orbite, sa bouche était démesurément ouverte.

— Lucien est mort ! lui cria Balda.

— Mort !... mort !... répéta deux fois, d'une voix étranglée et rauque, la mère foudroyée.

Elle étendit les bras, battit l'air de ses mains, et retomba, roide et droite, le long de son fauteuil.

Un flot de sang monta à sa gorge, et vint mourir sur ses lèvres en écume rougeâtre.

Balda, blême, les cheveux hérissés, la sueur au visage, recula jusqu'à la muraille.

Là, elle s'arrêta, regardant fixement ce grand corps noir étendu.

Puis, lentement, elle se rapprocha, s'agenouilla, étendit sa main crispée sur le cœur et d'une voix basse et sourde, dit :

— Madame la comtesse de Sergy est morte !

Elle se releva, plia le journal, le mit dans sa poche, sortit sans se presser, et regagna sa chambre.

En montant l'escalier, elle entendait le bruit de la conversation des domestiques, qui continuait dans l'office, au rez-de-chaussée.

FIN DU PROLOGUE

I

ANGELINA

Dix-huit mois se sont écoulés. En dix-huit mois, bien des choses se passent, et bien des choses changent.

Ce n'est plus le mois d'octobre, c'est le mois de mai. Les fenêtres de l'hôtel de Sergy ne sont plus closes sous la pluie, elles sont toutes grandes ouvertes à l'air frais et doux du matin, à la bonne odeur des fleurs et des feuilles, et au chant des oiseaux gazouillant dans les vieux arbres du jardin.

« Madame la comtesse de Sergy est morte » : la lugubre parole disait vrai. Cependant, il y a toujours une comtesse de Sergy ; seulement, elle ne s'appelle plus Jeanne, elle s'appelle Balda.

M. le comte de Sergy a bien fait les choses, il a gardé quinze mois le deuil de sa première femme ; mais il y a trois mois déjà que Balda, revenue à Paris après une convenable absence de près d'une année, porte officiellement et légitimement le titre de comtesse.

Un mois avant le retour de Balda, Lucie a quitté le petit appartement de jeune fille qu'elle occupait au premier étage, près de sa mère ; elle a fait transporter ses meubles au second, dans l'ancien appartement de Balda, pensant que, quand Lucien reviendrait, elle se trouverait ou moins près de son frère.

Et Lucien est revenu ; mais seulement de la veille.

Il y a dix-huit mois, quand le *Gibraltar*, qui n'avait essuyé aucun naufrage, est arrivé à Liverpool, Lucien a trouvé une lettre de sa sœur lui annonçant la terrible nouvelle : sa mère était depuis huit jours dans la tombe. Il n'a pas eu le courage de revoir dans ce moment-là son père; il est reparti sur-le-champ pour l'Amérique, et il n'a pas voulu la quitter tant que son père n'a pas été remarié. Mais aujourd'hui, sa sœur avait besoin de lui, le voilà de retour.

Les dispositions de l'appartement de la nouvelle comtesse au premier étage sont restées forcément les mêmes ; mais l'ameublement en a été renouvelé jusqu'au dernier clou.

Les meubles du logement de Balda, au second, ont été descendus au premier, et garnissent les pièces qu'habitait autrefois Lucie, et

qu'habite à présent une autre jeune fille — ou plutôt une enfant, car
elle a quatorze ans à peine, — que Balda a ramenée avec elle, et présentée comme sa nièce, et qui s'appelle Angelina.

Il est dix heures du matin. Balda est dans le salon où nous avons
vu mourir la comtesse ; elle vient d'achever sa toilette, et se met à
son bureau d'ébène pour écrire un billet.

— Jacinthe, dit-elle à sa femme de chambre qui sort, entrez, en
passant, chez mademoiselle Angelina, et dites-lui que j'irai l'embrasser avant de descendre, mais que surtout elle ne se lève pas.

— Oui, mais je me suis levée ! dit en entrant Angelina.

— Ah ! petite imprudente ! s'écria Balda, en courant à elle et en
la saisissant dans ses bras.

— Oh ! je vais bien mieux.

— Il n'y paraît guère ! tu es encore toute pâle !

Angelina était bien pâle, en effet. C'était une frêle, délicate et
svelte créature. Par sa petite taille et ses formes grêles, elle semblait
un enfant, mais par l'expression de ses traits et de son regard, elle
avait l'air d'une jeune fille. Elle paraissait en somme avoir plus que
son âge. On eût encore donné à Balda vingt ans, à Angelina, on en
eût bien donné quinze.

Son type annonçait une créole. Elle en avait la fragilité et la
souplesse indolente ; semblable à ces fleurs éblouissantes et éphé-
mères qu'on n'ose toucher ni respirer, de peur de voir disparaître,
au moindre souffle, la poudre d'or et le léger carmin qui font tout
leur éclat.

De son visage ovale, couleur d'orange pâle, on ne distinguait
d'abord que les lèvres rouges, et deux yeux immenses de velours
noir, fendus en amande, ombragés de longs cils obscurs, entourés
d'un large cercle brun, qui en augmentait encore la profondeur.

Sur son front un peu bas, se mêlaient, en boucles rebelles, une
forêt de cheveux d'ébène à reflets bleuâtres, abondants, relevés vers
les tempes, de façon à dégager deux oreilles toutes petites.

Etait-elle jolie ? Cela dépend. Etait-elle belle ? Peut-être. Un ar-
tiste en eût raffolé. Seulement, un je ne sais quoi de fatigué, de souffrant et de triste, jetait un voile sur l'ensemble, et serrait le cœur
quand on la regardait.

Elle avait assurément avec Balda un air de famille ; mais ce qui était troublant et inquiétant chez Balda était intéressant et captivant chez elle. Du premier coup d'œil, on était pris de sympathie et presque de tendresse pour cette douce et charmante figure.

Elle était, ce matin-là, vêtue d'un simple peignoir blanc, qui faisait ressortir l'éclat sombre de ses yeux et de ses cheveux et la pâleur dorée de son teint.

Balda l'avait prise dans ses bras, d'un mouvement rapide et fébrile, et l'avait emportée, comme on fait d'un petit enfant, sur une chaise de repos.

Elle l'y étendit, s'assit sur un tabouret près d'elle, lui prit la main dans les siennes.

— Oui, oui, tu es bien pâle encore, répéta-t-elle, en la regardant avec amour.

— Bah ! ce ne sera rien. Je ne vais pas m'aliter pour un petit malaise, tu penses.

— Cependant, je ne veux pas que tu descendes au déjeuner.

— Oh ! non, il y a un étranger, je crois ; ce monsieur, que M. Lucien doit présenter ce matin à M. de Sergy.

— Oui, et hier tu t'es forcée déjà pour assister au dîner.

— Dame ! le premier dîner, pour le retour du frère de Lucie !

— Ainsi, c'est bien vrai, tu ne souffres pas en ce moment ?

— Non.

— C'est ce vilain climat humide et froid de Paris qui te fatigue, toi, habituée à la fournaise des tropiques. Mais, je ne peux pas te changer le climat, moi ! ajouta Balda, avec une sorte de colère.

— Encore une fois, rassure-toi. Je me sens si bien, que j'ai promis à Lucie tout à l'heure d'aller faire un tour avec elle en voiture, cette après-midi.

— Ah ! tu sors avec Lucie ? Je monterai pour t'habiller, seulement, tu ne mettras pas la robe que tu avais hier, entends-tu !

— Pourquoi ? demanda Angelina en riant. Que lui reproches-tu à cette robe ?

— Sa simplicité ! Tu es par trop peu coquette. Tu n'as pas même de boucles d'oreille. Qu'as-tu fait de celles que je t'ai données ? Est-ce qu'elles ne te plaisent pas ?

— Oh ! si ; mais, ces grosses perles !... elles sont trop belles, trop riches.

Un nuage passa sur le front de Balda, qui répondit presque avec violence :

— Sache bien ceci, Angelina, rien n'est trop beau, rien n'est trop riche pour toi !

— Mais je suis pauvre, répliqua doucement la jeune fille ; je ne suis pas même chez moi, ici.

— Si ! puisque tu es chez moi. Et tout ce que j'ai est à toi ; comprends bien cela. Que sais-tu si tu es pauvre ? si tu le seras toujours ? Habitue-toi au luxe, au contraire. Je ne puis te donner le soleil du Brésil, mais tout le reste, tu l'auras ! tu l'auras ! je t'en réponds ! Et je souffre, quand je te vois, toi ! écrasée, éteinte par les toilettes de Lucie !

— Lucie est belle ! Elle est faite pour la toilette, et la toilette est faite pour elle. Puis n'est-elle pas mademoiselle de Sergy ? Elle a un nom, un rang...

— Et toi, n'es-tu pas jolie aussi ? Plus jolie qu'elle, qui a la beauté banale et connue de la Parisienne. Tandis que toi... non seulement tu es belle, mais tu as une beauté différente, exceptionnelle, inconnue ici... inconnue partout !

— Je suis jolie... puisque tu le veux. D'ailleurs, cela doit être, car je te ressemble un peu. Mais, excepté toi, ajouta-t-elle avec un mélancolique sourire, je ne crois pas que personne s'en aperçoive.

— On ne s'en aperçoit pas... parce que tu es trop jeune, parce que tu cherches l'ombre et l'effacement. Quant à un nom, une femme a le nom que lui donne son mari ; et un jour, va, mon Angelina, je te le jure, tu n'auras rien à envier à personne.

Ces paroles furent prononcées avec un accent profond et résolu, presque menaçant.

Angelina, étonnée de ce ton amer de Balda, leva sur elle ses doux yeux de gazelle.

— Je n'envie personne, dit-elle ; non ! oh ! non !... surtout Lucie.

— Cependant, reprit Balda, tu la trouves plus heureuse que toi !

— J'ai dit plus belle, plus riche ; je n'ai pas dit plus heureuse.

— Ne l'est-elle pas ?

— Oh ! non, la pauvre chérie ! Elle n'a plus de mère.

Balda, sur ce mot, repoussa Angelina d'un mouvement brusque et violent.

— Pourquoi dis-tu cela ? fit-elle avec colère.

Angelina, sous son regard, recula épouvantée. Mais ce ne fut qu'un éclair; Balda prit la main de la jeune fille, l'attira sur son cœur, l'embrassa éperdument.

— Pardonne-moi ! lui dit-elle, je ne sais ce que j'ai, je suis folle. J'ai les nerfs agités ce matin; le temps est à l'orage, sans doute. Mais je t'aime, tu le sais, je t'aime ! Et toi aussi, tu m'aimes, n'est-ce pas ?

— Oh ! oui ! répondit dans un baiser Angelina rassurée.

— Mais comme tu aimes aussi Lucie ! Sais-tu que j'en suis jalouse...

— Je l'aime, certes, mais ce n'est pas la même chose. Et ne m'as-tu pas recommandé, quand tu m'as amenée ici, de l'aimer et de me faire aimer d'elle ?

— C'est vrai.

— Moi, j'y étais toute disposée. Mais Lucie pas beaucoup, je crois. C'est égal ! j'y ai tant mis du mien que j'ai bien fini par venir à bout de ses préventions. Et maintenant, je suis sûre qu'elle m'aime, — autant que je l'aime.

— Je crois bien ! fit Balda, en l'embrassant avec passion, qui est-ce qui ne t'adorerait pas ?

En ce moment, Jacinthe rentra.

— M. le comte, dit-elle, fait demander à madame si elle est bientôt prête et la prévient qu'il va descendre.

— L'ami de M. Lucien est arrivé ?

— Oui, madame, il est au salon avec M. Lucien et mademoiselle Lucie.

— C'est bien ; dites à monsieur que je le rejoins au salon dans cinq minutes.

II

EFFETS DIVERS DE DIVERSES PRÉSENTATIONS

La veille au soir, Lucien, après le dîner, au moment où son père allait se retirer, lui avait dit, en présence de Balda et de Lucie :

— Voudrez-vous me permettre, mon père, de vous présenter, demain, un de mes meilleurs amis, je peux même dire mon meilleur ami, un médecin de grand talent, de grand dévouement surtout, qui, en Amérique, m'a sauvé la vie ?

Lucie échangea un coup d'œil avec son frère et rougit légèrement ; Balda ne prêta que peu d'attention à la demande de Lucien.

M. de Sergy était content de son fils, qui avait été respectueux vis-à-vis de sa belle-mère. Il lui répondit avec empressement : ..

— Ton ami est d'avance le mien, Lucien, et je serai heureux de le recevoir et de le connaître. Seulement, demain, il y a séance à la Chambre, et je dois dîner dehors. Si ton ami pouvait venir dans la matinée ?...

— Je pense qu'il le pourra.

— Eh bien, pour qu'il entre dans l'intimité tout de suite, prie-le de nous faire la grâce de venir déjeuner avec nous ; nous aurons plus de temps pour causer.

— Je comptais aller ce soir chez lui l'avertir de mon arrivée, je lui transmettrai votre invitation, mon père. Quand vous saurez qui il est...

— Je sais qu'il est l'ami de mon fils, cela suffit, interrompit le comte, qui paraissait un peu pressé. À demain.

A onze heures, le lendemain, Lucien était auprès de sa sœur, avec laquelle il ne se lassait pas, depuis la veille, d'échanger des pensées, des confidences et des souvenirs, — quand un domestique vint l'avertir que le « docteur Robert » le demandait au salon.

— Descendons vite, dit bas Lucien à sa sœur, avant que mon père ne soit là. Et s'adressant au domestique : — Prévenez M. le comte de l'arrivée du docteur Robert.

Lucien entra le premier dans le salon, courut au docteur Robert, et tous deux se serrèrent la main avec effusion.

C'étaient deux beaux et fiers jeunes gens : car, bien que Robert fût de plusieurs années l'aîné de Lucien et eût atteint la trentaine, il avait gardé l'air jeune sous l'air viril : rien ne conserve comme le travail de la pensée, la pureté de la conscience et la dignité de la vie. Robert et Lucien paraissaient avoir presque le même âge : Lucien seulement

Un jeune groom, qui se tenait dans la pièce d'entrer, lui ouvrit. — Page 18.

plus vif, plus expansif, plus ardent ; Robert plus sérieux, et à la fois plus mâle et plus doux.

6

Lucie suivait de très près son frère. Quand elle entra, Lucien prit Robert par la main et le conduisit à sa sœur. Au salut et au sourire qu'ils échangèrent, il était visible qu'ils se connaissaient bien; Lucien dit néanmoins avec une émotion enjouée :

— Ma sœur, je te présente mon frère; celui qui, pendant les deux premières années de mon exil, a été, non pas seulement mon sauveur dans ma grande maladie, mais mon confident et mon consolateur dans mon désespoir, mon conseiller et un peu mon mentor toujours; oui, mon mentor, ne t'en défends pas, ajouta-t-il gaiement; je te le pardonne, car j'en avais grand besoin!

Lucie tendit la main à Robert.

— Je vous ai déjà remercié de tout cela, dit-elle; mais je suis bien heureuse de vous en remercier encore en présence de Lucien; je suis bien heureuse de vous voir ici.

— Et moi donc d'y être! dit Robert.

— Et moi de t'y avoir introduit! dit Lucien.

— Ah! cher Lucien, c'est là un service qui efface tous mes services. Toi aussi, tu es un sauveur.

— Ma foi! c'est pour cela que je suis revenu, dit Lucien. Ah! quelle joie ç'a été pour moi quand j'ai appris que l'homme que j'estime et que j'aime le plus au monde avait connu ma sœur chez mon brave oncle d'Arnaud, et qu'il l'aimait, et qu'il était aimé d'elle! Maintenant, organisons, à nous trois, la conspiration de votre bonheur. Te voilà dans la place, Robert. Il s'agit de prendre l'ennemi par surprise. L'ennemi, ce n'est pas précisément mon père, voyons les choses comme elles sont, c'est madame de Sergy. Il faut donc, Robert... Mais, chut! fit-il en s'interrompant, voici mon père.

M. de Sergy entrait en effet. Lucien lui présenta le docteur Robert. Le comte qui, la veille, n'avait pas laissé à son fils le temps de lui nommer son ami, eut un léger mouvement de surprise, aussitôt réprimé. Avec sa grande habitude du monde, il reprit du ton le plus aisé :

— Je suis charmé, monsieur le docteur Robert, d'avoir l'honneur de faire votre connaissance personnelle; il y a longtemps que je vous connais de réputation : vous avez à la fois, chose rare et peut-être unique, le renom de grand médecin et celui de grand chirurgien. Aussi, à première vue, ai-je été surpris, je l'avoue, de trouver en

vous un jeune homme ; je croyais que vous aviez au moins quarante
ans.

— Je dois les avoir, dit en riant Robert, car, depuis dix ans, j'ai
vécu, ou plutôt j'ai travaillé double.

Il fut interrompu par l'arrivée de Balda, qui entrait par une porte
de côté.

M. de Sergy fit deux ou trois pas au-devant d'elle et, lui présen-
tant Robert :

— Madame, lui dit-il, monsieur le docteur Robert...

A ce nom, Balda s'arrêta brusquement ; elle pâlit ; ses lèvres
s'entr'ouvrirent, retenant à peine un cri ; et elle se rejeta en arrière,
comme si elle eût mis le pied sur un serpent.

III

APRÈS LA VUE, L'OUIE

Balda était tellement maîtresse d'elle-même qu'en une seconde
elle eût dominé et dompté ce tressaillement involontaire. Robert, qui
la regardait fixement dans le moment, fut le seul auquel son mouvement n'échappa pas ; mais il se dit qu'elle avait éprouvé sans doute
en le voyant quelque surprise du genre de celle dont avait parlé
M. de Sergy ; et d'ailleurs, il ne connaissait point Balda et ne
se rappelait l'avoir rencontrée nulle part. En même temps, Balda se
mit à sourire comme d'elle-même de sa distraction ou de son étour-
derie.

Robert la salua, et elle s'inclina avec grâce, sans prononcer une
parole.

Quand elle releva la tête, il eût été impossible de découvrir sur
son visage la moindre trace d'une émotion quelconque, sauf un reste
de pâleur à peine perceptible, et d'autant moins remarquable qu'elle
avait le teint mat et peu coloré.

On s'assit, et la conversation fut d'abord générale et banale sur
les quelques événements à l'ordre du jour. Puis, M. de Sergy témoi-

gna au docteur Robert la reconnaissance qu'il lui devait pour les bons soins donnés à son fils.

Lucien raconta alors avec chaleur et cordialité tout ce que Robert avait fait pour lui.

Robert se défendait en riant des éloges de Lucien. Balda, silencieuse, sans se tourner vers lui, sans presque lever les yeux sur lui, l'observait, l'étudiait avec une attention profonde, et ne perdait pas un seul de ses mouvements.

— Vous avez donc résidé longtemps en Amérique ? demanda le comte à Robert.

— Tout près de deux ans, monsieur. Les médecins français, même jeunes, sont fort recherchés là-bas, et c'est en Amérique que j'ai commencé à pratiquer sérieusement la médecine. J'ai été ensuite rappelé en France par l'illustre chirurgien qui avait été mon maître, et dont la santé commençait dès lors à décliner. Je l'ai aidé d'abord, puis suppléé quand son mal a fait des progrès; et c'est ce qui explique qu'à sa mort, j'ai hérité, non sans doute de son savoir et de son habileté, mais d'une grande partie de sa clientèle...

En ce moment, un domestique ouvrit la porte de la salle à manger, et annonça :

— Madame est servie.

Balda se leva.

— Monsieur !... dit-elle à Robert, en lui demandant son bras ; mais elle eut soin de ne prononcer que ce seul mot : « monsieur ,» et encore à demi-voix.

On passa dans la salle à manger, et Lucien, qui voulait faire valoir son ami, reprit, à table, la conversation commencée.

Balda, sans dire un mot, passionnément attentive, écoutait tout, suivait tout de son regard vague de chatte endormie.

— D'après Lucien, reprit M. de Sergy, vous auriez, docteur, une clientèle double, les riches et les pauvres ?

— Quand je vous disais, monsieur, reprit Robert en riant, que ma vie est double partout ! Aussi, ai-je deux logements : l'un dans le quartier aristocratique, place Vendôme ; et l'autre dans le quartier ouvrier, pour mes consultations du matin.

— En effet, dit M. de Sergy d'un ton quelque peu dédaigneux, je crois que vous êtes républicain.

— Je ne suis, en politique, ni dans la polémique ni dans l'action, répondit modestement Robert, mais on n'est pas citoyen, selon moi, sans avoir une opinion, et je suis, c'est vrai, de ceux qui croient à la souveraineté du peuple.

— Moi aussi ! dit vivement M. de Sergy.

— Oui, repartit Robert, seulement je suis, moi, non pas pour la souveraineté du peuple qui abdique et qui s'annihile, mais pour la souveraineté du peuple qui s'affirme et qui s'exerce; je suis, comme vous disiez, pour la République.

— Pour laquelle ? demanda le comte avec un sourire supérieur ; car elle a bien des épithètes, votre République ! Ah ! en votre qualité de médecin, vous êtes sans doute pour la République humanitaire.

— Je n'ai pas besoin de ce barbarisme, dit Robert ; je suis tout bonnement, — dans la langue de Voltaire, qui me suffit, — pour l'humanité. J'ai commencé par la lutte et par la gêne, c'est peut-être pour cela que je m'efforce de secourir ceux qui souffrent et d'élever ceux qui sont en bas.

Il parlait avec simplicité et fermeté, sans jactance et sans forfanterie, en homme qui, de ses opinions, ne veut rien surfaire ni rien rabattre. Il se fit cependant, sur ces dernières paroles, un silence assez froid que Lucien n'osait rompre.

Ce fut M. de Sergy qui reprit, un peu sèchement :

— Toutes les opinions sont respectables quand elles sont sincères.

— Et surtout quand elles sont désintéressées ! repartit vivement Lucien; Robert, en disant ce qu'il pense et en faisant ce qu'il dit, non seulement ne suit pas son intérêt, mais plutôt va contre son intérêt.

— En cela tu te trompes, mon cher Lucien, dit gaiement Robert. La grande égalité, vois-tu, c'est la souffrance. Il arrive toujours un moment où le riche n'est plus, lui aussi, qu'un homme qui souffre, et alors ce qu'il cherche et ce qu'il veut, quelle que soit son opinion politique, c'est l'homme qui le soulage. Or, c'est ici que je substitue au système égalitaire le système des compensations ; et je fais toujours payer double ou triple les riches, pour pouvoir me dispenser de faire payer les pauvres.

— J'avais bien raison de dire que vous êtes resté jeune ! dit en riant M. de Sergy.

— Et vous ne me blâmerez pas, monsieur, reprit Robert sur le même ton, de rester jeune... pour les pauvres.

Lucie se taisait, mais elle écoutait Robert avec admiration ; Balda se taisait, mais elle observait maintenant Lucie en même temps que Robert.

— Pour parler sérieusement, reprit le comte, je crois, docteur, que vos clients riches, tout les premiers, au lieu de vous blâmer de vos façons d'agir, vous en estiment davantage. J'ai entendu parler de vous en ce sens par quelques-uns d'entre eux, qui sont de mes amis. Et même, — je me le rappelle à présent, — n'êtes-vous pas le médecin de la tante maternelle de mes enfants, madame la comtesse d'Arnaud ?

— J'ai cet honneur, dit Robert.

— Et, comme la comtesse d'Arnaud, — qui est plus délicate encore que ne l'était ma pauvre femme, — est presque toujours malade et alitée, l'hôtel d'Arnaud, à Saint-Germain, doit avoir souvent votre visite.

— Assez souvent, en effet, répondit Robert, car M. d'Arnaud a aussi de fréquentes attaques de goutte.

Balda, s'oubliant, prit pour la première fois la parole :

— Eh ! mais alors, dit-elle vivement, monsieur le docteur Robert doit avoir eu déjà l'occasion de voir à Saint-Germain notre chère Lucie, qui fait très souvent visite à sa tante ?

Ce fut le tour de Robert, en entendant la voix de Balda, d'être frappé de stupeur et presque d'effroi. Il était assis à la droite de la comtesse, il eut, lui aussi, un tressaillement, et se retourna brusquement vers elle, comme s'il se demandait qui avait parlé.

L'étonnement que lui avait causé le son de voix de Balda empêcha Robert de répondre tout de suite à la question indirecte, et d'ailleurs prévue, qu'elle lui avait adressée.

— J'ai eu, en effet, l'honneur, dit-il enfin, de rencontrer à l'hôtel d'Arnaud mademoiselle de Sergy.

En prononçant lentement ces mot, Robert attachait ses yeux sur Balda, se demandant :

— C'est inouï, je connais cette voix, mais où donc l'ai-je entendue ?

Balda, troublée elle-même, ne l'était pas assez pour ne pas remarquer le trouble de Robert ; mais une idée nouvelle dominait son inquiétude :

— Ah ! il se connaissent !

Et elle reporta vivement ses regards sur Lucie, à qui dans le moment son père adressait la parole,

— Tu ne nous avais jamais dit, Lucie, que tu avais rencontré chez ton oncle d'Arnaud, l'intime ami de ton frère ?

— Je ne sais... dit Lucie, j'ai pourtant vu plusieurs fois M. le docteur Robert.

La rougeur qui nuança légèrement le visage de Lucie était bien imperceptible, et sa réponse fut faite d'un ton de simplicité où M. de Sergy ne trouva absolument rien à remarquer. Mais la femme n'échappe pas aussi aisément à la femme, et surtout à une femme aussi fine et aussi pénétrante que Balda. Elle saisit plutôt qu'elle ne vit cette imperceptible rougeur de Lucie ; dans on ne sait quelle trépidation profonde et lointaine de cette voix si calme, elle sentit l'émotion secrète, et elle se dit :

— Allons ! ils font mieux que se connaître !.. il faudra voir...

Elle ne cessa plus, pendant le reste du déjeuner, d'observer Lucie encore plus que Robert. Lucie, de son côté, se sentit épiée et évita avec soin de regarder le médecin ; mais Balda, dans cette indifférence même, sut voir un indice.

Après le déjeuner, et quand Robert prit congé :

— Monsieur le docteur, lui dit le comte, madame de Sergy reste chez elle le jeudi pour nos amis ; j'espère que vous voudrez bien vous compter désormais dans le nombre. Il y aura, jeudi prochain, pour la dernière fois de la saison, une espèce de bal.

Robert, avant de répondre, se tourna vers Balda, qui était debout près de son mari, et qui ne put faire autrement que de dire à son tour :

— Je serai charmée, monsieur le docteur, de vous voir chez moi le plus souvent et le plus tôt possible ; et, jeudi, pour commencer...

Robert attendait, pour ainsi parler, le son de sa voix, et il n'eut point cette fois de mouvement de surprise, mais de nouveau cette voix retentit dans son souvenir avec une netteté surprenante ; et, tout en saluant la comtesse et en lui disant : — Je vous remercie, madame, et j'aurai l'honneur de me rendre à votre gracieuse invitation, — il la regardait avec une attention profonde et il pensait :

— C'est étrange, je ne connais pas la femme, et je suis pourtant sûr de reconnaître la voix.

Quant à Balda, elle demeura songeuse après le départ du docteur.

— Ah ! cet homme !... se disait-elle ; si au moins je pouvais le tenir ! Il y a certainement quelque chose entre lui et Lucie ! Comment le savoir ?

Tout à coup son visage s'éclaircit.

— Angelina ! pensa-t-elle, Angelina peut me renseigner. Elle a souvent accompagné Lucie à Saint-Germain chez M. d'Arnaud !

IV

LE DIAMANT N'ENTAME PAS LE DIAMANT

Angelina seule pouvait effectivement donner à Balda quelque lumière sur ce qui se passait dans les visites de Lucie à ses parents. M. de Sergy qui, même avant la mort de sa première femme, était en froid avec sa belle-sœur, ne l'avait pas revue depuis. Seulement, comme M. et madame d'Arnaud n'avaient pas d'enfants, et que la fortune personnelle de madame d'Arnaud devait un jour revenir à Lucien et à Lucie, le comte, loin d'empêcher sa fille de voir sa tante, l'y avait toujours plutôt encouragée. Lucie, depuis un an surtout, ne laissait guère passer de semaine sans aller à Saint-Germain.

Si madame d'Arnaud ne recevait pas M. de Sergy, ce n'était pas pour recevoir Balda, bien que Balda fût aussi un peu sa parente. Mais madame d'Arnaud était une femme d'un esprit élevé, incapable de faire payer les innocents pour les coupables ; elle fut d'ailleurs touchée de la douceur et de la grâce d'Angelina quand Lucie la lui amena ; et enfin Angelina n'était pour elle que la nièce de Balda, la fille d'une sœur aînée qu'elle savait être morte réellement au Brésil

Il est reparti sur-le-champ pour l'Amérique. — Page 44.

depuis une dizaine d'années. Elle accueillit donc Angelina avec bonté, et la traita à peu près sur le même pied que Lucie.

7

Balda se rappelait tout cela en montant chez sa fille.

— Je saurai tout par Angelina, pensait-elle ; si Lucie m'a déjà laissé entrevoir son secret, je lirai à livre ouvert dans le cœur d'Angelina.

La Brésilienne se trompait ; elle allait trouver l'enfant bien autrement impénétrable que la jeune fille.

Angelina, remise de son indisposition, devait, comme on sait, sortir en voiture avec Lucie ; Balda venait l'aider à faire sa toilette.

— Je te tolère aujourd'hui cette robe par trop simple, lui dit-elle, mais, tu sais, jeudi prochain, le jour de la soirée, j'entends que tu te laisses faire très, très jolie.

— Je me laisserai faire ravissante... pour toi, dit Angelina en riant.

— Oh ! pour moi et pour tout le monde, — pour tous nos amis, — anciens et nouveaux.

Et alors commença ce dialogue, en phrases brèves, mêlées aux menus détails de la toilette, mais où toujours la voix, l'accent, l'expression gardèrent imperturbablement la même froideur banale et indifférente, chez l'enfant aussi bien que chez la femme.

— A propos, Angelina, tu verras à la soirée quelqu'un... que tu dois connaître.

— Qui donc ?

— Le docteur Robert.

— Ah !

— Tu as dû le voir déjà, le docteur Robert ?... chez M. d'Arnaud ?

— Oui, je l'ai vu.

— Eh bien, tu sais, cet ami de Lucien qui a déjeuné ce matin ici ? C'était lui.

— Ah ! c'était lui !

— ... Il y allait souvent, je pense, chez M. d'Arnaud ?

— Assez souvent.

— Quel homme est-ce ? Il paraît avoir beaucoup d'esprit. As-tu causé avec lui quelquefois?

— Rarement ; en France, moi, je ne suis qu'une petite fille.

— Oui ; il causait, naturellement, beaucoup plus avec Lucie.

— Naturellement.

— Mais enfin tu l'as entendu causer; tu devais être presque toujours avec Lucie ?

— Oh ! j'étais aussi quelquefois avec madame d'Arnaud.

— D'ailleurs, tu ne vas guère à l'hôtel d'Arnaud que depuis trois mois; il est présumable que le docteur Robert y allait depuis long-temrs déjà; Lucie le connaissait sans doute avant toi.

— Dame ! il est le médecin, et aussi l'ami de la maison.

Balda n'osa pas pousser plus loin l'interrogatoire.

— Allons, se dit-elle, Angelina est une enfant, elle n'a pas fait attention à ce qu'il me serait si intéressant de savoir.

Chose étrange, Angelina avait vu plus clair dans les questions de Balda.

— Pourquoi m'interroge-t-elle ainsi ? se demandait-elle.

Balda se disait qu'après tout elle en savait assez. Il était évident que Lucie connaissait le docteur Robert depuis plus d'une année; et, jusqu'au retour de son frère, elle n'avait jamais parlé de lui à per-sonne.

Et Balda se répétait avec conviction :

— Ils doivent s'aimer ! ils s'aiment !

V

LA PETITE CONFIDENTE

Ce même jour, vers quatre heures, Lucie et Angelina étaient en voiture, et allaient faire un tour au Bois; Germain, le vieux domes-tique, était sur le siège à côté du cocher.

Lucie était joyeuse et gaie; Angelina pensive et même un peu triste.

— Qu'as-tu ? lui dit Lucie. Est-ce que tu souffres encore ?

— Non, pas du tout; j'aurais même pu fort bien, ce matin, des-cendre au déjeuner.

Elle reprit, après un silence :

— Il paraît que le docteur Robert y était, au déjeuner.

— Oui, c'est un ami de Lucien, et Lucien l'avait invité.

— Tu ne me l'as pas dit ce matin quand tu es venue dans ma chambre.

— C'est vrai, je n'y ai pas pensé... — Le beau temps ! ajouta aussitôt Lucie ; le beau soleil !

— Le soleil est aussi dans toi, reprit Angelina avec une expression d'amertume bien inaccoutumée pour elle ; tu es toute gaie, aujourd'hui !

— Et toi toute triste, il me semble. Pourquoi es-tu triste ?

— Parce que tu n'as pas confiance en moi, Lucie.

— Oh ! petite ingrate !...

— Alors, dis-moi, — pourquoi, toi, es-tu gaie ?

— Pourquoi ? Mais parce que je pense que mon bien-aimé frère Lucien est revenu ; parce qu'il fait beau ; parce que c'est le printemps ; parce que je suis avec toi que j'aime et qui m'aimes.

— Oh ! oui, va, je t'aime ! fit avec un accent passionné Angelina en embrassant Lucie. — Mais toi, dis-moi, Lucie, en dehors de ton frère et de moi, n'aimes-tu personne autre ?

— Qui donc veux-tu que j'aime ?

— Eh ! mais... le docteur Robert, par exemple !

— Es-tu folle ? Pourquoi l'aimerais-je ?

— Tu le voyais chez ta tante ; tu causais avec lui ; quand tu y allais, il était toujours là... Et il t'aime, lui.

Lucie ne parut pas entendre la dernière phrase.

— Mais toi aussi, dit-elle en riant, tu le voyais, tu étais là quand il venait. Est-ce que tu l'aimes ?

— Oh ! je ne compte pas, moi ! — Alors tu ne l'aimes pas ?

— Je te dis que tu es folle.

Angelina se tut brusquement, s'écarta de Lucie, puis, portant les mains à son front, elle éclata en sanglots qui soulevaient et tordaient son pauvre corps frêle.

Lucie resta un moment immobile de surprise devant cette explosion de douleur qu'elle ne pouvait comprendre.

— Angelina ! chère mignonne ! qu'as-tu ? lui dit-elle.

— Laisse-moi ! murmurait Angelina, c'est mal ! c'est bien mal !

— Qu'est-ce qui est mal ? repartit Lucie, près de pleurer aussi.

— Ah ! Lucie, toi, en qui je croyais, toi pour qui je donnerais ma

vie avec joie, tu te défies de moi ! Oh ! mon Dieu ! mon Dieu ! mon
Dieu ! je le sens pourtant, je suis capable d'aimer, d'aimer avec dévouement, d'aimer jusqu'à mourir ! et on peut me confier un secret.

— Voyons, Angelina, ma chérie, calme-toi.

Angelina se redressa, saisit les deux mains de Lucie, et lui dit:

— Regarde-moi ! Est-ce que tu ne vois pas que je suis capable
de comprendre, capable de me taire ?

Lucie était profondément émue de ce désespoir, si étrange chez
cette enfant de quatorze ans, révélant tout à coup une violence de
passion bien au-dessus de son âge.

— J'ai eu tort, se disait-elle, je l'ai méconnue. En la traitant en
petite fille, j'ai froissé sa sensibilité maladive. Et elle a tout deviné.

Elle reprit tout haut :

— Pardonne-moi, Angelina ; ce n'est point défiance... mais il y
a des choses qu'on ne dit aisément à personne, pas même à son frère ;
des choses qu'on ne se dit pas tout de suite à soi-même.

— Tant mieux ! s'écria Angelina, les yeux brillants de fièvre,
tant mieux si je suis la première dans ta confiance, dans ton cœur !
Et tu n'auras pas à le regretter, sois tranquille ! Tu ne sais pas ce
que c'est que de se sentir l'âme pleine d'une tendresse et d'un dévouement sans bornes, et de voir que l'être qu'on aime vous regarde
comme une enfant, se défie de vous, et ne vous accorde de son affection que le côté banal et superficiel !

— Il n'en sera plus ainsi entre nous, Angelina, je te le jure.

— Ah ! merci !

Et Angelina la couvrit de baisers et de caresses. Puis avec une
sorte d'exaltation fébrile :

— Ainsi, dit-elle, tu l'aimes !... Tu l'aimes et il t'aime ! Oh ! va, je
le savais. Je le savais depuis le premier jour où je vous ai vus l'un
près de l'autre.

— Vraiment ! Et tu n'en as rien montré ?

— Tu vois donc que je puis me taire et garder un secret. Oui, je
savais que vous vous aimiez. C'est pour cela que souvent je vous
laissais seuls, que j'allais au jardin, quand vous étiez au salon. Tu
croyais que c'était pour les fleurs. Et toi, tu ne t'apercevais guère
de mon absence, et, quand je m'en allais, tu n'y faisais pas attention, tu ne pensais pas à moi, à moi qui ne pensais qu'à toi !

— Ma chère petite Angelina !... Il y a un quart d'heure, j'aurais juré ne pouvoir t'aimer davantage; et à présent...

— Oui, conviens-en, tu m'aimais un peu comme une grande poupée; et à présent, tu vois que je suis une petite femme, moi aussi, et qu'on peut m'aimer comme une égale, comme une sœur.

— Oui, comme une sœur.

— Et tu me diras tout désormais ?

— Tout.

— Tu comprends; maintenant qu'il va venir ici souvent, ce double mystère, ce double mensonge me pesait trop. Tu penseras tout haut devant moi, et nous parlerons de lui. Tu verras quel bien cela fait. Tiens, regarde, me voilà heureuse, aussi heureuse que toi !

Et Angelina, souriante, les yeux dans les yeux de Lucie, lui serrait les mains dans ses mains brûlantes, le visage illuminé d'une joie violente, d'une joie singulière.

VI

LES SECRETS

Cette exubérante animation d'Angelina devint bientôt inquiétante, et Lucie, abrégeant la promenade, donna ordre au cocher de revenir à l'hôtel. Angelina avait la fièvre, et elle parlait, comme dans un rêve, avec volubilité et inconscience.

— Si elle allait, sans le vouloir, sans le savoir, trahir mon secret? se disait Lucie.

Quand elle la ramena dans sa chambre, Balda, avertie, accourut aussitôt, et, jetant à Lucie un regard irrité :

— Elle était tout à fait bien en partant, lui dit-elle, et vous me la ramenez toute fiévreuse et toute agitée. Que s'est-il donc passé ? Que lui avez-vous dit ?

Angelina l'interrompit vivement :

— Tu te trompes ; j'avais déjà la fièvre quand je suis sortie. Je n'en ai rien dit, parce que je tenais à faire cette promenade avec Lucie, et que le grand air pouvait me faire du bien. Ce ne sera rien, d'ailleurs, et un peu de repos va me remettre.

— Je vous en prie, madame, dit Lucie, permettez-moi de rester près d'elle jusqu'à ce qu'elle s'endorme.

— Je vous remercie, reprit Balda assez sèchement, je suffirai pour la soigner.

Elle laissa pourtant Lucie l'aider à mettre Angelina dans son lit; et Lucie, sous prétexte d'arranger l'oreiller d'Angelina, se pencha sur elle, et lui dit tout bas :

— Demande que je reste... Si tu allais parler?

— Laisse Lucie près de moi, dit Angelina à Balda, je n'ai pas trop de mes deux gardes-malades pour me gâter.

— Non ! non ! cela te fatiguerait, lui répondit Balda.

Et à son tour, elle lui dit à l'oreille:

— Prends garde ! Si tu avais le délire, et si tu parlais devant elle ?

Une étrange anxiété se peignit sur le visage de la pauvre enfant.

— Si j'avais le délire? répéta-t-elle, tout haut sans s'en rendre compte, avec une véritable épouvante.

Avait-elle aussi son secret à elle, à garder ?

Balda persista dans son refus, et Lucie fut bien obligée de se retirer. Mais, quand elle embrassa Angelina en s'en allant, l'enfant, lui serrant la main, lui dit tous bas, d'une voix profonde :

— Sois sans crainte ! je me tairai !

En effet, la fièvre, avec ses visions et ses transports, eut beau mettre en feu son cerveau, sa volonté veillait; et, avec la puissance que donne l'idée fixe, même pour répondre aux questions les plus simples de Balda, elle ne desserra pas les lèvres.

Ce silence obstiné prit même un caractère effrayant. Balda la suppliait de répondre, de lui dire au moins si elle l'entendait. Elle lui répondait oui d'un signe de tête, mais ne parlait toujours pas.

Elle essayait de dormir, mais elle ne pouvait. Le médecin vint et ordonna une potion calmante. Ce ne fut que vers dix heures du soir qu'elle sentit le sommeil la gagner.

— Te trouves-tu mieux? lui demanda Balda, es-tu plus calme? dis-moi une parole qui me rassure.

— C'est bien toi qui me parles, n'est-ce pas ? lui dit Angelina, c'est bien toi ?

— Sans doute, ne me reconnais-tu pas ?

— Oui, mais dis si c'est toi.

Alors Balda s'approcha tout près d'elle, et, tout bas, bien qu'elles fussent seules, lui dit avec une expression d'ineffable amour :

— Ma fille !

Un sourire effleura les lèvres d'Angelina, et, avec le même accent de tendresse :

— Maman !... dit-elle.

Et elle s'endormit.

VII

LE SECRET DE BALDA

Balda était née au Brésil, d'une mère créole et d'un père Français, parent éloigné de madame de Sergy.

A treize ans, elle resta orpheline, la fièvre jaune ayant enlevé presque en même temps son père, sa mère, sa sœur aînée et le mari de cette sœur.

Le père de Balda avait émigré au Brésil pour refaire sa fortune détruite ; mais ses affaires n'avaient point prospéré, et, à sa mort, quand les créanciers eurent été à peu près payés, il ne resta rien à Balda, la seule qui eût échappé à l'épidémie.

Pauvre, sans ressources, sans abri même, elle fut recueillie par une tante de sa mère, vieille créole égoïste, frivole, dépensière, farcie de préjugés coloniaux et autres, qui mangeait son fonds aussi bien que son revenu, avec une insouciance parfaite du lendemain.

Elle n'avait point d'enfants, ne s'étant pas mariée : — c'était son excuse. Mais quand Balda tomba à sa charge, cette responsabilité nouvelle ne changea rien à sa façon de vivre ; et elle continua de ne penser qu'à elle-même.

Balda poussa donc au hasard, sans conseil, sans appui, faisant sa société de qui elle voulait, et surtout des gens de couleur, esclaves ou libres, dont était encombrée la maison de sa tante, — comme le

Lucie donna ordre au cocher de revenir à l'hôtel. — Page 51.

sont, du reste, toutes les maisons de la bourgeoisie et de l'aristocratie brésiliennes.

8

Le travail esclave, en effet, produisant dix fois moins que le travail libre, là où il suffirait d'un ou deux domestiques, on compte dix nègres.

Parmi ces gens de couleur se trouvait un jeune quarteron, âgé de vingt ans environ, et admirablement beau, de cette beauté sculpturale et en même temps passionnée que produit parfois le croisement de la race africaine, qui apporte la sève, la vigueur et la jeunesse, avec la race blanche, qui apporte la grâce et l'intelligence.

Il y a de ces sang-mêlés qui tiennent de l'Antinoüs et de l'Apollon; le teint légèrement bistré, et comme bronzé, ne contribue pas peu à l'éclat prodigieux de ces beautés splendides où, comme dans un tableau de maître, la « couleur » et le « dessin » s'unissent pour produire un chef-d'œuvre.

Ce jeune homme s'appelait Moralès.

Il était esclave.

Fils de son premier maître et d'une mulâtresse favorite, il avait été élevé avec un certain soin, en dehors des travaux serviles, et avait reçu un commencement d'éducation. Son père et maître avait sans doute l'intention de l'affranchir un jour. Une mort brusque l'en empêcha.

Les héritiers, — il était veuf et sans enfants légitimes, — se partagèrent ses biens et ses esclaves; et le beau Moralès fit partie du lot qui échut à la tante de Balda.

Elle eut vite mangé l'argent et brocanté les esclaves; mais elle garda celui-là, dont la beauté et l'éducation flattaient son amour-propre, autant que la possession d'un cheval de race. Elle lui confia les fonctions d'intendant de ses biens, et le chargea de tenir ses comptes ; véritable sinécure dans une maison où le désordre et le gaspillage avaient été élevés à la hauteur d'un principe et presque d'une religion.

Balda venait d'avoir quatorze ans. Elle avait le tempérament et les passions précoces des femmes de ces pays, où le soleil des tropiques mûrit vite les fruits et les cœurs. Elle était seule, abandonnée, et, dans la tristesse et l'ennui de son isolement, elle aima Moralès.

Les amours de Balda et de Moralès furent sincères et naïfs, sinon purs. Le sens moral manquait à Balda; qui le lui aurait donné? mais en même temps sa jeunesse et son inexpérience la mettaient au-dessus des préjugés, des considérations mondaines et du respect humain.

C'était, en effet, quelque chose d'assez inouï que cet amour d'une *blanche* pour un homme de couleur, pour un esclave, dans ce pays où la moindre goutte de sang noir dans les veines est une marque d'avilissement et d'infamie que rien ne saurait effacer.

Il ne pouvait être question ici de mariage. Moralès était esclave, et, eût-il été libre, aux colonies cela ne changeait rien à l'insurmontable obstacle. Moralès devint donc l'amant de Balda.

Elle l'aimait avec passion, avec d'autant plus de passion peut-être, que cet amour était du fruit défendu à la quatrième puissance. Puis, c'était son premier amour; ce devait être son dernier. Tout ce qu'il y avait de printemps, c'est-à-dire d'abandon et d'abnégation, dans ce cœur qui devait se refroidir si vite, se mit à fleurir d'un seul coup ; éclosion passagère, mais éblouissante et formidable.

Le commencement fut un rêve, une ivresse, l'oubli et le dédain de tout.

Mais Balda devint enceinte, et, malgré toutes les précautions qu'elle put prendre, sa tante ne tarda pas à s'en apercevoir.

La vieille créole garda d'abord le silence sur sa découverte ; elle ne dit pas un mot à Balda. Une faute n'est pas chose rare, en ce pays où l'esclavage a tout dégradé. Mais quel était le père ? On guetta Balda, on l'épia avec astuce et persévérance. Balda ne se savait même pas soupçonnée.

Une nuit, la tante, accompagnée de quatre nègres vigoureux, entra dans la chambre de la jeune fille. Moralès, pendant son sommeil, fut saisi et garrotté. Du reste, il n'essaya pas même de résister. A quoi bon? il était perdu !

Il n'eut que le temps de crier à Balda:

— Sauvez notre enfant !

Balda se jeta aux pieds de sa tante, lui demanda grâce, non pour elle, mais pour lui.

Tout à coup un bruit étrange, effrayant, horrible, la fit se retourner.

C'était le bruit des dernières convulsions de Moralès, se débattant un lacet autour du cou.

Il était étranglé.

Balda se précipita sur son corps en poussant un cri sauvage, et s'évanouit.

Tout cela s'était passé avec la rapidité de l'éclair, et sans que la vieille tante eût prononcé une seule parole, même pour répondre aux supplications de sa nièce, qui se tordait à ses genoux.

Quand Balda revint à elle, elle était seule dans sa chambre, dans cette chambre maudite, où il lui semblait encore entendre le râle de son amant.

Elle voulut fuir cette horrible chambre. Elle s'élança vers la porte ; elle était fermée en dehors. Elle courut à la fenêtre qui donnait sur le jardin ; mais, en penchant la tête pour mesurer la distance du sol, elle aperçut, à la branche d'un arbre, en face d'elle, le corps de Moralès suspendu.

Elle se rejeta en arrière, et s'évanouit pour la seconde fois.

Afin d'éviter un scandale, la protectrice de Balda avait jugé à propos de simuler un suicide de Moralès. On raconta que l'esclave s'était pendu, et tout fut dit.

Il ne faudrait pas croire pourtant que la vieille créole fût un monstre, ni même une femme méchante. Mais un esclave ne compte pas. Cela se tue avec aussi peu de scrupule qu'un chien, et le plus abominable des crimes aux yeux d'une Américaine est une mésalliance qui semble élever l'homme de couleur au rang d'homme.

Le crime de Balda n'était pas d'avoir eu un amant, — la vieille fille le lui eût pardonné, — mais d'avoir aimé un quarteron et un esclave. Il y avait là une tache qu'il fallait effacer à tout prix.

Au bout de huit jours, elle vint voir Balda, toujours prisonnière dans sa chambre, pour lui annoncer qu'elle ne recouvrerait la liberté qu'après ses couches.

Balda comprit qu'on destinait à son enfant le même sort qu'au père ; qu'on le tuerait probablement ; à moins, ce qui était pire, qu'on ne le fît élever au loin, comme fils d'esclave, et esclave lui-même.

Elle ne dit rien. Protester, prier, était inutile ; elle le savait. Cette secousse épouvantable l'avait mûrie. Elle était entrée en pleine possession de sa nature. Se taire, mentir, sourire et agir, fut désormais sa loi.

Ajoutons qu'on avait été sans pitié envers elle, et qu'elle y trouva le prétexte voulu pour être sans pitié envers les autres. De ce jour, il y eut un masque sur son visage et du venin dans son cœur.

Elle ne pleura plus, elle ne se plaignit plus. Seulement, deux semaines environ avant son accouchement, elle disparut, sans qu'il fût possible de savoir par où ni comment, et de retrouver sa trace.

Tous les esclaves de la maison furent fouettés et mis à la torture, sans qu'on pût obtenir d'eux aucun renseignement.

Un mois après, Balda reparut chez sa tante, pâle, amaigrie, comme quelqu'un qui relève d'une longue et cruelle maladie.

— Votre enfant, où est-il ? demanda la tante avec fureur.

— Il est en sûreté ! répondit tranquillement Balda.

Cet enfant, c'était Angelina.

Ce premier amour de Balda, brusquement arrêté dans sa floraison, n'eut point le temps de se faner. La sève alors se détourna, et tout ce qui restait de passion dans ce cœur de granit, un moment traversé d'une flamme ardente, se concentra dans l'amour de la mère pour sa fille, de la tigresse pour son petit.

Elle aima son enfant avec une sorte de rage, trouvant déjà une saveur de défi et de vengeance à cet amour pour une petite créature triplement illégitime, dans les veines de laquelle coulait du sang noir et du sang esclave, et qu'elle avait, avec un héroïsme patient, sauvé de l'esclavage ou de la mort.

Angelina était bien à elle, à elle seule ! Quelle joie, quel triomphe, le jour où, brisant les obstacles, en dépit des lois et des préjugés, à la face de la société trompée et domptée par son habileté, elle produirait dans le monde la fille du noir, la fille de l'esclave, après lui avoir taillé, à force d'audace et de volonté, une fortune éclatante, après avoir vaincu l'interdiction odieuse qui semblait lui défendre à jamais la richesse et le bonheur !

Quelques années après ces événements, la vieille créole mourut. Elle avait fait sa nièce son unique héritière ; seulement elle était absolument ruinée, ses dettes ne furent pas même payées, et il ne resta à Balda que quelques bijoux de valeur, dont la vieille coquette n'avait jamais voulu se séparer, et qu'elle lui avait remis, peu d'heures avant sa mort, de la main à la main.

Pour la seconde fois, Balda se trouvait seule au monde, sans ressource et sans asile.

Elle n'eut d'abord qu'une pensée: revoir son enfant. Angelina
avait été élevée par une négresse dévouée. Pendant dix ans, Balda
avait eu le courage, non seulement de rester loin de sa fille, mais de
ne pas même recevoir de ses nouvelles, afin de ne pas exposer sa
liberté ou sa vie. Dès que sa tante fut morte, elle vendit ses bijoux et
accourut près d'Angelina.

Elle ne lui cacha rien; elle lui dit sa naissance, la mort de son père,
les tortures de sa mère. Que voulait-elle ? pourquoi versait-elle dans
cette jeune âme ces secrets terribles ? Était-ce pour que sa fille, en sachant qu'elle n'avait au monde que l'amour de sa mère, en sachant ce
que cette mère avait souffert pour elle, l'aimât plus éperdument, l'aimât
uniquement ? Songeait-elle à infiltrer dans ce cœur d'enfant les sentiments de haine et l'ardeur de représailles dont elle était dévorée ? Elle
ne se rendait peut-être pas compte elle-même de son intention et de sa
pensée. Elle s'était tue si longtemps, elle avait soif de parler, voilà ce
qu'il y avait de plus clair pour elle. Maintenant que dirait, que ferait
Angelina ? Elle allait voir.

Mais Angelina était justement le contraire de Balda. De son père
et de sa mère, du ciel sous lequel elle était née, du sang brûlant qui
coulait dans ses veines, des émotions effroyables qui avaient précédé
sa naissance, Angelina, — être frêle, délicat et frémissant, — n'avait
hérité qu'une précocité étrange de passion, une sensibilité exaltée
jusqu'à la maladie, un besoin ardent d'aimer et d'être aimée. L'énergie invincible de sa mère, elle ne l'appliquait qu'aux choses du cœur.
Ce qu'elle conclut du récit de Balda, c'est, d'une part, qu'elle avait à
adorer cette mère si vaillante et si dévouée, et que c'était là un grand
bonheur; mais, d'autre part, c'est qu'elle était née d'un sang méprisé et proscrit, qu'on allait donc la fuir et la honnir peut-être, et
que c'était là une grande tristesse.

— Non ! lui dit Balda, non ! tu ne seras pas de celles qu'on dédai-
gne et qu'on repousse ; tu dois être et tu seras de celles qu'on admire
et qu'on adore ! Une seule condition est pour cela nécessaire : ta naissance, dont ce monde imbécile et décrépit fait une honte, personne,
tu entends ? personne n'en doit savoir le secret.

Mais là encore Balda trouvait en sa fille une nature absolument
opposée à la sienne. Angelina était la sincérité et la droiture même.
La dissimulation lui faisait horreur.

— Il faudra donc mentir ? dit-elle à sa mère ; il faudra donc tromper ? je ne pourrai jamais !

— Tu oublies qu'en te déshonorant, tu me déshonorerais, lui dit Balda ; ce serait une façon singulière de me témoigner ta reconnaissance et ton amour.

— Ah ! pardon, ma bien-aimée ! s'écria l'enfant en se jetant dans ses bras et en fondant en larmes.

Alors Balda lui fit prêter, sous les formes les plus solennelles et les plus propres à frapper son imagination, le serment de ne révéler jamais à âme qui vive, et quoi qu'il arrivât, le nom de son père et de sa mère.

Et quand l'enfant, en tremblant, se fut ainsi engagée :

— C'est bien, lui dit Balda, je ne te demande pas autre chose, ma pauvrette ; moi, je ferai le reste.

Le reste, c'était, dans sa pensée, de conquérir à Angelina la richesse et le rang. Contente, après tout, de trouver Angelina ainsi bonne et candide, Balda se disait : — Elle les mérite !

Et, chose étrange, elle se confirmait par là dans ses idées perverses et dans ses projets de vengeance. Ce serait au profit de sa fille innocente qu'elle commettrait ses crimes, s'il en fallait commettre ; et la douceur d'Angelina lui semblait par avance la justification et la rançon de sa cruauté. Cette âme enfiellée tournait au mal jusqu'au dévouement maternel, comme ces récipients acétiques qui aigrissent les vins les plus généreux.

Au moment de la mort de sa tante, Balda s'était adressée dans sa détresse à madame de Sergy, qu'elle connaissait de nom et qu'elle savait sa parente, pour lui dépeindre, non sans éloquence, son affreuse position. Madame de Sergy, touchée de compassion, pensa à donner cette compagne à sa fille qui grandissait, et tout de suite lui écrivit de venir en France, lui envoyant la somme nécessaire pour son passage.

Balda mit en pension à Rio-Janeiro sa fille, — que dès lors elle déclara être sa nièce, — et partit aussitôt pour la France.

Il ne faut pas croire qu'elle fut un seul instant touchée de la générosité de madame de Sergy ; le souvenir de sa tante lui gâtait par anticipation tout le bien qu'on pourrait jamais lui faire.

— Qu'est-ce qu'elle va être encore, cette protectrice-là ? se disait-elle. Ah ! qu'elle soit ce qu'elle voudra, je ne perdrai plus mon temps à être dupe des bienfaits !

Balda arriva à Paris, armée de cette animosité préméditée et implacable, en même temps que de sa beauté étrange ; beauté d'autant plus dangereuse, nous l'avons dit, qu'on ne s'en méfiait pas, et qu'elle était en quelque sorte dissimulée et sournoise comme Balda elle-même.

Elle n'était pas installée depuis quinze jours à l'hôtel de Sergy, que son plan était déjà fait et qu'elle entrait en campagne.

Avec les manœuvres les plus habiles et les mieux conduites elle feignit une passion profonde pour M. de Sergy, une passion cachée et combattue, mais qui ne pouvait manquer de se trahir aux yeux expérimentés d'un homme assez beau encore, sinon assez jeune, pour n'être pas trop fat en s'en apercevant.

Balda se montra pour ce début une comédienne consommée. Elle ne séduisit pas le comte, ce fut elle qui fut séduite. Il ne douta pas un instant de sa pureté, de sa sincérité, de sa vertu. Il y eut une longue et admirable lutte entre la passion et le devoir, et Balda fit une résistance véritablement héroïque. Mais pouvait-elle ne pas finir par céder à un amour plus fort qu'elle ? Elle céda donc, elle céda savamment, et non pas certes sans les remords et les larmes qui conviennent.

A l'âge qu'avait M. de Sergy, cette victoire, longtemps attendue et chèrement achetée, flatta et enivra le vieux beau plus que n'avaient fait tous ses succès passés. Balda avait eu soin d'ailleurs de ne la lui laisser remporter que quand elle avait été bien sûre de posséder et de tenir son vainqueur.

Dès lors, en effet, nous l'avons vu, elle fut à l'hôtel de Sergy, dans toute l'acception du mot, « la maîtresse ».

Toujours humble et doucereuse pourtant vis-à-vis de sa bienfaitrice, ce fut lentement, tortueusement, à petits coups d'épingle, que, jour à jour, elle blessa, elle tortura, elle assassina la noble femme, épiant l'occasion, attendant l'heure, jusqu'à ce qu'enfin, — d'un bond et d'un coup terribles, — elle l'acheva.

Puis elle fit venir Angelina.

Puis elle se fit épouser par le comte.

Ce jeune homme s'appelait Moralès. — Page 58.

Maintenant, entre elle et son but, il n'y avait plus que Lucien et
Lucie.

9

VIII

LE SECRET DE LUCIE.

Balda ne quitta pas Angelina, même quand elle fut endormie. Elle s'étendit sur un canapé et dormit à côté d'elle. Avec ses nerfs d'acier, elle n'avait besoin que de fort peu de sommeil; et lorsque Angelina se réveilla, elle vit à son chevet sa mère calme et reposée, comme si elle avait passé la nuit dans son lit.

Angelina, elle aussi, se trouvait ranimée par ce bon sommeil réparateur; sa fièvre était tombée, et elle se sentait plus forte et surtout plus gaie. La première idée de la pauvre enfant avait été de se demander avec anxiété, si aucun des secrets dont elle portait le lourd fardeau ne lui était échappé; mais elle avait conscience que non, et, rassurée sur ce point, elle était toute joyeuse et tout épanouie.

Elle voulut se lever, et sa mère ne s'y opposa pas.

Lucie avait envoyé, à la première heure, savoir de ses nouvelles.

— Désires-tu lui faire demander si elle veut bien descendre auprès de toi ? dit Balda.

— Tu y consens ?

— C'est moi qui t'en donne l'idée,

Balda, en effet, se reprochait d'avoir manqué, la veille, au rôle d'affection déférante, discrète et dévouée qu'elle avait pris vis-à-vis de Lucie; dans son inquiétude pour sa fille et pour son secret, elle avait parlé avec une certaine aigreur à la « fille de la maison », et elle voulait réparer cette faute.

Lucie, à l'appel d'Angelina, se hâta d'arriver. Angelina lui dit tout bas en l'embrassant :

— Je n'ai pas dit un mot, sois tranquille!

La causerie fut donc toute d'enjouement affectueux. La matinée cependant ne se passa pas tout à fait sans émotion et sans nuage.

Vers dix heures, la femme de chambre de Lucie vint dire à sa maîtresse que le bijoutier venait d'apporter un écrin pour elle, de la part de Lucien.

— Le bijoutier ! un écrin !... Oh ! qu'est-ce que c'est ? demanda curieusement Angelina à Lucie.

— En vérité, je n'en sais rien, dit Lucie.

— Eh bien ! alors, dis qu'on le monte ici, cet écrin ; veux-tu ?

La femme de chambre, sur l'ordre de Lucie, apporta l'écrin.

C'était une magnifique parure de perles que Lucien envoyait à sa sœur.

Angelina jeta des cris d'admiration et de joie.

— Ah ! que c'est beau et que c'est joli ! Et M. Lucien ne t'avait pas prévenue ? c'est vraiment une surprise ?

— Sans doute, reprit Lucie ; il m'avait dit seulement qu'il compléterait ma toilette pour la soirée de jeudi. Je n'avais pas bien compris.

— Ah ! quel bonheur ! s'écria Angelina, qui était véritablement heureuse pour son amie. Ah ! ma Lucie, comme tu seras belle !...

Elle ajouta tout bas, avec un accent singulier :

— ... Belle pour lui.

Et dans cet accent, il y avait un peu de la fièvre de la veille ; mais Angelina reprit aussitôt, avec la gaieté et la câlinerie d'un enfant :

— Oh ! si tu étais gentille, — tu es en blanc, et ta robe de matin est d'étoffe légère, — tu me laisserais t'essayer ta parure.

— Es-tu enfant ! dit Lucie en riant.

Mais déjà Angelina lui dégageait le cou, lui relevait les manches, attachait le collier, les bracelets, les pendants d'oreilles. Lucie, moitié consentant, moitié résistant, était ravissante ainsi.

Balda regardait faire Angelina, le sourire aux lèvres ; mais tous les serpents qui n'étaient jamais qu'assoupis dans ce cœur s'étaient réveillés. Elle n'avait pu, elle, offrir à sa fille que de pauvres boucles d'oreilles ! et Angelina les trouvait encore trop riches pour elle !

Balda n'en dit pas moins tout haut :

— Que vous voilà charmante, chère Lucie ! Votre frère vous fait là un cadeau digne de lui, et de vous.

Dans l'écrin, Angelina découvrit un billet plié de Lucien, qu'elle remit à Lucie.

— Lis tout haut, dit Lucie à Angelina, après y avoir jeté les yeux.

Lucien disait à sa sœur qu'il avait fait forcément en Amérique des économies sur la première année de son revenu, et qu'il priait sa chère Lucie de le laisser lui en offrir une partie, sous forme de parure, et de penser que c'était aussi leur mère qui la lui offrait avec lui.

Balda souriait toujours, et était même obligée, à présent, de mettre un peu d'attendrissement dans son sourire. Mais au fond de son cœur, quelles tortures, mêlées à quelles convoitises!

— Oh! oui, dit-elle, c'est un cadeau de millionnaire! un cadeau de prince!

Et en elle-même elle pensait qu'en effet madame de Sergy étant beaucoup plus riche que son mari, c'étaient Lucien et Lucie qui avaient maintenant, dans la fortune, la part la plus forte et la plus solide. Elle récapitulait le bilan de cette maison, qu'elle connaissait mieux que l'avoué et que le notaire. Madame de Sergy avait laissé trois millions en terre, dont Lucien avait déjà le fonds et le revenu. M. de Sergy n'avait plus que pour peu d'années la jouissance du revenu de Lucie, et ne possédait, de son chef, que l'hôtel du faubourg Saint-Honoré et environ cinq cent mille francs, sur lesquels il n'avait pu reconnaître que cent mille francs à Balda. Il est vrai qu'il espérait être bientôt nommé sénateur, et qu'il faisait partie de plusieurs des « combinaisons » financières qui eurent sous. l'empire une si désastreuse floraison; mais combien tout cela était aléatoire et précaire auprès des biens-fonds du frère et de la sœur!

Là-dessus, — comme Angelina, douce enfant sans fiel et sans envie, battait des mains et, toute ravie et fière pour son amie, embrassait Lucie éperdument, — Balda l'embrassa avec effusion à son tour, en lui disant:

— Moi aussi, chère enfant, permettez-moi de me dire bien heureuse de votre joie!

Cette amertume et cette contrariété ne furent pas les seules qu'apporta à Balda cette malencontreuse matinée. Après le déjeuner, — auquel Angelina cette fois avait pu assister,— Balda remit à M. de Sergy la liste des invitations au bal, qu'il lui avait demandée pour les faire écrire par son secrétaire.

— Je n'ai pas su mettre l'adresse de M. le docteur Robert, dit Balda à Lucien; où faut-il envoyer sa lettre d'invitation? Est-ce à son appartement de la place Vendôme, ou à son domicile de Montmartre ?

Lucie eut malgré elle un vif mouvement de surprise.

Lucien dit tout haut ce qu'elle pensait tout bas :

— Je ne sache pas, madame, que Robert ait jamais habité Montmartre.

Malgré la puissance qu'elle avait sur elle-même, Balda pâlit et se mordit la lèvre.

— C'est lui qui nous l'a dit hier, fit-elle.

— Non pas, reprit Lucien, il a dit seulement qu'il avait un appartement pour ses consultations dans un quartier ouvrier ; mais ce n'est pas à Montmartre, c'est rue Saint-Maur.

— Je me serai trompée, dit Balda avec indifférence. Mais en elle-même avec colère: — Ah ! leur donnerai-je donc toujours prise sur moi ! Il faut que j'aie aussi enfin prise sur eux, et que je me dépêche, encore !

Comme la veille, le temps était magnifique, et, Lucien offrit à sa sœur de l'accompagner au Bois.

Lucie regarda Angelina ; Angelina regarda sa mère.

— Voilà ce que c'est, mademoiselle, dit Lucie à Angelina, vous avez été malade hier après la promenade ; on ne vous confiera plus à moi.

— Oh ! elle est la seule coupable, s'empressa de dire Balda en riant, et s'il vous plaît de lui faire grâce et de l'emmener encore aujourd'hui, ce n'est pas moi qui mettrai obstacle à votre clémence.

— Alors, fit Angelina joyeuse, tu me permets de sortir avec Lucie ?

— Oui ; tu es si heureuse d'être avec elle, et je suis si contente qu'elle soit avec toi !

— Mais, toi ? je te laisserai donc seule deux jours de suite ?

— Oh ! moi, j'ai beaucoup à faire !

A quatre heures, Balda vit partir Lucien, Lucie et Angelina. En rentrant dans son appartement, elle rencontra sur l'escalier la femme de chambre de Lucie, et elle lui donna une commission, pour sa maîtresse, dans un quartier assez éloigné. Puis, quand elle se fut assurée que la femme de chambre était sortie, elle monta à la lingerie.

La lingerie était au second étage, séparée par un corridor de l'appartement occupé autrefois par Balda et qu'occupait maintenant Lucie.

Balda, lorsqu'elle était arrivée à Paris, avait été chargée par madame de Sergy, déjà souffrante, de la direction générale des soins de la maison, et, comme elle était femme d'ordre, elle n'avait pas voulu, devenue madame de Sergy elle-même, se reposer de ces soins sur personne autre.

Seulement, elle ne s'attarda pas longtemps, ce jour-là, à visiter les armoires et à vérifier le compte du linge. Presque aussitôt, elle sortit, et se glissa dans la chambre de Lucie.

Elle savait tous les domestiques occupés. Mais elle n'avait pas à elle plus d'une heure, une heure et demie. N'importe ! elle espérait bien que cela lui suffirait pour trouver, sinon la preuve, au moins la trace, l'indice dont elle avait besoin.

Arrivée dans la chambre de Lucie, elle s'arrêta et promena autour d'elle un regard scrutateur, digne du plus fin limier de police, un regard qui eût fait envie à un Indien s'avançant sur le territoire de chasse d'une tribu ennemie.

Rien de plus simple que cette chambre de jeune fille, avec son petit lit blanc, sa chaise basse en tapisserie près de la cheminée, et son ameublement en bois de rose : armoire à glace, bureau pour écrire, chiffonnier, table à ouvrage, mignonne toilette-psyché entre les deux fenêtres.

Balda, après un moment d'examen, alla d'abord à la cheminée, surmontée d'une glace, s'assura si cette glace joignait bien hermétiment au mur.

L'inspection ne fut pas longue. Rien ne pouvait être caché derrière la glace.

Elle regarda le lit, puis secoua la tête, et se dirigea vers le petit bureau.

Toutes les clefs étaient à leur place. Elle ouvrit les tiroirs, mais rapidement, et n'y jeta qu'un coup d'œil.

— Ce ne peut être là, se dit-elle.

Elle inventoria plus soigneusement l'armoire à glace, ouvrant, vérifiant chaque objet de toilette, et le remettant exactement où elle l'avait pris, avec une promptitude et une dextérité merveilleuses.

Ses yeux s'arrêtèrent sur le parquet, recouvert d'un tapis ; il était cloué. Elle se mit à genoux, et parcourut ainsi toute la chambre, tâtant avec ses doigts, pour sentir la moindre aspérité, le moindre craquement d'un papier quelconque, ou d'une planchette soulevée.

Au bout d'un quart d'heure, elle se releva, confuse et dépitée. Le tapis était parfaitement uni, et ne révélait la présence d'aucun corps étranger.

Restaient la toilette, le chiffonnier et la table à ouvrage.

La toilette fut inspectée. En se dirigeant vers la table à ouvrage, Balda s'arrêta près de la chaise basse en tapisserie, qu'elle interrogea fiévreusement et sonda dans tous les sens, à l'aide d'une longue aiguille.

Enfin, elle s'approcha de la table à ouvrage, toute gonflée d'un fouillis indescriptible de laines et de soies en pelotons et en écheveaux.

Ce fouillis la fit hésiter. On peut remettre en ordre ce qui est en ordre, mais reconstituer le désordre !

Cependant, elle tenta l'aventure, vidant chaque compartiment, dont elle faisait un tas méthodique, pour le réintégrer ensuite à sa place le plus exactement possible.

Rien ! toujours rien ! Balda commençait à désespérer.

Tout à coup, son œil devint fixe. Il lui sembla que la tablette du fond n'était pas absolument droite. Elle la tâta d'une main fébrile, en appuyant fortement. La tablette fléchit en faisant un imperceptible mouvement de bascule, et se redressa.

Un peu de sang monta aux pommettes de Balda, et un demi-sourire de triomphe desserra ses lèvres.

Est-ce qu'elle aurait trouvé ?

Elle s'arrêta, alla jusqu'à la porte, sur la pointe des pieds, l'entr'ouvrit, écouta.

Silence partout.

Elle revint à la table à ouvrage, et essaya de soulever la tablette avec ses doigts. La tablette résista ; pourtant, elle avait vacillé un peu ; il était évident qu'elle céderait tout à fait.

En regardant plus attentivement, Balda aperçut une légère fissure, presque imperceptible, à l'un des angles, sur le vernis.

Elle prit un de ces petits outils minces en acier qui servent à faire du crochet, l'introduisit dans l'angle, fit une pesée...

La planche se souleva à l'autre extrémité.

Balda aperçut dans l'ouverture un petit paquet de lettres, pliées en quatre et fortement liées par un léger cordonnet de soie bleue.

Elle ne put retenir un cri de joie étouffé.

Elle saisit le paquet de lettres, le glissa dans sa poche, remit à peu près en place la table à ouvrage, et redescendit vivement chez elle. Personne ne se rencontra sur son passage.

Elle regarda à sa montre, elle n'avait dépensé qu'une heure ; elle avait le temps.

Quand elle fut dans sa chambre, après avoir poussé le verrou, elle tira le paquet de lettres, composa avec des papiers de dimension et de couleur à peu près semblables, un paquet de même volume, le lia du cordonnet de soie bleue, mit les vraies lettres sous clef, puis remonta à la lingerie, d'où elle revint dans la chambre de Lucie.

Alors, sans perdre un mouvement et sans perdre une seconde, elle replaça le faux paquet de lettres, et rétablit, avec une mémoire d'équivalence surprenante, le fouillis de pelotons, de rubans, d'écheveaux, de tapisseries commencées, de broderies inachevées, qui remplissait le petit meuble.

Elle jeta un regard autour d'elle pour s'assurer que rien ne révélait sa venue et sa perquisition, rentra dans la lingerie, et sonna la femme de charge, à qui elle fit rectifier une erreur dans le rangement des services damassés.

Quelles armes Balda allait-elle trouver dans les lettres prises chez Lucie ?

Elle n'avait pas eu la force d'attendre pour, au moins, s'assurer de qui étaient ces lettres si soigneusement cachées. Après avoir donné, avec un calme parfait, divers ordres pour le service de la maison, elle s'était de nouveau enfermée dans sa chambre et avait ouvert une des lettres, la dernière.

Elle courut à la signature; il n'y en avait qu'une : « Je vous aime. »

Les lettres étaient évidemment du docteur Robert !

Au même instant, Balda entendit dans la cour le bruit de la voi-

Elle aperçut à la branche d'un arbre, en face d'elle, le corps de Moralès suspendu. — Page 60.

ture qui rentrait. Elle rejeta les lettres dans son secrétaire, le ferma
à clef, et fut à temps sur le perron pour recevoir et pour embrasser

10

Angelina, à qui, cette fois, le grand air et la promenade avaient fait grand bien.

Après le dîner, Lucien sortit, et M. de Sergy s'habilla pour aller à une grande soirée au ministère des affaires étrangères ; il ne rentrerait pas avant trois ou quatre heures du matin.

Balda, Lucie et Angelina restèrent à causer et à travailler à des ouvrages de femme ; et Balda, intéressée sans doute par la conversation, ne pressa point Angelina d'aller se mettre au lit. On s'aperçut tout à coup avec surprise qu'il était minuit, et on se hâta de monter chacun dans son appartement.

Balda se laissa déshabiller par sa femme de chambre, passa un peignoir de nuit et la renvoya.

Elle était seule enfin, et, de toute la nuit, elle n'avait plus à craindre d'être vue ou dérangée.

Elle alla néanmoins fermer sa porte à double tour ; puis elle fit retomber, l'un après l'autre, les rideaux et les portières, de façon à ce qu'aucune lumière ne filtrât au dehors.

Alors, seulement, elle s'assit devant son secrétaire, et ouvrit le paquet des précieuses lettres. Il y en avait dix-neuf.

Elle ne s'était pas trompée ; ces lettres étaient de Robert.

Elles étaient toutes datées : détail important.

La première remontait à une année. Il en ressortait que Lucie avait rencontré Robert chez madame d'Arnaud, peu de semaines après la mort de sa mère.

Balda lut successivement toutes ces lettres avec une attention profonde. Elle pesait toutes les expressions, notait toutes les nuances, s'arrêtait aux faits les plus minutieux dont on pouvait tirer parti.

Il n'y avait pas là toutes les lettres écrites par Robert. Lucie avait dû en brûler une certaine quantité pour en sauver quelques-unes. Elle avait gardé les plus expressives, les plus tendres, celles où s'exprimait le mieux cette pure et grande passion, qu'elle inspirait et qu'elle partageait.

Ce fut là d'abord ce qui frappa Balda ; elle ne se trouvait pas en face d'une amourette de jeune homme et de petite pensionnaire. Il s'agissait d'une passion vraie, despotique, d'un de ces sentiments profonds qui, une fois entrés en nous, n'en sortent plus qu'avec la vie.

— Bien ! bien ! dit-elle.

En outre, dans ces lettres, il était plus d'une fois question de Balda elle-même ; et elles prouvaient de façon palpable que Lucie, dans les premiers moments de son jeune amour et de la douleur qui lui causait la mort de sa mère, avait parlé à Robert de ce qui se passait dans l'intérieur de la famille, et lui avait fait partager ses appréhensions et, il faut ajouter, ses répulsions contre sa future belle-mère.

— Très bien ! se dit encore Balda.

Alors, prenant sa tête dans ses mains, appuyant ses coudes sur la tablette du secrétaire, près de la lampe qui versait sa lumière douce et voilée sur les cheveux châtains de la jeune femme, sur ses épaules admirables et sur ses bras ronds et blancs, car Balda était en déshabillé de nuit, elle resta pendant une heure plus immobile qu'une statue de marbre.

A la voir ainsi, dans le silence, sous cette lumière discrète, nul ne se serait douté des idées sinistres qui s'agitaient dans son cerveau et du travail redoutable auquel se livrait son esprit.

On eût rêvé d'amour en regardant cette femme jeune et gracieuse, à la pose abandonnée, et qui n'évoquait que des spectres de mort.

Au bout d'une heure, elle releva le front. Elle reprit les lettres, les parcourut de nouveau, mais rapidement, cette fois, en mit de côté six qu'elle relut encore, et dans lesquelles elle en choisit encore une qui lui parut la plus significative et la plus importante.

Ensuite, prenant une plume et du papier, elle commença à copier les cinq autres lettres essentielles.

Le jour, qui arrive de bonne heure en mai, la trouva à sa table, copiant d'une main vive et sûre. Elle éteignit sa lampe et continua jusqu'à ce qu'elle eût écrit la dernière ligne.

Elle rassembla les lettres à l'exception de celle qu'elle avait mise de côté, les replaça dans leur ordre avec grand soin et relit le paquet et le nœud tels qu'elle les avait trouvés.

La principale difficulté était vaincue, il ne s'agissait plus, chose aisée, que de trouver, dès le lendemain, deux ou trois minutes pour remettre les lettres sous la tablette où elle les avait prises.

Elle alla ensuite à un petit meuble à secret dont elle seule possédait la clef, et l'ouvrit.

Avant d'y serrer la lettre originale et la copie des autres, elle y jeta un dernier coup d'œil en secouant la tête d'un mouvement joyeux.

Celui qui l'eût vue, en ce moment, eût senti se dresser ses cheveux sur sa tête, tant l'expression de triomphe qui éclairait ses traits habituellement si calmes, était terrible.

— Je les tiens ! murmura-t-elle, je les tiens... tous trois !

Elle posa sa main crispée sur les lettres, et un sourire desserra ses lèvres et découvrit ses dents brillantes, petites et aiguës.

IX

TRAIT DE LUMIÈRE

Dans la lutte que Balda prévoyait, et qu'elle était décidée à engager la première, il était temps qu'elle prît ses avantages ; car la parole imprudente qu'elle avait laissé échapper à propos de l'adresse de Robert, devait la mettre, et la mit bientôt « à découvert. » Elle avait maintenant des armes dans la main ; mais Robert, l'ennemi, allait en avoir de non moins redoutables.

Le lendemain même du jour où Balda avait dérobé dans le tiroir de Lucie les lettres de Robert, Lucien alla dans l'après-midi chez son ami.

Après en avoir causé avec sa sœur, il voulait se concerter avec Robert, sinon pour arrêter, au moins pour préparer leur plan de conduite vis-à-vis de M. de Sergy, en vue de ce qu'il avait appelé « la conspiration du bonheur de Robert et de Lucie ».

— Lucie, malheureusement, est très-riche, lui dit Robert.

— Mais, heureusement, dit Lucien, ton habileté et ta réputation sont un capital qui représente un revenu encore supérieur au sien. Sur ce point-là, je ne prévois pas que mon père puisse faire d'objection.

— Ce serait, en effet, moi plutôt qui aurais à en faire.

— Non, mon cher Robert ; les opinions et tes idées mêmes ne

te permettent pas d'incliner le talent devant la richesse et d'attribuer cette supériorité et, pour ainsi dire, cette plus-value à l'argent transmis par l'héritage, sur l'argent gagné par le travail. Tu ne dois pas avoir là-dessus plus de scrupules que mon père ne peut avoir d'objections. Mon père est de son temps, en somme ; trop de son temps peut-être ; il honore la source de ta fortune.

— Oui, mais je ne suis pas noble, moi, dit Robert ; je suis le fils d'un petit employé de province.

— Tu n'as pas le nom, mais tu as le renom.

— Crois-tu, Lucien, que M. de Sergy admette cette compensation ?

— J'en suis moins sûr que pour la fortune, dit Lucien ; j'espère pourtant qu'il entendrait raison même sur ce chapitre. Le grand obstacle n'est pas là...

— Je sais, interrompit Robert, il est dans ces idées auxquelles tu faisais allusion tout à l'heure. M. de Sergy, député gouvernemental, sénateur probable, acceptera-t-il jamais un gendre sincèrement et ouvertement républicain ?

— Il ne faut pas se faire illusion, reprit Lucien, c'est là, réellement, qu'est la grosse difficulté ; cependant, je ne la crois pas insurmontable, — si tu n'es pas desservi auprès de mon père par quelque influence intime... As-tu des amis dans le monde officiel ?

— Des amis ? non pas, dit Robert en riant ; mais j'y ai des clients, par exemple, et des plus haut placés.

— C'est déjà quelque chose. Tu vas aux réceptions de ce monde ?

— Je t'avoue que je n'y ai jamais mis le pied, si ce n'est sur les terrains neutres, à la présidence du Corps législatif, aux ambassades...

— Il va sans dire, cependant, que tu viendras à la soirée de jeudi ?

— Je n'aurais garde d'y manquer; d'abord j'ai été présenté par toi ; puis ce n'est pas une soirée politique. Je sais que j'y verrai force gens qui ne me plaisent guère, des Cénas, des Pardailly, des Maugiron...

— Prends garde ! ce Maugiron, que tu nommes, me paraît être un des grands amis de la comtesse. Je ne le connais pas, moi qui arrive. Qu'est-ce donc qu'on lui reproche ?

— D'être un peu trop heureux au jeu et un peu trop heureux en duel: on prétend qu'il gagne et qu'il tue à coup sûr.

— C'est grave, en effet; mais tu n'as pas de raison de l'attaquer en face?

— Ni de l'attaquer, ni de le craindre.

— Tu ne le crains pas, certes; ce qu'il faut craindre, c'est ma belle-mère. Le jour où son hostilité cessera d'être latente...

— Avant de rien savoir de nos projets, s'est-elle donc déjà déclarée?

— Non; au contraire; elle a de sa main écrit ton nom sur la liste des invitations... A propos, elle croyait que tu habitais Montmartre,

Robert eut un soubresaut subit.

— Hein?.. fit-il, je n'ai pas entendu, répète.

— Je te répète que madame de Sergy croyait que tu habitais Montmartre, ou du moins croyait te l'avoir entendu dire. — Mais qu'as-tu donc? tu parais tout ému?

Robert, qui était assis, s'était levé et marchait dans la chambre avec agitation.

— Je n'ai rien, reprit-il; seulement... j'ai eu dans le temps, c'est vrai, mon cabinet de consultations à Montmartre.

— Ah! madame de Sergy t'aurait-elle connu là? Est-ce que tu te la rappelles?

— En aucune façon. Je ne l'ai jamais vue. J'en suis sûr. Mais, elle...?

Il s'arrêta, l'œil fixe, le sourcil contracté, fouillant sa mémoire. Quand il avait été présenté à la comtesse, elle avait eu un tressaillement, cela lui revenait à présent. Puis, sa voix, qui l'avait frappé, cette voix grave et un peu gutturale de ceux qui ont longtemps parlé l'espagnol, cette voix qu'il avait reconnue, où donc l'avait-il entendue? Il se le demandait de nouveau, pressant son front dans ses mains, comme pour en faire jaillir les souvenirs.

Tout à coup il jeta une exclamation presque épouvantée.

— Lucien! s'écria-t-il sans réfléchir, la mère, dis-moi, quand est-elle morte?

— En 1863, dit Lucien étonné; il y a maintenant dix-huit mois.

— En octobre?

— Oui, en octobre

— Et quel jour d'octobre ?

— Le 13.

— Le 13! répéta Robert : tu es bien sûr que c'était le 13 ?

— Certainement. Mais quelles questions étranges !

— Et ta mère est morte subitement, n'est-ce pas ? — de la rupture d'un anévrisme ?

— Oui ; tu as dû savoir déjà tout cela par Lucie.

— Elle m'a dit tout cela, oui ; mais, aujourd'hui, j'ai besoin qu'elle me le redise en détail. Où pourrai-je la voir, seule, en ta présence ? M. et madame de Sergy doivent sortir quelquefois ensemble ?

— Sans doute, mais comment le savoir d'avance ? Ah !... ils vont chaque dimanche à la Madeleine, avec Lucie et Angelina.

— Eh bien, demain dimanche, prie Lucie de prétexter une migraine et de rester à la maison. J'irai chez toi, et elle passera dans ton appartement sans être aperçue.

— C'est entendu ; seulement tu vas me dire à ton tour...

— Rien ! ne me demande rien en ce moment, je t'en supplie ! reprit Robert ; laisse-moi seul, au contraire ; laisse-moi réfléchir. Et, demain, je questionnerai Lucie, — et je parlerai peut-être.

IX

L'ENQUÊTE

Le frère et la sœur étaient fort inquiets, le lendemain, en attendant la venue de Robert. Il voulait interroger de nouveau Lucie sur les circonstances de la mort de sa mère! Dans quel but? Et qu'est-ce qui pouvait motiver, dix-huit mois après l'événement, cette sorte d'enquête?

M. de Sergy, qui croyait devoir à son nom légitimiste d'être religieux, et à ses opinions conservatrices de donner au peuple l'exemple du respect des « choses sacrées », était à la messe avec Balda et Angelina. Robert arriva, demanda Lucien, et fut introduit auprès de son ami. Puis, les domestiques écartés, Lucien alla chercher sa sœur qui occupait au même étage, on se le rappelle, l'appartement contigu au sien.

— Nous n'avons pas de temps à perdre, dit tout aussitôt Robert; veuillez donc, mes amis, ne pas me questionner d'abord, et bornez-vous, ma chère Lucie, à me répondre. Vous m'avez dit déjà, et plus d'une fois, de quelle façon imprévue et douloureuse vous aviez perdu votre mère; mais, pardonnez-moi, j'ai besoin aujourd'hui de rassembler et de coordonner dans mon esprit les détails de cette mort subite; ayez donc la bonté de mes les rappeler encore. C'est dans la soirée, n'est-ce pas, que madame de Sergy est morte? Quelle heure était-il?

— On ne l'a pas su au juste, dit Lucie; ce devait être de dix heures à dix heures trois quarts.

— Elle était seule?

— Oui, depuis dix heures moins un quart, heure à laquelle je l'avais quittée.

— Reprenons les choses dès le matin, dit Robert. Si j'ai bonne mémoire, c'est ce même jour, — 13 octobre, — que madame de Sergy avait reçu, par le courrier du matin, la lettre dans laquelle Lucien lui annonçait son retour?

— C'est ce jour-là même, répondit Lucie. Je me rappelle, comme si c'était hier, que ma pauvre mère me fit appeler vers huit heures et demie pour me dire la bonne nouvelle et me faire lire la lettre. Elle était toute rayonnante de bonheur. Je lui dis de prendre garde et de se calmer, car elle était bien souffrante. Elle me répliqua que la joie ne pouvait faire mal.

— Ta lettre, Lucien, annonçait-elle ton retour pour une date fixe?

— Ma lettre, dit Lucien, était partie par le packet qui avait précédé celui qui m'amenait moi-même; et elle disait qu'au moment où elle parviendrait à son adresse, je serais depuis trois jours en route, et que j'arriverais à Paris huit ou neuf jours après.

— Bien! dit Robert, qui pesait toutes ces réponses avec une attention et une réflexion profondes. La journée s'est passée sans incident notable, je crois? madame de Sergy se sentait-elle plus mal?

— Elle était très-émue, dit Lucie, et elle parlait avec plus d'anima-

Elle éteignit sa lampe et continua... — Page 75.

tion que d'habitude, mais elle n'était pas plus mal. Cependant elle
avait essayé de dormir, mais le sommeil n'était pas venu.

11

— Venons maintenant à la soirée, reprit Robert. Qui a-t-elle vu ce soir-là ?

— D'abord Balda... je l'appelais de ce nom dans ce temps-là.

— Mademoiselle Balda venait-elle donc habituellement dans l'appartement de votre mère?

— Non, c'était très-rare, au contraire ; je puis même dire qu'elle n'y entrait presque jamais. Elle a insisté pour attendre dans son salon maman, qui était encore dans sa chambre. Elle a dit, le lendemain, qu'elle avait tenu à la féliciter du retour de Lucien.

— Personne n'a assisté à la conversation entre madame de Sergy et mademoiselle Balda?

— Personne ; mais maman a dû s'irriter, s'emporter même ; car Balda, en sortant, est allée prier mon père d'entrer chez elle avant d'aller au cercle, pour la calmer.

Robert demeura une ou deux minutes pensif, avant de reprendre:

— Et M. de Sergy est entré, en effet; et vous-même, Lucie, vous êtes entrée après lui chez votre mère ?

— Oui ; mon père est resté près d'une demi-heure avec maman ; il a dit qu'il l'avait trouvée très-nerveuse et très-agitée, qu'il n'y avait pourtant pas eu entre eux de querelle, mais seulement une discussion assez vive, après laquelle il l'avait laissée apaisée, et même attendrie. Quand, à mon tour, avant de partir pour la soirée de madame de Solanges, je suis entrée près de maman... — Balda m'avait recommandé de n'y pas manquer, mais sa recommandation était bien superflue...

— Ah ! mademoiselle Balda vous avait fait cette recommandation? interrompit Robert.

— Et ce n'était pas beaucoup la peine, comme vous pensez... Quand je suis donc entrée, j'ai trouvé maman absorbée et comme anéantie ; mais elle s'est animée ensuite, et j'ai eu, depuis, le regret et presque le remords, de penser que je lui avais dit, au sujet de Lucien, des choses qui avaient dû l'émouvoir plus que sans doute il n'eût fallu.

— C'étaient là, de fait, bien des émotions coup sur coup!... — Et, dites-moi, mademoiselle Balda savait-elle, le matin, que vous deviez sortir ce soir-là ?

— Naturellement. L'invitation de madame de Solanges remon-

tait à une semaine, et il avait été décidé, la veille, que j'irais à cette
soirée.

Robert, de nouveau, garda un instant le silence, puis demanda:

— Après vous, personne n'a vu votre mère ?

— Seulement la femme de chambre, à qui elle a recommandé de
la laisser se reposer. Julie est descendue à l'office, où elle est restée
à souper et à causer avec les autres domestiques. Elle est remontée à
dix heures trois quarts, elle est entrée dans le salon tout doucement,
et elle a cru d'abord que maman était endormie. Elle s'est approchée
sur la pointe du pied : elle l'a vue blanche, droite, immobile, du sang
aux lèvres. Elle a couru ; elle a appelé au secours ; on est venu. Maman était morte.

— M. de Sergy étant au cercle, vous à votre soirée, il n'y avait
alors à l'hôtel, avec les domestiques, que mademoiselle Balda, — qui,
probablement, s'était retirée dans sa chambre ?

— Oui ; on est allé l'appeler ; elle était en train de lire. Quand
nous sommes arrivés, mon père et moi, nous l'avons trouvée bien
désolée et bien pâle.

Après une nouvelle pause, Robert reprit :

— On a fait l'autopsie, n'est-ce pas ?

— Oui, le surlendemain.

— Et on a constaté ?...

— Que la mort avait été causée par la rupture d'un anévrisme.

Robert se tut, cette fois, assez longtemps. Lucien et Lucie le
regardaient avec anxiété. Il paraissait hésiter à poser une dernière
question.

— Avez-vous remarqué, Lucie, dit-il enfin, si mademoiselle
Balda était sortie ce jour-là ?

— Je ne sais trop... répondit Lucie. Attendez, que je me rappelle... Oui, je crois bien qu'elle est sortie... le matin... avant le
déjeuner.

— Et vous ne vous rappelez pas, par hasard, quelle toilette elle
avait ?

— Exactement, non ; — mais ce devait être une toilette sombre.

Robert eut un tressaillement. Lucien lui saisit le bras avec une
violence inouïe, les lèvres serrées, les yeux pleins de flamme.

— Que crois-tu ? s'écria-t-il.

Puis il s'arrêta, et reprit d'une voix sourde, avec un accent de menace si effrayant, que Robert lui-même se sentit frissonner :

— Ma mère a été empoisonnée !

Il y eut un moment de silence solennel. Lucie, plus immobile qu'une statue, ne quittait pas des yeux le visage de Robert.

Robert, qui avait tenu la tête baissée pendant la demande de Lucien, se redressa, regarda Lucie d'abord, Lucien ensuite, avec une expression étrange ; puis, faisant le geste d'un homme qui prend une résolution, il répondit d'une voix grave et ferme :

— Tu te trompes. Je t'affirme que l'autopsie n'a pas dû faire erreur, et que madame de Sergy est bien réellement morte de la rupture d'un anévrisme !

XI

LES ANGOISSES DE ROBERT.

Sur l'affirmation si nette de Robert, Lucien poussa un soupir de soulagement.

— Ah ! fit-il, tu m'ôtes un poids terrible, mon cher Robert ! L'idée qui a passé à travers mon esprit me donnait le vertige ; il m'a semblé une minute que je devenais fou.

— Oui, j'ai senti ce que tu éprouvais, dit Robert d'une voix grave.

— Mais alors, dis-moi, pourquoi toutes ces questions, pourquoi cette espèce d'enquête ? Tu avais donc des soupçons ?

— J'en avais.

— Et ils sont dissipés ?

— Ils sont éclairés. Je te répète, Lucien, que la mort subite de ta mère a eu une cause naturelle. Cela doit te suffire. Je savais combien madame de Sergy avait eu à se plaindre de celle qui est aujourd'hui votre belle-mère ; vous m'aviez dit tous deux que, pour nos projets de bonheur, il fallait la considérer comme l'ennemie. J'avais besoin d'être exactement renseigné sur certains points en ce qui la touche.

Voilà pourquoi je tenais à faire la lumière sur les doutes que j'avais dans l'esprit.

— Et maintenant ?... demanda Lucie, qui fixait sur Robert ses yeux pénétrants.

Robert s'approcha du frère et de la sœur et prit leurs mains dans les siennes.

— Maintenant, mes amis, leur dit-il, je n'ai plus à ajouter que ceci : vous me connaissez tous deux, vous savez quels sont pour vous mes sentiments et à quel point je suis à vous; je vous demande de vous reposer sur moi, je vous demande de croire en moi...

— J'y crois ! dit simplement Lucie.

— J'y crois donc comme ma sœur, dit Lucien en souriant.

— Merci ! reprit Robert. A présent, il importe que je sois parti avant le retour de M. et de madame de Sergy, qui peut-être même ignoreront que je suis venu. Rentrez vite chez vous, ma chère Lucie; toi, Lucien, pour retirer toute importance à ma visite, ne me reconduis même pas.

Robert laissait Lucien et Lucie à peu près rassurés, mais il emportait en lui le trouble et l'angoisse. Il avait à résoudre le problème le plus terrible et le plus compliqué.

Mis en éveil par la voix de la comtesse, puis par cette méprise sur l'adresse de Montmartre, se rappelant en outre le mouvement d'effroi qui lui était échappé lorsqu'il l'avait vue pour la première fois, il avait creusé dans sa mémoire, et, guidé par ce qui l'avait égaré d'abord, — cette voix connue, ces traits inconnus, — il avait été conduit à se rappeler un fait arrivé dix-huit mois auparavant.

Il avait comparé les dates. Il avait précisément quitté son domicile de Montmartre le 15 octobre, et madame de Sergy était morte le 13.

Il avait retrouvé alors, à n'en pas douter, la circonstance unique, étrange, où il avait pu entendre Balda sans la voir; et, cette circonstance retrouvée, les faits qui s'y rattachaient lui avaient montré, dans une clarté livide, cette chose effrayante : l'assassinat possible de madame de Sergy par Balda.

Après l'enquête qu'il venait de faire, Robert n'avait plus de doute; la vérité lui apparaissait, évidente et frappante, dans toute son horreur. Les réponses de Lucie concordaient avec les faits que

Robert connaissait par lui-même, et si elles n'expliquaient pas tout dans les sinistres moyens employés par Balda, les conséquences presque forcées qui en ressortaient fournissaient des hypothèses aussi logiques et aussi palpables que des certitudes.

Balda avait tué madame de Sergy; comment? Par un coup de douleur dans l'âme, plus féroce, plus sûr et plus mortel qu'un coup de couteau au cœur.

Devant cette évidence, le bouleversement de Robert ne saurait s'exprimer.

— Que faire?

Après avoir, dans un premier mouvement, demandé des lumières à Lucien et à Lucie, il avait réfléchi, il s'était arrêté. Loin d'admettre les enfants de la morte à la participation du terrible secret et de la terrible tâche, son devoir était avant tout de leur cacher la vérité.

Devant la colère presque folle de Lucien, alors qu'un simple soupçon avait traversé sa pensée, Robert comprit que la révélation complète du crime pourrait produire d'incalculables malheurs: Lucien voudrait venger sa mère; il serait capable d'un accès de délire, d'une violence terrible, d'un meurtre peut-être!...

Tout dire à M. de Sergy? M. de Sergy aimait, il adorait Balda; il avait en elle une confiance aveugle, et son amour-propre s'ajouterait à son amour pour repousser avec indignation une accusation qui ferait de lui une dupe, sinon un complice. Il chasserait, au premier mot, le dénonciateur, le calomniateur.

Et quand même il consentirait à écouter Robert jusqu'au bout, quand même il le confronterait avec Balda, Balda nierait tout; et qu'est-ce que Robert pourrait prouver contre elle? qui l'avait vue? qui l'avait entendue? Où étaient les témoins, les preuves? Il n'y en avait pas, il ne pouvait pas y en avoir.

Robert se trouvait en face de l'assassinat moral, absolument impossible à démontrer, et qui, même démontré, échapperait encore au coup de la loi.

C'est là le côté terrifiant de ces crimes, plus fréquents peut-être qu'on ne l'imagine: ils sont, devant la justice ordinaire, forcément inconnus, forcément impunis.

Robert se voyait donc désarmé en présence d'une certitude affreuse, qui lui apprenait que Balda l'avait assurément reconnu et

qu'elle devait le haïr, comme on hait un remords vivant, une menace
éternelle.

Ce n'est pas tout. Cette infâme, qui n'avait pas craint de tuer sa
parente et sa bienfaitrice, en la poignardant avec son amour maternel, pour prendre sa place et son titre, hésiterait-elle à s'attaquer
aux enfants qu'elle détestait, pour s'emparer de leur fortune ? Ne
tendrait-elle pas quelque autre abominable piège, où pourraient
tomber, sans le voir ni le prévoir, le frère et la sœur ?

Et Robert, réduit à lui-même, sans appui dans la famille, sans
recours à la loi, était le seul gardien possible pour Lucie et Lucien,
le seul justicier possible pour Balda !

XII

UN LUTTEUR

Dans le combat qui allait s'engager, combat étrange, où les
adversaires seraient à visage découvert, mais où le combat même
serait secret et, si l'on peut le dire, masqué, Balda allait trouver en
Robert un antagoniste digne d'elle. Elle aurait pour elle l'astuce,
l'hypocrisie, la patience lente et froide, l'absence de tout scrupule et
de tout sens moral, l'égoïsme ardent et féroce, toutes les armes perfides ; il aurait pour lui la fermeté, l'intrépidité, le dévouement, la
passion de la justice, la prudence et le calme dans l'audace, les
meilleures enfin des armes loyales.

Robert était d'ailleurs de longue main préparé et habitué à la
lutte ; c'est de lui qu'on pouvait dire que sa vie avait été un combat,
et ce combat avait commencé dès son enfance, et avant sa naissance
presque.

Son père, petit employé de mairie dans une ville de second
ordre, avait, tant qu'il avait vécu, courbé l'échine sous le fouet de la
nécessité ; plein de protestations et de révoltes intérieures, que la
pauvreté, la prudence, le besoin de nourrir sa famille, contenaient et
arrêtaient toujours avant l'explosion.

Intelligent, enthousiaste, rêvant le beau et le bien, le caractère lui avait manqué pour réaliser ses rêves. C'était un révolutionnaire en chambre, qui se vengeait de la soumission de sa vie extérieure par l'indépendance de sa vie interne.

La révolution de 1848 avait été pour lui une révélation et comme un éblouissement. Il se crut libre...

On sait combien cela dura peu. Les murs de la prison se relevèrent plus épais.; on mit de nouvelles ferrures aux portes, des barreaux plus épais aux fenêtres, des geôliers plus nombreux dans le préau. C'était l'empire.

Au coup d'État, il versa des larmes de sang; mais, quatre jours après, comme des milliers d'autres, sur le registre présenté par son chef de bureau, il signa, pâle, la sueur au front, le serment de fidélité au crime victorieux.

Dans les profondeurs de sa conscience timorée, il avait cependant trouvé moyen de se venger à sa façon; cette vengeance fut son fils unique, Robert.

Avant même qu'il fût né, il l'avait voué à la liberté.

— Moi, avait-il dit, je suis pris dans l'engrenage; ma vie est faite. Je suis né pour subir, je subirai. Mais, esclave, j'ai un fils; et ce fils sera libre !

L'éducation de Robert devint son unique joie et son unique passion. De lui-même il ne lui donna que le bon côté, la pensée. Il affranchit ce jeune cerveau; et il n'eut qu'une idée: tremper pour la lutte ce jeune caractère.

Robert, précoce, ardent au travail, avide de savoir, accomplit, dépassa toutes les espérances de son père.

Ce fut pour cet homme un jour de bonheur sans mélange, celui où, à dix-sept ans, Robert, ses études terminées, lui dit:

« — Pour un jeune homme pauvre et instruit, il n'y a qu'un petit nombre de carrières possibles: la carrière administrative, l'enseignement, le barreau et la médecine.

« L'administration, inutile d'en parler, n'est-ce pas? c'est l'immense toile d'araignée qui enveloppe, enserre, étouffe la France. Fondée par le premier empire, elle est restée un merveilleux instrument de despotisme, rien d'autre.

« Le barreau semble plus indépendant, au premier abord ; mais

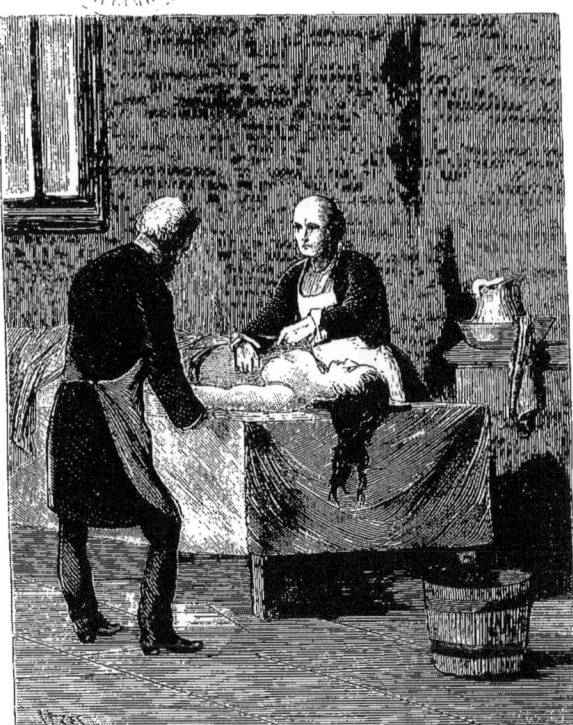

On a fait l'autopsie. — Page 83.

le terrain d'action de l'avocat, c'est la légalité, la loi écrite, le code.
Il y a des légalités que je n'accepte pas, des lois que je réprouve, et,

12

si je parlais du code, ce serait pour en demander la réforme, non l'application.

« L'enseignement est la fonction la plus sublime de l'homme : tu l'as prouvé, cher père, en me donnant les idées et les sentiments qui composent mon âme. Mais l'enseignement, aujourd'hui, c'est celui du passé, non celui de l'avenir. Les grands instituteurs ne sont pas dans les chaires, ils ne relèvent que de leur conscience et de leur génie; et moi, simple étudiant, j'ai déjà, sur l'histoire, la morale et la philosophie, des idées qui ne sont point admises par les pro-grammes.

« Reste donc la médecine. Là, on ne dépend absolument que de soi-même, de son travail et de son talent. Là, nulle obligation de jamais mentir, de plier sa pensée sous les fourches caudines de la hiérarchie, d'affecter le faux respect des choses qu'on méprise. C'est, — en dehors des grandes luttes de la vie politique aujourd'hui im-possibles, et du rayonnement du livre, — la seule carrière qui demande un génie spécial, où l'homme fier et convaincu puisse encore faire quelque chose d'utile, de grand et de bon. Là on peut agir, aimer, se dévouer, car les laideurs de l'humanité disparaissent derrière ses souffrances.

« Je serai donc médecin. »

Le père serra son fils dans ses bras, avec une joie et un orgueil immenses. Il se sentit relevé à ses propres yeux, lavé des asservisse-ments de sa triste et pâle existence, et comme purifié.

— Moi aussi, s'écria-t-il, j'aurai donc apporté ma pierre à l'édi-fice, rempli mon devoir, accompli un acte, je n'aurai pas été inutile : j'ai fait un homme !

Robert, en effet, même à l'âge où on a le droit d'être encore un enfant, était déjà un homme. Il le prouva bien.

Il vint à Paris, étudiant en médecine, avec cinq cents francs, prélevés, par un miracle d'économie, sur les privations de plusieurs années du pauvre ménage. Or, Robert, pendant ses quatre années d'études, pour payer son entretien, ses inscriptions et frais d'examen, ne demanda plus jamais d'argent à son père. Il donnait des leçons; il écrivait dans des recueils spéciaux. Il travaillait quinze heures par jour ; il travaillait avec emportement, avec passion, appliquant sur lui-même sa théorie : — que le travail varié ne fatigue pas, et qu'on se repose d'un travail dans un autre.

Il avait vingt ans quand il perdit sa mère. Son père mourut l'année suivante, et ce coup lui fut profondément cruel. A ce moment, interne à la Charité, déjà connu et apprécié, au moins de ses maîtres, il espérait pouvoir bientôt aider son père à son tour.

La vente du mobilier du pauvre employé ne produisit pas mille francs; et Robert allait accepter une lourde charge dans son héritage.

A l'hôpital de la Charité, un jour, à la visite matinale que le médecin de service fait dans les salles dont il a la direction, Robert, qui, comme premier interne, assistait le médecin, aperçut un malheureux dont la figure ne lui était pas nouvelle.

C'était un homme d'environ soixante ans, pâle, décharné, plus malade de misère et de désespoir que de toute autre maladie bien caractérisée.

Dans ce débris, Robert, après quelque hésitation, reconnut enfin un ancien ami de son père, le vieil instituteur primaire qui lui avait donné, à lui enfant, ses premières notions de lecture, de langue et d'histoire.

Le coup d'Etat n'avait pas dédaigné de frapper ce pauvre homme. Sur la dénonciation du maire de sa petite ville, riche propriétaire et clérical forcené, Caussin avait été condamné à la déportation en Afrique par une commission mixte. Qu'avait-il fait ? Rien ; mais on le savait républicain ; cela suffit.

A son école laïque on substitua une école congréganiste, et tout fut pour le mieux dans le meilleur des empires.

A l'amnistie, Caussin quitta Lambessa et revint en France. Il essaya d'abord de retourner au pays, pour y gagner sa vie ; mais là, il retrouva le maire, plus riche et plus puissant que jamais, qui se coalisa avec le sous-préfet, le curé, le commissaire de police et le garde champêtre pour tourmenter, poursuivre et traquer le bonhomme comme une bête fauve.

Caussin dut quitter la place, et venir à Paris. Découragé, hébété par la persécution, usé, vieilli, il essaya de tout pour vivre, et n'arriva qu'à ne pas mourir.

Un beau jour, le pauvre diable tomba dans la rue et fut transporté à l'hôpital, dans le service de Robert.

Après la visite, la reconnaissance fut bientôt faite entre le jeune homme et le vieillard. Ce fut des deux parts une vive joie et un attendrissement profond.

Caussin raconta sa lamentable histoire.

— Et maintenant, lui demanda Robert, que comptez-vous faire, quand vous serez guéri ?

— Mourir des deux maladies incurables qui me resteront : la misère et le découragement !

— Vous vous trompez, répondit Robert, on en guérit.

— Je ne connais pas le médecin qui fait ces cures merveilleuses.

— Je le connais, moi.

— Et comment s'appelle-t-il ?

— Un ami ! dit Robert en serrant la main décharnée du martyr.

A partir de ce jour, Robert adopta le vieux Caussin et ne l'abandonna plus. Il fallait sauver la dignité de l'obligé; Robert manœuvra si bien que le pauvre instituteur, réconforté, relevé, consolé, s'imagina bientôt qu'il rendait à son bienfaiteur les services les plus signalés, et qu'il lui était indispensable.

Ils étaient deux désormais pour une assez maigre pitance ; mais Robert considéra qu'il devait faire pour l'ami de son père ce qu'il eût fait pour son père lui-même.

Il commençait d'ailleurs à gagner de l'argent. Il se trouva qu'il avait une main de praticien admirable, une main à la fois fine et ferme, délicate et vigoureuse, instrument merveilleux pour les opérations les plus difficiles de la chirurgie. Pendant toute une année, il fut l'aide, et parfois le coopérateur du chirurgien qui passait alors pour le premier de Paris.

C'est à ce moment-là pourtant qu'il se détermina à partir pour l'Amérique du Sud, emmenant son vieux compagnon, qui se croyait de plus en plus nécessaire.

En apprenant son départ, les camarades de Robert ne s'en étonnèrent point. Ils crurent que le « puritain », comme on l'appelait à l'Ecole, en avait assez du spectacle écœurant du despotisme impérial, et allait chercher un air plus libre sous le ciel des anciennes colonies espagnoles. On se trompait. Robert était de ceux qui pensent qu'on se doit d'autant plus à son pays, qu'il semble plus malheureux ou plus coupable. Ce qu'il allait chercher en Amérique, ce n'était pas la liberté pour lui, c'était la science pour tous.

Il y resta deux ans, parcourant le Brésil, la Plata, le Chili, les Républiques de l'Équateur, vivant avec les nègres esclaves pour surprendre leurs recettes et leurs secrets, allant jusque dans le désert se mettre en rapport avec les Indiens, étudiant la faune, étudiant surtout ces forces détournées qu'on appelle les poisons, manipulant les plantes, les soumettant aux investigations les plus minutieuses.

Pour ces excursions, il laissait le vieux Caussin dans la ville la plus proche, lui confiant le classement de ses herbiers. Ses consultations pendant son séjour dans les villes payaient ses frais de voyage, qui étaient considérables.

Nous savons comment, au bout de deux ans, il fut rappelé par le chirurgien, son maître, qui, souffrant déjà du mal dont il mourut, avait besoin de ses services. Robert était maintenant en possession d'un certain nombre de découvertes précieuses, sur les poisons principalement. Il revint donc volontiers en France.

Le bonhomme Caussin avait d'ailleurs la nostalgie, non-seulement de la France, mais du pays natal ; il voulait mourir là où il avait été jeune, là où il avait laissé ses meilleurs souvenirs. Seulement, Robert n'avait pas assez d'argent pour installer son vieux maître aussi bien qu'il l'eût voulu. Il le conduisit cependant, à son arrivée, dans la petite ville où ils étaient nés tous deux, et y resta avec lui quelques jours, lui cherchant un gîte.

Le matin même du jour où il allait repartir pour Paris, on vint en toute hâte le chercher pour un accident. M. de Versoix, le riche et pieux propriétaire dont la dénonciation avait jadis envoyé l'instituteur à Lambessa, s'était, la veille, cassé une jambe à la chasse. Tous les médecins de l'endroit jugeaient l'amputation impossible, et le cas était désespéré.

Un des médecins était informé de la présence dans le pays d'un élève de l'illustre chirurgien de Paris ; et M. de Versoix, qui tenait à toucher sa part de paradis le plus tard possible, sans doute par modestie, fit aussitôt appeler Robert.

En examinant la fracture, Robert hocha la tête. Le fémur avait été brisé, et il s'agissait d'une désarticulation de la cuisse, presque inévitablement mortelle.

— Vous aussi, vous me condamnez ! s'écria M. de Versoix avec désespoir.

— Non, répondit Robert, mais l'opération est terriblement difficile et dangereuse.

— Monsieur, reprit le malade d'une voix étouffée, ce que vous demanderez, vous l'aurez ! Je suis riche, je suis immensément riche !... Mais sauvez-moi !

Robert garda un instant le silence, puis lui dit :

— Ce sera cinquante mille francs, si je réussis.

— Cent mille, si vous voulez ! soupira le patient ! Mais vous me sauverez !

— Je l'espère.

L'opération réussit. Le jour où l'appareil fut levé, M. de Versoix tendit à Robert cinquante billets de mille francs, avec un sourire qui ressemblait un peu à une grimace.

— Monsieur, lui dit gravement Robert, ce n'est pas pour moi que je vous ai demandé et que je prends cette somme. Mon opération valait cinq cents francs. Mais, sur votre dénonciation, un malheureux instituteur, Pierre Caussin, a été ruiné et déporté. Je l'ai ramassé mourant de faim. Vous serez sans doute heureux d'apprendre que vous sauvez aujourd'hui celui que vous avez perdu. Je vais remettre quarante-neuf mille cinq cents francs à votre victime, dont les derniers jours se passeront dans l'aisance.

Il salua et sortit.

On voit que Robert avait été déjà dans sa vie, — et il ne cessa de l'être depuis, — le justicier, cordial aux souffrants, sévère aux puissants, qui répare le mal et impose le bien.

Robert, dans ce labeur acharné, n'avait guère eu le temps d'user de sa jeunesse ; ce qui fait qu'il l'avait gardée tout entière. Son cœur n'était pas moins riche parce que ses richesses s'étaient accumulées. Il y avait en lui, égale à la puissance de penser et d'agir, la puissance d'aimer ; seulement cette âme virile n'avait eu jusque-là que des amitiés, et point d'amour.

Il avait aimé son père avec toute la passion de la reconnaissance ; il avait aimé le brave Caussin avec tout le zèle du dévouement ; il avait enfin aimé, et il aimait Lucien comme un frère aîné aime son jeune frère.

Lucien tenait de sa mère ; c'était une nature généreuse toujours, faible parfois. Il était dominé et comme dompté par le despotisme paternel ; jusque dans ses plus justes révoltes, il y avait de la crainte ; et il avait fui devant son père plutôt qu'il n'avait été exilé par lui. Robert n'avait pas seulement sauvé la vie du jeune homme, il l'avait consolé, conseillé, raffermi, et il s'était attaché à lui, en sentant justement le besoin qu'il avait d'un tuteur et d'un guide.

Lucien lui avait bien des fois parlé de sa sœur, qu'il aimait et admirait, et qui, plus jeune que lui, serait pourtant, disait-il, plus forte que lui.

Robert, de retour en France, n'eut occasion de connaître Lucie qu'après la mort de madame de Sergy.

Quand Lucie avait perdu sa mère, son désespoir avait été d'abord si violent qu'on craignit pour sa santé. M. de Sergy se décida alors à l'envoyer pour quelques semaines chez madame d'Arnaud, dans l'espoir que le déplacement lui serait une diversion salutaire. Il n'était pas fâché non plus d'éloigner sa fille, dont le chagrin persistant contrastait trop avec la façon rapide dont il s'était, lui, consolé.

Lucie resta donc, cette première fois, près de six semaines à Saint-Germain.

Robert était le médecin et était devenu l'ami de la maison d'Arnaud. M. d'Arnaud était un grand et mélancolique vieillard, le dernier de sa race et de son nom. Depuis plus de trente ans, il vivait dans la solitude, avec sa femme qu'il adorait. Il était resté, lui, le légitimiste entier et pur ; et il avait repoussé avec indignation toutes les avances et toutes les offres de la branche cadette et, à plus forte raison, de l'empire. Il avait horreur des compromis, des moyens termes et des capitulations de conscience. Son intelligence droite et ferme ne pouvait concevoir que le droit divin ou le droit populaire ; il croyait à l'un, mais il comprenait l'autre. C'est sur ce terrain-là que Robert et lui avaient pu s'entendre, et le vieux royaliste fidèle avait en grande estime le jeune républicain convaincu.

Lorsque Robert vit pour la première fois la sœur de son ami Lucien, charmante, pâle et en grand deuil, il fut touché avant d'être ébloui. Sur un mot dit par sa tante, et qui lui rappela sa mère, des larmes silencieuses coulèrent sur ses joues ; et Robert vit ses larmes avant de voir sa beauté. Il la plaignit avant de l'aimer.

Lucie, de son côté, fut reconnaissante de cette sympathie respec-
tueuse, et son cœur déchiré accueillit sans défiance et sans hésitation
ce cœur qui se mettait de moitié dans sa peine.

Puis, Robert lui parla de son frère ; et Lucien, dans ses lettres,
avait parlé à sa sœur de Robert. Ils ne s'étaient jamais vus, et ils se
connaissaient déjà.

L'amour, né ainsi de la douleur, est peut-être le plus puissant
de tous, et celui qui jette les plus profondes racines. D'ailleurs,
Robert et Lucie se rencontraient l'un et l'autre à une heure favorable
et pour ainsi dire décisive de leur vie.

Robert commençait à être las d'être seul. Dans la science, dans
la réputation, dans la fortune, il avait sans doute à progresser
encore, mais enfin il était arrivé. S'il eût « trouvé » plus tôt Lucie,
riche et noble héritière, il eût certainement, dans sa fierté, résisté à
son amour ; mais la situation qu'il avait déjà conquise, et qui devait
grandir encore, le mettait désormais au-dessus de tout soupçon de
calcul.

Lucie, frappée d'une immense douleur, se sentant indifférente à
son père et comme deux fois orpheline, loin de son frère qu'elle
aimait, près de Balda qu'elle haïssait, avait, par instants, le vertige
du vide.

Robert lui apportait ce qu'elle demandait, et Lucie donnait à
Robert ce qu'il cherchait.

Dans ces deux natures simples, loyales et sincères, l'amour aussi
devait être sincère, simple et loyal. Lucie et Robert s'étaient donné
la main comme deux amis. Le jour où ils s'aperçurent que leurs cœurs
battaient à l'unisson, ils se le dirent.

Ce jour-là madame d'Arnaud, souffrante, avait fait appeler le
docteur. La consultation donnée, l'ordonnance écrite, on causa. On
était au coin du feu, car c'était l'hiver ; M. d'Arnaud était à Paris,
mais Lucie était présente.

Madame d'Arnaud parla d'une jeune fille de son monde, du faubourg Saint-Germain, que le docteur Robert avait soignée l'année
précédente, et qui allait se marier le surlendemain.

— Elle est charmante, n'est-ce pas ? dit à Robert madame d'Arnaud, qui était l'indulgence même : un peu mièvre et minaudière,
mais charmante... C'est votre avis, je suppose, homme silencieux ?

Il choisit le pistolet, et, le lendemain, logea une balle entre les deux sourcils du colonel. — Page 104.

— Puisque vous insistez, chère madame, ce n'est pas tout à fait mon avis, dit Robert. Nous ne parlons pas, n'est-il pas vrai, de la

13

figure, qui peut être charmante, en effet, mais de la personne morale. Or, peut-on être charmante, quand on n'est pas ? Je vous avoue qu'à mon sens la faiblesse morale n'est jamais ni une vertu, car sa vertu se compose de négations, ni un charme, car elle échappe et s'évanouit à l'épreuve, et, comme un vase fêlé, laisse écouler ce qu'on lui confie.

— Oh ! oh ! fit madame d'Arnaud en riant, je vois, docteur, qu'il vous faudra une héroïne.

— Non pas, reprit Robert vivement, il me faudra une femme. « Une femme », ce mot-là dit tout, comme le mot « un homme ». Ce qui fait la grande beauté morale de la femme, c'est d'être vaillante dans la grâce, et forte en souriant. La femme que j'aimerai sera ma compagne et mon égale. Elle s'appuiera sur mon bras, et je m'appuierai sur son cœur. Je ne veux point de ces petites filles, êtres factices et fragiles, qui ne sauraient être ni épouses, car un homme n'a rien à leur dire ; ni mères, car elles n'ont rien à dire à leurs enfants. Pour moi, il n'y a de femme que la femme complète, qui pense et qui sent, qui veut et qui aime. C'est seulement dans la main d'une femme comme celle-là que je voudrais mettre un jour la mienne.

Lucie écoutait en silence, immobile, les yeux fixés sur la flamme du foyer.

Quand Robert se retira, madame d'Arnaud ne pouvant quitter son fauteuil, Lucie se leva pour le reconduire. Les deux jeunes gens se trouvèrent un moment seuls.

Robert lui dit adieu ; Lucie gardait son immobilité.

— A quoi pensez-vous donc ? lui demanda-t-il doucement.

— Je ne pensais pas, répondit Lucie sans lever les yeux, je m'interrogeais.

— Et que vous demandiez-vous ?

— Je me demandais si je ressemblais à la femme que vous venez de décrire.

— Et pourquoi vous demandiez-vous cela ? reprit Robert d'une voix émue.

— Parce que si j'avais été cette femme, continua la jeune fille, qui leva tout à coup les yeux, j'aurais osé vous tendre la main en vous disant : — Vous pouvez y mettre la vôtre, Robert !

— Et moi, Lucie, dit Robert, je vous ai donné mon cœur, et je vous donne ma vie ; car c'était votre portrait que je traçais !

Ils se serrèrent la main, et tout fut dit. Ils s'aimaient.

On sait maintenant de quelle force, de quelle volonté, de quelle passion, allait être armé Robert dans la lutte latente, et d'autant plus redoutable, qui venait de s'engager entre lui et Balda. Si son intérêt et sa vie eussent été seuls en jeu, il eût été plus indifférent à la partie qu'il jouait, il ne l'eût pas commencée peut-être. Mais il combattait pour trois, il avait à garder et à défendre contre Balda deux êtres qui lui étaient plus chers que lui-même ; et il se disait qu'il n'aurait pas trop de toute son intelligence, de toute sa pénétration, de toute son énergie pour tenir tête à une telle ennemie.

Il connaissait Balda, et il savait de quoi elle était capable. Avec elle, il ne suffisait pas de combattre, il fallait deviner, et ses embûches étaient plus à craindre que ses coups. Il ne fallait pas prévoir d'elle une attaque violente et une guerre à front découvert ; elle avait la haine sournoise, elle avait le crime lâche.

C'était là ce qui répugnait le plus à la nature droite et loyale de Robert : il aurait surtout à guetter.

Il lui était interdit de démasquer Balda ; il devait attendre.

Mis au courant par Lucien de la situation financière de M. de Sergy, il pensait avec raison que c'était la fortune de Lucie et de Lucien que visait Balda.

Il croyait par là avoir barre sur elle. Il espérait que ses convoitises se trahiraient d'une façon quelconque. Il était sûr d'avoir de son côté le désintéressement, et n'imaginait pas que la cupidité de Balda pût avoir le dessus, et que l'égoïsme eût la chance de vaincre le dévouement.

Robert était persuadé que Balda ne travaillait que pour elle-même. Mais, en cela, il se trompait ; Balda pensait surtout, elle pensait toujours à Angelina ; et la passion maternelle lui ajoutait une force dont ne se doutait pas Robert.

XIII

BALDA FAIT SON JEU.

Ce fut dans la soirée à laquelle M. de Sergy avait invité le docteur, que Balda, sans rien engager, sans « donner » elle-même, put
laisser pressentir à un observateur aussi éveillé et aussi attentif que
Robert quelque chose qui pouvait ressembler à un commencement
d'action.

Il ne se passa pourtant dans cette soirée rien que de simple et de
régulier, mais il y sentit vaguement un premier mouvement de l'ennemi, dans l'ombre.

Lucie, parée des perles que lui avait données son frère, était
ravissante de grâce et de beauté.

Robert, comme ébloui, ne vit qu'elle d'abord; mais divers petits
incidents, insignifiants en apparence, attirèrent bientôt aussi son
attention.

— Je ne suis pas un bien fort danseur, avait-il dit en riant à
Lucie au commencement du bal; j'espère cependant que vous voudrez bien me donner une valse.

— Je crois bien ! dit Lucie; la première, n'est-ce pas?

Ils valsèrent. Robert, pour la première fois, sentit sur son cœur
celle qu'il aimait; il était dans une sorte d'ivresse.

— Gardez-moi une autre valse, je vous prie, pour le moment
que vous voudrez, dit-il à Lucie en la reconduisant à sa place.

— N'inviterez-vous personne autre? reprit-elle.

— Qui voulez-vous que j'invite?

— Mais... madame de Sergy.

— Non ! pas elle ; je la connais trop peu encore, et elle est trop
entourée et trop priée.

— Vous inviterez bien au moins ma petite Angelina. Vous la
connaissez de chez madame d'Arnaud ; et voyez donc comme elle est
charmante !

Angelina, même à côté de Lucie, était charmante, en effet; Robert
l'invita.

Elle eut un léger tressaillement, et salua pour accepter, en levant sur lui ses grands yeux profonds et doux. Seulement, elle avait déjà bien des invitations, et ne put l'inscrire sur son carnet que pour une danse assez éloignée.

Robert, malgré sa grande aisance d'homme du monde, se sentait dépaysé et en quelque sorte étranger dans cette brillante cohue des notabilités de la cour impériale. Il ne pouvait mettre les noms que sur un petit nombre de ces visages. Comme il traversait le grand salon, pour aller rejoindre Lucien, il passa près de madame de Sergy, et fut frappé, sans savoir pourquoi, de la physionomie de l'homme auquel elle parlait en ce moment.

C'était un homme entre deux âges, grand, sec, roide, un sourire nerveux figé sur les lèvres.

— Sais-tu le nom de la personne qui cause là avec madame de Sergy? demanda Robert à Lucien.

— Ma foi, non! répondit Lucien; tu oublies que j'arrive et que je suis ici à peu près aussi étranger que toi.

Mais, dans le même instant, M. de Sergy avait été appelé par sa femme, avec laquelle il avait échangé quelques mots, et il s'avançait vers Lucien et vers Robert, amenant le personnage dont il était question entre eux.

— Mon fils, dit M. de Sergy, je tiens à le présenter moi-même à un des meilleurs amis de la maison, qui deviendra le tien, j'espère, — monsieur le marquis de Maugiron.

Lucien salua assez froidement. M. de Sergy entama et soutint la conversation avec beaucoup d'affabilité; M. de Maugiron fit des frais de son côté; mais la glace ne fut pas rompue.

— Il me déplait prodigieusement, ce M. de Maugiron! dit Lucien à Robert, quand le marquis se fut éloigné avec M. de Sergy.

Robert, qui suivait Maugiron des yeux, le vit aller à Lucie.

Maugiron invita Lucie.

— Veuillez m'excuser, monsieur, lui dit-elle, je suis fatiguée.

— Ne danserez-vous plus de la soirée, mademoiselle? demanda Maugiron avec son éternel sourire.

— Je ne sais, je ne crois pas.

— Observez, mademoiselle, reprit vivement Maugiron, que vous êtes parfaitement libre de choisir votre danseur, que je serai vivement peiné d'être exclu par vous, mais que je serais bien plus

désolé, je ne dis pas seulement de vous priver de danser avec un
autre, mais de retarder le tour d'un autre.

Il salua profondément et se retira.

Il est certain que le refus d'une danse n'a rien d'offensant, et
que dans le monde dont étaient Lucie et Maugiron, il eût été exor-
bitant que Maugiron trouvât mauvais qu'un autre que lui dansât avec
Lucie. Cependant, quand Robert s'avança et réclama la valse que
Lucie lui avait promise, elle lui répondit, à lui aussi, qu'elle ne
danserait plus.

— Est-ce que tout à l'heure M. de Maugiron ne vous invitait
pas? lui demanda Robert.

— Non, répondit Lucie, il me disait quelque chose de la part de
madame de Sergy,

Robert, son tour venu, valsa avec Angelina.

Il lui parla affectueusement, car il l'aimait d'être aimée par
Lucie. Elle ne lui répondit pas une parole.

Seulement, quand il la reconduisit à sa place, elle lui posa
vivement la main sur le bras, et, comme il la regardait un peu
surpris :

— Je crois que vous ferez bien de vous défier de M. de Maugiron,
lui dit-elle.

————————

XIV

VIE ET AVENTURES DE M. LE MARQUIS DE MAUGIRON.

Balda, qui avait été si longtemps séparée de sa fille, avait tenu à
l'avoir tout près d'elle, dans son appartement, sous sa main, sous sa
clef; c'est pourquoi elle lui avait donné l'ancienne chambre de Lucie
tout à côté de l'ancienne chambre de madame de Sergy.

Cette avidité de l'amour maternel avait son côté d'imprudence :
Angelina était là sans cesse; c'était doux pour la mère qui adorait
son enfant et aspirait à la voir heureuse, mais c'était dangereux

pour la femme qui haïssait le fils et la fille de la maison, et conspirait leur perte et leur ruine.

Angelina, témoin de toutes les heures, était un espion, innocent et involontaire, mais n'en était pas moins un espion.

Nous savons, au reste, qu'elle n'était pas sans avoir quelque chose de la nature féline et en dessous de sa mère ; elle voyait, elle entendait, elle observait sans en avoir l'air, et, sous son apparence indolente et endormie, elle ne laissait rien échapper.

Cette tendance était d'ailleurs corrigée chez elle par le fond de tendresse, de douceur et de bonté, qu'elle tenait sans doute de son père, et qui, dans la plupart des femmes de couleur, a un charme enfantin si touchant.

Balda, la veille de la soirée, avait eu avec le marquis de Maugiron une très longue conférence. Elle avait renvoyé Angelina dans sa chambre ; seulement, Angelina avait eu à venir chercher quelque étui dans la chambre de sa mère, contiguë au salon ; elle n'avait rien entendu que le nom de Lucie prononcé par Balda à demi-voix, mais prononcé avec un certain accent qui lui avait donné l'éveil.

Et puis, sans savoir pourquoi, elle n'aimait pas ce M. de Maugiron, si bien accueilli par sa mère. Ce n'était que de l'instinct chez elle, — et qu'est-ce qui, chez elle, n'était pas instinct ? — mais cet instinct ne la trompait pas.

M. de Maugiron était, à cette époque, un homme de quarante ans, qui s'en donnait trente-six, et qui en paraissait quarante-cinq. Sa vie avait été fort aventureuse, ou fort aventurière, comme on voudra.

Il était d'une famille ancienne, — de la famille du Maugiron de Henri III, — ce qui faisait son titre, sinon plus honorable, au moins plus authentique. Il s'était trouvé, à vingt ans, maître de quarante mille francs de revenu ; mais, comme il en dépensait quelque cent cinquante mille, il se trouva sans le sou à vingt-cinq ans.

Heureusement pour lui, cette mésaventure coïncida avec le coup d'État de 1851.

Maugiron comprit tout de suite que le gouvernement de Décembre était ce que pouvait rêver de mieux un joueur décavé qui veut se refaire. Il avait un beau nom, des protections ; il avait étudié jadis pour entrer à l'École polytechnique ; il fit l'honneur à l'armée de la prendre pour champ d'essai. Il était, après tout, brave de sa personne, ayant l'audace des gens qui n'ont rien à perdre. Il fit un chemin assez rapide et devint chef de bureau arabe.

Il semblait commencer à se remettre à flot, quand il fut inopinément obligé de donner sa démission. Ce point demeure assez obscur dans l'histoire de Maugiron; on connut bien les faits; mais on ne connut pas les causes. Ce qui est certain, c'est que de graves abus ayant été signalés, un colonel en inspection eut avec Maugiron une explication orageuse; à la suite de laquelle il donna sa démission.

On prétendit même que le brave colonel lui avait conseillé de se brûler la cervelle. Mais ce fut au colonel que Maugiron la brûla.

A peu de temps de là, retrouvant à Alger le colonel dans un salon, il parla à mots couverts, devant lui, d'une femme honorable et honorée, à laquelle, disait-on, le colonel rendait des soins. Le colonel se fâcha, et prononça quelques paroles un peu vertes, relevées par Maugiron. Le démissionnaire était l'offensé, il choisit le pistolet; et, le lendemain, logea une balle entre les deux sourcils du colonel. Ce fut le commencement de sa terrible réputation.

Revenu à Paris avec quelques « économies », Maugiron les fit valoir avec un certain bonheur dans les spéculations qui poussaient si bien sur le fumier de ce temps-là. Mais il ne savait pas se restreindre; il rendait toujours et tout de suite au tambour ce qui lui venait de la flûte, et même quelque chose avec. Il avait donc des moments forts gênés.

Dans un de ces moments, il eut le bonheur, ou le malheur, dans une soirée chez un banquier archimillionnaire, de gagner quatre-vingt mille francs au maître de la maison. Le maître de la maison paya, bien entendu; seulement, on remarqua qu'il n'invita plus Maugiron à ses soirées, et que, quand il le rencontrait ailleurs, à une table de jeu, jamais il ne jouait, ne pariait, ou ne gardait la main contre lui.

Il n'y avait pas moyen de se fâcher contre le prudent banquier; mais Maugiron fut obligé de casser deux fois de suite le bras gauche à des imprudents qui avaient légèrement parlé de sa chance au jeu. Il se garda de les tuer, mais il maintint son renom de tireur infaillible en les faisant manchots.

Ces exploits jetèrent cependant du froid dans ses relations à la

Il y resta deux ans, parcourant le Brésil, la Plata....

Bourse. Il quitta pour un temps la France ; il alla en Italie, et entra dans les zouaves pontificaux avec le grade de capitaine. Il prit qué-

14

relle, à Milan, avec un lieutenant de bersaglieri, et comme c'était un libéral et un ennemi, ma foi, il le tua d'une balle dans l'œil gauche. A l'étranger !...

Il crut pouvoir alors revenir à Paris, et, en effet, il y fut cette fois très bien reçu, retour des croisades.

Le marquis de Maugiron n'était pas, pour le présent, dans une mauvaise situation.

On ne peut pas dire qu'il était « généralement estimé » ; mais il était généralement redouté : c'est quelque chose. Ses « exploits » n'étaient pas de ceux qui, dans le monde impérial, pouvaient lui faire beaucoup de tort ; et il n'était franchement méprisé, en somme, que par les gens de l'opposition, républicains, proscrits et autres repris de justice.

Il continuait à vivre assez largement. De quoi ? On ne le savait pas au juste.

Néanmoins on remarquait, — tout bas, — qu'il était fort assidu chez madame Marousset, veuve, depuis deux ans, d'un conseiller d'État. Le défunt avait laissé une belle fortune ; seulement il avait laissé aussi un fils âgé de dix ans. Si madame Marousset se remariait, elle perdait l'usufruit des biens du mineur, et elle n'avait à elle qu'une dot de cent mille francs. Elle ne se remariait donc pas, et elle avait soixante mille francs de rente.

Mais qui donc se fût permis d'insinuer que Maugiron, de la main gauche, en touchait sa part ? Il eût fallu, pour avoir cette impertinence, ne tenir ni à son bras gauche, ni à son œil gauche. Maugiron était un des amis de la maison, voilà tout ; et il faisait habilement valoir les revenus de madame Marousset, rien de plus ; ne pouvant, heureusement pour l'héritier, toucher au capital.

Madame Marousset était, d'ailleurs, une femme de trente-cinq ans, qui avait été fort belle, qui ne manquait pas de distinction et de dignité, et qui pouvait encore prétendre à être aimée pour elle-même.

Maugiron, lui, fatigué et usé avant l'âge, avait cependant toujours pour lui le prestige de ses anciens succès. Il avait, en outre, beaucoup d'esprit, une assurance qui allait jusqu'à l'insolence, et ce qu'on appelle une grande expérience du monde, qui consistait surtout en un grand mépris de son monde ; force considérable. Il ne respectait rien, et il ne craignait rien.

Balda, par de savantes investigations, était fort au courant de tout le passé de Maugiron, et elle avait, depuis longtemps déjà, jeté son dévolu sur ce personnage, qui, à un moment donné, pouvait lui être un si précieux auxiliaire.

Maugiron avait principalement pour elle cette grande qualité, devenue bien rare en nos temps affadis : il était l'homme qui tue.

Balda n'avait pourtant pas de plan précisément arrêté ; elle savait quelle large part il faut donner à l'imprévu dans les choses humaines. Elle n'avait pas la prétention de faire les événements, mais de les préparer. Elle créait des possibilités et des rencontres, et elle se tenait prête à les saisir, à en user. Elle mettait en présence et en opposition des individualités et des caractères, puis elle laissait faire la destinée, — quitte à lui donner au besoin un coup de main.

Or, il lui avait paru, après avoir lu les lettres de Robert, que M. de Maugiron pouvait être un prétendant utile à la main de Lucie.

Cela mettait d'admirables atouts dans le jeu de Balda. Cela offrait ces probabilités à peu près certaines : — que Maugiron trouverait, lui barrant le chemin, le docteur Robert, amoureux et aimé de Lucie, et Lucien dévoué à sa sœur et ami de Robert ; et que « l'homme qui tue » aurait ainsi de fortes occasions de débarrasser Balda, soit de Robert qui possédait une partie de son secret, soit de Lucien, qui détenait une partie de sa fortune ; car elle considérait d'avance la fortune de la maison comme lui appartenant, ou plutôt comme appartenant à Angelina.

Ce n'est pas tout : la mort de Robert, ou de Lucien, devait jeter nécessairement Lucie dans le désespoir ; et on sait à quel point Balda avait le talent d'amener et de pousser le désespoir à ses résultats les plus extrêmes.

Balda calcula longuement et froidement toutes les chances favorables de ce projet de mariage ; et elle vit que cela était bon.

Il s'agissait, avant tout, de faire entrer dans ce projet Maugiron, ce qui n'était pas difficile, et d'y faire consentir M. de Sergy, ce qui n'était pas impossible.

Balda ne pouvait pas et ne voulait pas jeter Lucie à la tête de Maugiron. Il fallait que l'idée vînt de lui et qu'il fît la première demande. Elle employa à cette manœuvre sa plus fine stratégie. Mais elle avait affaire à un habile homme, qui comprenait à demi-mot et qui faisait la moitié du chemin.

Dans la conférence incomplétement surprise par Angelina, Maugiron avait déjà osé — en tremblant — confier à madame de Sergy ses espérances. — Il savait combien elles étaient téméraires. Il y avait longtemps déjà qu'en voyant mademoiselle de Sergy grandir en grâce et en beauté, il avait conçu ce rêve; il l'avait d'abord gardé secret, le jugeant lui-même irréalisable. Mais madame de Sergy était si bonne pour lui, qu'il se permettait' de la mettre dans sa confidence, et de lui demander, à elle d'abord, s'il fallait y renoncer et s'il y avait pour lui impossibilité préalable à essayer de présenter du moins sa requête.

Madame de Sergy fit toutes les objections que Maugiron prévoyait, et qu'il reconnut trop fondées; mais on chercha ensemble les moyens de les lever, et, avec une bonne volonté égale des deux parts, on finit par trouver ces moyens.

Balda promit à Maugiron que, dès le lendemain du bal, elle parlerait à.M. de Sergy.

Elle voyait les obstacles, mais elle ne désespérait pas de les vaincre.

Les deux complices se séparèrent enchantés l'un de l'autre.

Aussi la façon plus que froide dont, au bal, Maugiron fut accueilli par Lucie et par Lucien ne découragea nullement l'ex-zouave pontifical; il en avait bien vu d'autres !

En descendant les marches du perron, pour gagner sa voiture, il haussa les épaules, en grommelant sous sa moustache :

— Ces enfants !

Robert, lui, éclairé par le mot d'Angelina, fut beaucoup plus inquiet, et ne dormit pas de la nuit.

Il connaissait de réputation Maugiron, et il connaissait Balda mieux que de réputation, hélas ! Il pressentait, il prévoyait ce que l'entente et l'association de deux êtres pareils pouvait produire. Sa découverte lui donnait du moins l'avantage de lire dans le jeu de la Brésilienne, et il frémissait en y lisant !

XV

QUI DONNERA UN ÉCHANTILLON DU SAVOIR-FAIRE DE BALDA

Robert avait grandement raison d'être inquiet ; comment, malgré les ressources de son intelligence et l'énergie de son dévouement,
pouvait-il deviner, pouvait-il déjouer les desseins et les manœuvres de
cet esprit souple et tortueux de Balda, s'avançant lentement et patiem-
ment, dans l'ombre, vers son but pour elle seule visible ? Rien que
la façon dont elle enlaça M. de Sergy, pour l'amener à ses vues sur
Maugiron, eût fait trembler quiconque l'eût entendue, ayant l'arrière-
pensée qu'il pourrait l'avoir un jour pour ennemie.

Elle avait dit à son mari, dans la journée, qu'elle aurait quelque
chose d'important à lui communiquer au sujet de Lucie, et qu'elle le
priait d'entrer chez elle en revenant du cercle. Ce seul mot, dit d'un
air de mystère, avait éveillé la curiosité du comte, et il rentra de meilleure heure que de coutume.

Elle commença de cet air soumis et presque craintif qui flattait
singulièrement le comte dans son goût d'autorité infaillible et dans
ses prétentions d'homme supérieur.

— Mon ami, j'ai une confession à vous faire, lui dit-elle, et, —
j'en ai peur, — une absolution à vous demander. On a tenté auprès
de moi une démarche, qui m'a prise un peu au dépourvu, et je crains
bien d'avoir fait quelque sottise. Vous avez beau avoir la bonté de
dire quelquefois que je ne manque pas de présence d'esprit...

— Je dis toujours, interrompit le comte, et je répète, ma chère
Balda, que vous êtes une des femmes du jugement le plus sûr et le
plus élevé que je connaisse ; si je ne vais pas plus loin, c'est pour
n'avoir pas l'air de vous faire un compliment.

— Oh ! non ! non ! dit Balda en souriant et en secouant gracieusement la tête, j'ai l'honneur et le bonheur d'être la femme et l'amie
d'un homme qui passe à bon droit pour une des hautes capacités de
ce temps-ci, et j'ai le bon sens de m'inspirer des idées et des avis de
cet esprit éminent ; voilà mon seul mérite. Mais, tout en me confor-
mant le plus scrupuleusement possible à ces avis et à ces idées, je

ne suis pas certaine de les interpréter toujours comme il faut ; et c'est aujourd'hui mon cas.

— De quoi s'agit-il ? demanda M. de Sergy.

— Il s'agit encore d'une demande en mariage pour Lucie, au sujet de laquelle on m'a pressentie, et que, ma foi, j'ai tout net écartée.

— Vous avez bien fait, ma chère, dit M. de Sergy ; et les demandes qui nous sont déjà venues m'ont donné l'occasion de vous dire ma pensée à ce sujet. Ce n'est plus, comme autrefois, la mode de marier les filles toutes jeunes ; on les marie quand elle ont de vingt à vingt-cinq ans, pas plus tôt ; et on a raison. Lucie est d'une santé trop délicate pour faire exception à l'usage. De plus, dans l'intérêt même de mes enfants, ne dois-je pas leur garder intact mon patrimoine personnel ? Or, la mort de leur mère m'ayant obligé de mettre Lucien en possession de la part qui lui revenait de ce côté, si le mariage de Lucie me prenait aussi l'usufruit de sa part à elle, je serais forcé, tant pour maintenir mon influence dans certaines affaires, que pour soutenir le train qui convient, d'entamer mon capital. Tandis que, dans trois ou quatre ans, je serai d'abord, je pense, sénateur...

— Dans trois ou quatre ans ! se récria Balda ; dans un an vous serez sénateur ! et dans trois ou quatre ans ministre !

— Je ne sais pas, mais ce n'est pas impossible, dit M. de Sergy, en se dandinant avec complaisance. En tous cas, je vous ai confié, ma chère Balda, que plusieurs de mes amis et moi, nous avions en vue une affaire considérable, et pour laquelle je ne devais présentement rien distraire de mes moyens financiers.

— Oui, dit Balda, et c'est précisément à cause de cette affaire considérable que je me demande si je n'ai pas eu tort d'éconduire, sans vous avoir consulté, la personne qui aspirait à la main de Lucie.

— Pourquoi ? Quelle est donc cette personne ?

— Je vous la nommerai tout à l'heure, dit Balda. Je vous ai souvent entendu, avec un vif intérêt, développer éloquemment vos vues profondes de législateur sur la loi égalitaire et révolutionnaire qui régit la société moderne ; je vous ai entendu regretter, dans l'intérêt même des enfants, que le père de famille n'ait plus la libre et entière disposition du bien des mineurs...

— Sans doute, dit M. de Sergy doctoralement ; ainsi, les biens de Lucie sont en terres qu'il m'est absolument interdit d'aliéner, qui pourtant ne représentent, à trois pour cent, qu'un capital de quinze cent mille francs, et qui, transformés en valeurs mobilières, donneraient deux millions cinq cent mille francs. Si j'avais à ma disposition ces deux millions cinq cent mille francs, en deux ans, je doublerais, dans la grande affaire en question, la fortune de Lucie.

— Je ne suis pas bien experte en ces matières, dit Balda, mais est-ce que le mariage, en émancipant Lucie, ne rendrait pas ces fonds disponibles ?

— Oui, mais, reprit M. de Sergy avec quelque amertume, il les mettrait simplement à la disposition de son mari.

— Eh bien, dit Balda, si son mari les mettait à votre disposition à vous ?...

— Comment cela ? fit M. de Sergy en se rapprochant avec intérêt.

— Je n'ai peut-être pas très bien compris tout ce que j'ai entendu ; mais je vais le répéter de mon mieux. Le prétendant dont je vous parle est un de ces amis qui sont au courant de la grande affaire... — Je dois ajouter qu'il a pour vous, — et c'est ce qui me plaît en lui, — une admiration sans bornes. — Il me disait que si votre apport dans la société à fonder était plus important, vous aviez toutes les chances pour en être le président ; qu'il y avait là une fortune ; et que, s'il avait l'honneur d'être accepté par vous pour gendre, il croirait n'avoir qu'une chose à faire, ce serait de remettre entre vos mains la fortune et les intérêts de sa femme et les siens, heureux et fier, abrité derrière votre influence et votre autorité, de suivre votre direction et, — c'est le mot dont il s'est servi, — d'être sous vos ordres.

M. de Sergy garda un instant le silence, puis demanda :

— Quel est donc, Balda, le nom de la personne ?...

Ce nom, Balda le fit attendre à son tour une seconde, mais elle crut qu'elle pouvait maintenant le prononcer.

— C'est M. le marquis de Maugiron, dit-elle.

Sur le nom de Maugiron, M. de Sergy eut un mouvement qui, sans la savante préparation de Balda, aurait été peut-être un haut-le-corps, mais qui, aussitôt réprimé, put passer pour un simple geste de surprise.

M. de Sergy hocha lentement la tête, et dit, après un temps :

— Maugiron est un homme de beaucoup d'esprit !...

— Incontestablement, dit Balda ; mais il a été fort accusé.

— Calomnié ! reprit vivement le comte ; on l'est toujours pour peu qu'on soit en vue.

— Allons ! reprit Balda, je vois que, comme je le craignais, j'ai peut-être été un peu trop vite en décourageant le marquis.

— L'avez-vous donc découragé... complètement ?

— Complètement, il n'y a pas à dire ; je vous répète que je suis une sotte quand vous n'êtes pas là.

— J'ai peut-être été aussi, moi, trop absolu dans mes idées, dit le comte.

— Et puis, dit Balda, n'oubliez pas que ma situation est délicate, et que j'ai toujours à compter avec d'autres résistances que la vôtre.

— Quelles résistances donc ? demanda M. de Sergy en fronçant le sourcil.

— Eh ! mais celle de Lucie d'abord. Lucie n'est pas ma fille.

— Elle est ma fille, à moi ; et la loi daigne, moralement au moins, reconnaître l'autorité paternelle.

— Il se peut que M. de Maugiron ne plaise pas à Lucie.

— Et pourquoi ne lui plairait-il pas ?

— Lucie dira peut-être qu'elle est bien jeune pour lui.

— En vérité ! s'écria M. de Sergy. Vous n'avez pas dit que vous étiez bien jeune pour son père, vous, Balda.

— Quant à cela, reprit Balda vivement, je suis obligée de reconnaître que ce n'est pas du tout la même chose.

— Parce que ?... fit M. de Sergy avec un invitant sourire.

— Parce que vous êtes une exception, mon ami ! et une exception qui me paraît unique ! Je suis votre femme, et j'ai le droit, Dieu merci, d'exprimer tout haut et ouvertement ma pensée ; vous avez conservé, vous, toute votre jeunesse, — oui, oui, malgré la coquetterie de vos cheveux blancs ! — et j'ajoute toute l'élégance et tout l'éclat de la jeunesse. A côté de M. de Maugiron, vous êtes jeune ; et vous le seriez encore à côté d'hommes plus jeunes que M. de Maugiron !

— Chère Balda !... dit M. de Sergy ravi. Vous êtes une petite orgueilleuse ! reprit-il en lui baisant la main.

M. de Mangiron.

— Orgueilleuse et fière de vous, certes !
— Oui, mais aussi vous n'êtes pas tout à fait impartiale ; je ne

dirai pas que vous me flattez, — mais enfin... tu veux bien m'aimer !...

— Eh ! je vous aime, parce que vous êtes ce que vous êtes ! s'écria Balda, comme si cette parole lui échappait. Aussi se reprit-elle aussitôt. — Vraiment ! avec votre modestie, vous me faites dire des choses... Revenons à M. de Maugiron, et convenons qu'on ne saurait le comparer à vous. Seulement, il peut avoir sa valeur, sans avoir la vôtre.

— Certainement ! Quel âge a-t-il ? Trente-cinq ou trente-six ans ?

— Je crois que oui. Mais il les paraît !

— Il est brave, continua M. de Sergy ; il a fait ses preuves. — Il sort du service du Saint-Père. — Il a un vieux nom. — Quant à sa fortune, quelle qu'elle soit aujourd'hui, je réponds qu'elle serait bientôt des plus brillantes, s'il persiste dans son intention de l'associer à la mienne.

Le comte s'était levé, et marchait dans la chambre, en jetant, à chaque phrase, les yeux sur Balda qui gardait le silence.

— Vous vous taisez, ma chère Balda, reprit M. de Sergy; voyons, est-ce que Maugiron n'a pas tous les avantages que je dis ?

— Sans doute ; on ne peut pas les nier, dit froidement Balda.

— Maugiron, reprit le comte, a été, vous dites vrai, fort attaqué ; qui ne l'est pas, quand, de près ou de loin, on touche à ceux qui ont le pouvoir ? Mais vous, Balda, avez-vous contre lui quelque chose ? Vous avez écarté sa demande ; est-ce parce que vous lui êtes hostile ?

— Je ne lui suis pas hostile, répondit Balda, mais sur cette question je vous demande la permission d'être neutre. Je vous rappelle combien ma situation m'impose de réserve. J'ai écarté la demande de M. de Maugiron, je vous l'ai dit, parce que je prévoyais votre résistance d'abord, et ensuite parce que je prévoyais celle de Lucie.

— Lucie est une enfant qui n'a pas l'expérience des choses de la vie. Ce que je résoudrai pour elle sera pour son bien, et elle fera ce que je résoudrai.

— Elle le ferait, si elle était seule, peut-être. Mais maintenant, elle a près d'elle son frère.

— Son frère ! interrompit avec violence M. de Sergy ; je n'admets pas que mon fils fasse une opposition quelconque à ma volonté ; je n'admets pas que mes enfants se liguent pour méconnaître mon autorité ; je ne l'admets pas !

— C'est votre droit, dit Balda ; mais il vaut mieux, je vous assure, que je reste étrangère à toutes vos résolutions, en ce qui concerne Lucie ; il vaut mieux qu'aux premières ouvertures de M. de Maugiron, croyant me conformer à vos intentions, j'aie tout d'abord répondu *non.*

— Mais si c'est moi qui reviens sur ce refus ?

— Vous, encore une fois, vous êtes libre.

— Le fâcheux est qu'après votre quasi-refus, Maugiron se tiendra peut-être pour battu ?

— Oh ! à vrai dire, je ne le crois pas. Je vous avoue qu'il m'a demandé la permission de ne pas renoncer à ses espérances, même après mes décourageantes paroles. Il veut, m'a-t-il dit, en appeler à vous de ce premier arrêt ; et il a exprimé la confiance que vous ne le ratifieriez pas. C'est même ce qui m'a inspiré des doutes sur le parti que j'avais cru devoir prendre. M. de Maugiron compte vous demander un entretien, et sollicitera directement de vous la main de votre fille.

— Bien ! cela suffit, dit M. de Sergy satisfait.

— Mais quoi que vous décidiez, mon ami, dit Balda, il est entendu que je n'aurai été pour rien dans votre décision.

Balda connaissait merveilleusement bien M. de Sergy. Être le maître, c'était là l'idée fixe et le principe immuable du futur sénateur. Pour qu'il fît ce qu'elle voulait, il fallait qu'elle commençât par une manœuvre préalable : le lui faire vouloir ; alors la chose allait toute seule. Elle le savait, et elle s'arrangeait en conséquence.

Elle avait admirablement saisi « le joint », non seulement pour lui faire accepter, mais pour lui faire désirer le mariage de Maugiron et de Lucie. Elle le savait gêné et dans la tenue de sa vie présente et dans ses opérations financières pour l'avenir, par la grave diminution de son revenu. La perspective de trouver, dans ce qu'il appelait la mise en valeur de la dot de Lucie, l'enjeu nécessaire pour le grand tapis vert de la haute spéculation impériale, devait indubitablement sourire à ce joueur et à cet ambitieux. Maugiron était peut-être l'homme le mieux situé pour le seconder dans ses vastes desseins. M. de Sergy se donna la peine d'expliquer tout cela à Balda, qui avait

calculé tout cela d'avance, mais qui n'en ouvrit pas moins de grands
yeux, et qui exprima avec enthousiasme son admiration pour les
étonnantes conceptions du puissant cerveau de son mari.

— Seulement, dit-elle, je vois maintenant de plus en plus à quel
point j'ai été maladroite.

— Non pas, ma chère enfant ! interrompit le comte avec bonté ;
vous n'avez rien compromis, au contraire. Les petites déviations que
vous vous reprochez, je les réparerai, soyez tranquille ! Il est préférable peut-être que vous ayez montré d'abord à Maugiron les obstacles. Je suis averti, je vais le voir venir. Reposez-vous sur moi du
reste ; j'en fais mon affaire.

— Du moment que vous avez en main le gouvernail, je sais que
la barque ira bien, dit Balda. Voulez-vous seulement, mon ami, me
permettre de vous demander une grâce ?

— Parlez, ma chère.

— M. de Maugiron, à ce que je vois, ne vous trouvera pas trop
mal disposé pour lui ?

— Mais non, pas du tout.

— Eh ! bien, pour mon amour-propre, pour que le désaccord ne
soit pas trop flagrant entre vos décisions suprêmes et mes premières
paroles, si vous devez lui donner votre consentement, que ce ne soit
pas tout de suite, je vous en prie.

— Ah ! ah ! voyez-vous la vaniteuse !...

— C'est, en tout cas, mon ami, la vanité du cœur. Ma supplique
a encore une autre raison : je voudrais qu'il fût bien avéré, vis-à-vis
de Lucie et de M. Lucien, que non-seulement je suis restée en dehors de la détermination que vous prendrez dans la plénitude de
votre droit et de votre autorité, mais que, si j'ai eu un petit rôle en
tout ceci, ça été plutôt un rôle, je ne dirai pas d'opposition, certes,
— je ne voudrais jamais avoir ne fût-ce que l'apparence d'une opposition quelconque à votre volonté, — mais un rôle de modération.

— Vous vous exagérez beaucoup, Balda, l'importance de ce que
pensent ou ne pensent pas mes enfants ; mais il sera fait selon votre
désir. Je n'ai l'intention d'admettre Maugiron, si je l'admets, qu'en
le faisant passer par le stage de rigueur. Ma décision, une fois prise,
sera irrévocable, mais je ne la prendrai qu'avec le calme et la réflexion nécessaires.

— Je vous remercie, mon ami ! dit humblement Balda, qui avait joué sa petite scène de comédie avec une telle perfection, qu'elle n'avait pas manqué un seul des effets arrêtés et voulus par elle.

Il fallait se hâter de battre le fer chaud. Le lendemain matin, M. de Sergy recevait la lettre par laquelle M. de Maugiron sollicitait de lui l'honneur d'un entretien. M. de Sergy lui donna rendez-vous pour le jour suivant dans la soirée. Maugiron présenta dans les règles sa demande officielle de la main de Lucie, et il fut écouté avec bienveillance.

Mais la demande, il faut le dire, tourna assez vite à la conversation d'affaires.

On parla surtout de la grande combinaison financière, et on convint tout d'abord qu'elle était admirable et que ce serait une mine d'or.

Pour dépouiller le dialogue qui s'engagea à ce sujet des artifices et des fleurs de la rhétorique spéciale, disons simplement que Maugiron fit à M. de Sergy la proposition que voici :

Les banquiers *amis*, pour ne pas perdre de temps, avanceraient, garantis par l'aliénation projetée des biens en terre de Lucie, deux millions cinq cent mille francs ; sur lesquels le gendre *prêterait* un million à son beau-père. M. de Sergy y ajouterait sur ses propres fonds cinq cent mille francs ; et les trois millions unis auraient dans « la grande affaire » une part qui les doublerait immanquablement en deux ans et les décuplerait en dix.

Nous avons le regret d'ajouter que la question de ces chances magnifiques fut beaucoup plus agitée dans cette causerie intime que celle du bonheur de Lucie.

Maugiron, invité pour le lendemain à venir dîner en famille, fut, à table, à la droite de Balda, à la gauche de Lucie.

Il causa avec beaucoup d'esprit et d'entrain, et fut très attentif et très gracieux pour Balda.

Il se retira vers dix heures et demie. Balda était déjà, depuis quelques instants, rentrée chez elle.

Il se passa alors dans le salon une petite scène, rapide et terrible comme un coup de foudre.

M. de Sergy fit un pas vers la porte pour sortir. Lucien vint lui serrer la main et Lucie lui présenta son front à baiser.

— Vous avez vu M. de Maugiron, ma chère Lucie ? dit M. de
Sergy à sa fille. Il m'a demandé hier votre main.

Lucie tressaillit, puis demeura immobile et atterrée.

Lucien lui-même resta une minute avant de pouvoir dire :

— Vous avez répondu *non*, n'est-ce pas, mon père ?

— Je n'ai répondu ni non ni oui.

— Mais, reprit Lucien, cette demande ne peut pas être sérieuse.
Vous savez, mon père, tout ce qu'on dit de M. de Maugiron ?

— Oh ! quant à cela, mon fils, on en dit tout autant de moi. Et
je pense, Lucien, que vous n'en honorez pas moins votre père.

Là-dessus, M. de Sergy, qui était arrivé près de la porte, sortit.

XVI

LES AUXILIAIRES. — L'ENFANT.

Lorsque M. de Sergy fut parti, Lucie tomba sur un fauteuil
comme anéantie.

Elle était d'une nature énergique et fière, et, quand elle se croyait
dans le juste et dans le vrai, il y avait en elle un ressort que rien ne
faisait plier. Mais, précisément peut-être parce qu'elle sentait
combien une lutte engagée entre elle et son père serait redoutable, elle
était écrasée par le coup de la surprise qui venait de tomber sur elle.

Lucien, moins résistant et plus confiant, tâchait de la rassurer
de son mieux.

— Remets-toi ! calme-toi ! lui disait-il. Tu vois bien que rien
n'est définitif. Tout s'arrangera.

Mais elle secouait lugubrement la tête. La violente commotion
qu'elle avait ressentie lui ôtait la parole et la pensée. Elle fut plus
d'une heure écoutant son frère sans lui répondre et presque sans le
comprendre.

Il était près de minuit quand il put la faire remonter chez elle ; il
la confia aux soins de sa femme de chambre, qui lui était très dévouée,
et se retira plein d'inquiétude.

Il était trop tard, à ce moment, pour qu'il pût se rendre chez Robert.

Le lendemain, de bonne heure, il alla frapper à la porte de sa sœur. La femme de chambre vint lui ouvrir.

Lucie n'avait pas dormi de la nuit. Un monde de douleur avait pesé sur elle. Elle était brisée de fatigue, et n'avait pas eu la force de se lever. Lucien s'effraya de la voir si défaite et si pâle.

Il faudrait appeler le médecin, dit-il.

— A quoi bon ? répondit Lucie ; il m'ordonnera une potion calmante ; crois-tu que ce soit une potion qui puisse me calmer ?

— Si je pouvais faire venir Robert ? Mais je n'ose. Je vais toujours courir chez lui avant qu'il sorte.

— Oui, c'est cela, va, va vite. Ma foi en lui est entière. Lui seul peut nous conseiller et nous aider.

En ce moment, Angelina entra.

C'était son habitude de venir ainsi chaque matin embrasser son amie. Lucien la laissa avec sa sœur.

Lucie s'était demandé si elle dirait tout à Angelina, et elle s'était décidée pour la confiance. Angelina n'était-elle pas déjà dans le secret de son amour pour Robert ?

Angelina fut moins surprise de cette nouvelle si imprévue que ne s'y attendait Lucie. Ce qui l'affecta surtout, ce fut la souffrance de son amie.

— Pauvre chère aimée, lui dit-elle, l'inattendu de ce coup t'a fait bien du mal, tu es toute changée et bouleversée. Et tu n'as pas de larmes !... j'aimerais mieux te voir pleurer.

— Je ne peux pas ! dit Lucie.

Angelina n'essaya pas, comme Lucien, de donner à Lucie des espérances, qu'évidement elle n'avait guère elle-même.

— Enfin ! dit-elle, je ne connais pas bien la loi de ces pays ; mais je crois que ton père ne peut pas te forcer à épouser M. de Maugiron.

— Non, non ! et certes je ne l'épouserai pas ! s'écria Lucie. — Mais que de combats — et quels combats — il faut prévoir !

— Oui, mais si cependant tu veux et si tu peux résister jusqu'au bout ?

— Mon père, reprit Lucie, ne peut pas me contraindre à épouser M. de Maugiron ; mais, comprends une chose, je ne peux pas non plus le contraindre à me laisser épouser Robert.

— Est-ce que tu ne le pourras jamais ? demanda vivement Angelina.

— Je le pourrai dans sept ou huit ans, — au prix d'un scandale. Mais d'ici là...

— Eh bien, d'ici là ?...

— Si mon père nous sépare ? si je ne vois plus Robert ?...

— Tu sais combien il t'aime. Est-ce que tu ne te fies pas à lui ?

— Je me fie à lui en toute assurance. Mais, en sept ou huit années, il se passe tant d'événements !

— Tu crois ? dit Angelina rêveuse.

— Vois-tu, s'il faut attendre sept ou huit ans, quelque chose me dit que je ne serai jamais sa femme.

Angelina, les yeux fixes, répéta, tout absorbée :

— Tu crois ?

— Et d'abord, reprit Lucie avec désespoir, d'ici là, loin de lui, j'aurai dix fois le temps de mourir de douleur !

Sur ce mot *mourir*, Angelina sortit de sa torpeur et, s'élançant vers Lucie :

— Mourir ! toi mourir ! dit-elle avec épouvante en la serrant dans ses bras. Toi, ma Lucie, ma sœur ! toi si bonne ! toi qui m'aimes et que j'adore ! toi mourir ! Non ! non ! c'est impossible ! cela ne sera pas ! Je ne veux pas, je ne veux pas que tu meures !

Et Angelina, enfonçant sa tête dans l'oreiller, près de la tête de Lucie, éclata en sanglots.

Robert, que le mot d'Angelina avait mis en éveil, apprit, lui aussi, sans grand étonnement la demande de Maugiron. Seulement, il ne s'attendait pas à ce que l'entrée en campagne de Balda fût si rapide et si décisive.

— Ah ! je regrette, dit Lucien, que nous nous soyons laissé devancer, et que tu n'aies pas, tout de suite et franchement, demandé, avant Maugiron, la main de Lucie.

— Ne regrette pas cela, reprit Robert, j'aurais rencontré un refus, et maintenant la maison me serait fermée. Tandis que j'ai tou-

Lucien vint lui serrer la main et Lucie lui présenta son front à baiser.

jours accès libre sur le terrain ennemi. N'est-ce pas aujourd'hui que madame de Sergy reçoit?

16

— Oui, c'est aujourd'hui.

— Eh bien, je lui dois une visite. Dis à Lucie qu'elle fasse tout son possible pour descendre au salon ce soir.

— Je le lui dirai. Pourtant Maugiron sera là sans doute. Mais si je dis à Lucie que tu dois venir...

— Oui, j'irai.

Lucie comprit que Robert avait raison, qu'il ne fallait pas qu'elle parût abattue, et qu'elle devait faire tous ses efforts pour descendre, le soir, au salon. Mais sa faiblesse et sa fatigue étaient extrêmes ; et elle ne pouvait dans l'excitation de ses nerfs, ni dormir ni manger.

Angelina ne la quitta pas une minute ; attentive, empressée, pleine de sollicitude et de tendresse. Après le dîner, vers neuf heures, elle monta pour aider Lucie à s'habiller.

Lucie, pleine de courage, s'habilla, en effet, respirant un flacon de sels, droite, ferme, volontaire. Mais, quand il fallut marcher pour sortir de sa chambre, elle pâlit, chancela et perdit connaissance.

— Je ne pourrai pas ! dit-elle désolée, je ne pourrai pas !

Angelina voulait rester auprès d'elle, mais elle exigea qu'elle descendît.

— Tu verras M. Robert, lui dit-elle, tu lui diras que j'ai fait ce que j'ai pu, mais que vraiment la force m'a manqué.

Robert, en arrivant dans le salon, vit d'un coup d'œil que Maugiron n'y était pas, mais que Lucie, hélas ! n'y était pas non plus. Ainsi, elle avait été hors d'état de descendre ! il ne pourrait pas même échanger avec elle un mot d'encouragement, un serrement de main. Quel supplice ! sentir que celle qui avait sa vie était là souffrante, tout près de lui, et qu'il n'avait pour la voir que quelques marches à gravir, mais que lui, étranger, il ne pouvait franchir cette petite distance, et qu'il était aussi loin d'elle que s'ils eussent été séparés par des centaines de lieues !

Il alla saluer madame de Sergy, et causa quelques instants avec elle. Personne n'eût pu croire, à les voir ainsi parler de choses indifférentes, qu'elle avait le secret de son amour, et qu'il avait le secret de son crime.

Il y avait beaucoup de monde, ce soir-là, chez madame de Sergy, ainsi qu'il arrive d'ordinaire à la réception qui suit une grande soirée. Robert s'était réfugié dans le petit salon contigu au grand, et où ne se trouvaient qu'un petit nombre de personnes, parmi lesquelles Lucien, qui causait avec une ancienne amie de sa mère.

Angelina passait, donnant des ordres, et voyant Robert seul, elle s'arrêta.

— J'ai à remplir une commission auprès de vous, monsieur, lui dit-elle.

Elle lui dit alors ce dont Lucie l'avait chargée. Elle lui parlait sans le regarder, les yeux baissés, et avec un certain embarras.

Dès qu'elle eut fini, elle fit mine de se retirer.

— Vous me quittez ? lui dit-il ; voulez-vous me permettre de vous dire à mon tour quelques mots ? Je ne vous retiendrai que peu d'instants.

Elle s'assit, timide, auprès de lui.

Il n'y a pas, Dieu merci, en ce monde que le mal qui ait des forces secrètes ; le bien a aussi les siennes. Si Maugiron avait son prestige funeste et son attrait malsain, Robert avait, lui, cette sorte de charme magnétique qui émane d'une âme grande et bonne.

Sans qu'il y eût de sa part préméditation ou calcul, il sentait, il savait, il avait éprouvé qu'en lui cette puissance de sympathie pouvait contrebalancer la puissance de haine de Balda, et il voulait essayer sur Angelina cette puissance.

Mais il ne se doutait pas jusqu'où allait son pouvoir sur elle.

Il se rappelait seulement l'avertissement qu'elle lui avait donné, le soir du bal. Il se rappelait aussi son silence étrange pendant la valse qu'ils avaient dansée ensemble. Il lui avait parlé amicalement et doucement ; elle ne lui avait pas répondu un seul mot ; elle n'avait desserré les lèvres que pour lui jeter, en le quittant, cette invitation mystérieuse d'avoir à se défier de Maugiron.

Que signifiait cette taciturnité ? était-ce émotion ? était-ce sauvagerie ?

Robert, pour mettre Angelina à l'aise, commença par des questions sur Lucie : — comment s'était passée cette journée ? qu'avait-elle fait ? qu'avait-elle dit ? Puis il vint à parler à Angelina d'elle-même. Il savait par Lucie qu'elle était leur petite confidente, et il la remercia avec effusion.

— Oui, dit-il, je suis touché, plus que je ne peux l'exprimer, de vous voir ainsi vous dévouer à Lucie et ne penser qu'à elle, et ne

voir que la valeur qui est en elle, vous qui avez aussi tant de valeur en vous !

— Oh ! qu'est-ce que vous dites-là ? reprit-elle toute tremblante
et toute ravie ; moi je ne suis qu'une enfant !

— Vous êtes une enfant par l'âge et par la grâce ; mais est-ce
que le cœur à besoin de vieillir pour être grand !

Angelina respirait à peine ; une flamme ardente illuminait ses
grands yeux bruns.

Robert, avec l'accent tendre et doux d'un grand frère qui parle
à sa petite sœur, demanda alors à Angelina de lui faire aussi sa part
dans l'amitié qu'elle avait pour Lucie.

— Et vous ? dit-elle soudain en lui prenant la main et en le regardant dans les yeux, est-ce que, vous aussi, vous m'... ? est-ce
que vous aussi vous voulez avoir un peu d'amitié pour moi ?

— Beaucoup ! dit gaiement Robert. Et ne parlons pas au futur,
parlons au présent. Je vous aime de tout mon cœur.

Sur ce mot *je vous aime*, — qu'atténuait, il est vrai, le mot *de tout
mon cœur*, — Angelina tressaillit tout entière.

— Ah ! s'écria-t-elle, voilà ce dont j'ai besoin, moi, c'est qu'on
m'aime ! — Et vous aurez comme Lucie confiance en moi ?

— Une confiance absolue.

— Vous ferez bien ! dit-elle avec un accent profond ; vous aurez
en moi une bonne petite alliée, vous verrez ! Je ne crois pas, que vous
puissiez en avoir une meilleure !

Elle se leva, et s'enfuit plutôt qu'elle ne sortit.

Robert s'en alla, plus satisfait qu'il n'eût pu se l'expliquer à lui-
même de cette promesse d'alliance d'Angelina. Il est vrai qu'il ignorait ces deux circonstances aggravantes : — qu'Angelina était la fille
et non la nièce de Balda ; — et que Balda avait dans les mains la
preuve de son amour pour Lucie. Mais il se sentait, dans une certaine mesure, rassuré contre la haine de cette femme redoutable par
l'amitié de cette enfant ingénue.

Il lui fallait maintenant, pour défendre Lucie, des armes contre
Maugiron. Où en trouver ?

XVII

LES AUXILIAIRES. — LA FEMME.

Pendant la maladie de M. Marousset, le conseiller d'État, qui avait été longue et grave, Robert avait été appelé trois fois en consultation, avec deux autres de ses confrères, par le médecin de la maison, le docteur Durantel. Il avait eu occasion, dans ces visites, de voir madame Marousset. Il se rappelait vaguement avoir reçu d'elle, depuis, des cartes d'invitation à ses soirées. Mais son temps était trop occupé, pour qu'il allât beaucoup dans le monde : il n'avait donc jamais mis le pied aux réceptions de madame Marousset ; il s'était borné à faire mettre sa carte chez elle, et leurs relations s'étaient arrêtées là.

Si pourtant la rumeur générale disait vrai, — et c'était probable, — si le marquis de Maugiron était devenu l'amant de madame Marousset, il aurait pu y avoir là pour Robert un point d'appui précieux. Mais comment retourner chez madame Marousset ?

Le lendemain matin, à la première heure, Robert, — rassuré sur Lucie par un billet de Lucien, qui lui disait que sa sœur avait passé une assez bonne nuit, — se rendit chez le docteur Durantel, qui avait été son camarade d'études et d'internat, et qui était resté son ami.

Le docteur Durantel, plus âgé que Robert de trois ou quatre ans, avait pour son brillant et savant confrère une grande admiration, et nulle envie, étant lui-même un médecin des plus distingués. Il était marié depuis deux ans, à une jeune et charmante femme, qu'il aimait et dont il avait un fils. Il était donc le plus heureux des hommes, et Robert s'étonna de le trouver tout soucieux.

— Mon ami, lui dit Durantel, tu me vois, c'est vrai, très inquiet de la santé de ma femme. Elle ne s'est pas bien remise de ses couches, et depuis trois mois je ne vis plus. Si je la perds, vois-tu, je suis perdu ! Je suis content de te voir, car je voulais aller chez toi et te prier de venir. Je crois que les eaux de Wildbad feraient du bien à ma chère malade, mais je voudrais ton avis. Viens donc la voir tout de suite. Elle est levée, et je vais lui demander si elle veut te recevoir.

Ta visite, ainsi, n'aura pas l'air d'être préméditée, et ce sera mieux.

Robert, introduit auprès de madame Durantel, trouva qu'elle était affaiblie, en effet, mais que son état n'était pas tellement grave, et que les craintes du médecin avaient été fort exagérées par l'amour du mari. Une saison aux eaux de Wildbad lui parut, comme à son ami, devoir être utile et efficace, et il la conseilla énergiquement.

Sa conviction rassura la malade, qui se moqua avec lui des terreurs de son mari ; et, quand il fut rentré avec Durantel dans son cabinet, il le tranquillisa à son tour et lui démontra qu'avec des soins sa femme recouvrerait promptement et complètement la santé.

— Ah ! que tu me fais de bien ! et que je te remercie ! dit Durantel. Mais ce n'est pas tout, et j'aurais encore un service à te demander.

— Lequel ? Je suis tout à toi, tu le sais.

— Il va falloir, tu penses, que j'accompagne ma femme à Wildbad...

— Oh ! est-ce bien nécessaire ? demanda Robert en souriant.

— Si c'est nécessaire ! s'écria Durantel. Tu sais comme j'aime ma femme ; mais je te déclare, mon cher ami, que ma femme me le rend bien. Jamais elle ne voudra rester séparée de moi plusieurs semaines, et je ne le veux pas plus qu'elle. Nous partons ensemble, avec le bébé. Je serai là pour surveiller l'effet des eaux ; et, après la saison, je la conduis se reposer en Suisse....

— Eh bien ! et tes malades ? Tu les quittes ?

— Je les quitte pour un mois ou deux ; mais, encore une fois, je les quitterais pour tout à fait si je ne sauvais, avant tout, ma malade à moi, dont la vie, je le répète est ma vie.

— A la bonne heure ! Cependant, ta clientèle...

— C'est là justement le service que j'ai à te demander... Oh ! ne t'effraye pas ! je sais que tu suffis à peine à tes malades ; c'est à notre ami, le docteur Jeanty, que je compte m'adresser pour me remplacer pendant mon absence auprès des miens. Mais, je voudrais te confier, à toi, deux ou trois cas graves, et trois ou quatre clients importants. Tu ne peux pas me refuser.

— Et je ne te refuse pas, dit Robert. — Mais, dis-moi, as-tu toujours dans ta clientèle madame Marousset ?

— Toujours.

— C'est d'elle que je venais te parler. Je l'ai vue autrefois quand tu m'as appelé en consultation pour son mari ; mais je ne suis pas allé chez elle depuis, et j'aurais peut-être besoin pourtant de renouer quelques relations avec elle. — Il va sans dire, ajouta Robert en riant, que je n'ai pas la chance qu'elle soit malade en ce moment !...

— Elle n'est pas malade, non, répondit Durantel, et cependant il ne se passe pas de semaine qu'elle ne me fasse appeler, et elle me prie toujours de venir, même sans être appelé.

— En vérité ! Qu'a-t-elle donc ?

— Ah ! mon ami, toi qui n'es peut-être un grand médecin que parce que tu es un grand philosophe, tu pourras observer là, dans un cas pathologique curieux et frappant, à quel point le moral influe sur le physique, et comme l'âme troublée et souffrante peut troubler et miner le corps.

— Mais madame Marousset n'aura peut-être pas en moi la même confiance qu'en toi, et je ne veux te rien demander sur elle que tu ne puisses me dire.

— Et moi, dit Durantel, je n'ai rien à te dire d'elle que tu ne puisses savoir d'autre part ; car je ne sais d'elle que ce que tout le monde sait ou devine. Je ne peux donc trahir des secrets, qu'elle ne m'a pas confiés. Mais je te dois mes observations, et elles suffiront pour t'intéresser comme médecin, si elles ne t'intéressent pas autrement.

— Elles m'intéressent autrement, et beaucoup, j'en conviens, dit Robert.

— Tu verras ! dit Durantel en riant, ce n'est pas pour te vanter mes clients et clientes, mais la figure de madame Marousset est plus qu'intéressante, elle est attirante au possible. Tu as vu le mari, — dans son lit, il est vrai. Un être quelconque, fort jurisconsulte, à ce qu'on disait ; ferré sur le droit administratif, j'aime à le croire ; honnête, sérieux, laborieux, cela semble prouvé. Mais enfin le modèle du conseiller d'État est-il en même temps le rêve de la jeune fille ? C'est douteux, n'est-ce pas ?

— C'est douteux, dit Robert.

— Eh bien, mon ami, madame Marousset, tant que son mari a vécu, n'en a pas moins été constamment la femme sans reproche.

Pensive, mais irréprochable, telle je l'ai toujours connue. Elle a
soigné son mari malade avec la plus touchante sollicitude, elle a été
pour son enfant la mère la plus tendre et la plus dévouée. Elle a passé
loin de Paris la première année de son mariage, et elle n'y est revenue qu'au mois d'octobre dernier, rappelée par le soin de l'éducation de son fils. Dans tout cela, comme tu vois, rien à dire.

— Dans le passé, oui, tout est bien, reprit Robert ; venons au
présent.

— Je ne sais pas, continua Durantel, si M. de Maugiron connaissait depuis longtemps madame Marousset, ou s'il lui a été présenté seulement lors de son retour à Paris. Lui-même, en novembre,
il revenait d'Italie, après son illustre passage aux zouaves pontificaux. Je l'avais rencontré aux soirées de madame Marousset, mais
sans le remarquer autrement. On n'a commencé à chuchoter sur leur
compte qu'en janvier de cette année. A partir de ce moment, changement brusque et complet chez madame Marousset. Je te répète que
je n'ai à te dire que ce qu'ont pu voir, comme moi, les habitués de la
maison, en y ajoutant les commentaires du médecin.

— Oh ! je sais quel observateur pénétrant tu es.

— Ma foi ! il n'était pas besoin d'une observation bien profonde
pour s'apercevoir comme, tout à coup et pour ainsi dire du jour au
lendemain, madame Marousset n'a plus été la même. Ç'a été, mon
cher, un épanouissement, une éclosion de printemps, un lever de
soleil. Elle était sans doute ce qu'on appelle une jolie femme ; subitement elle est devenue très belle. Elle n'était pas précisément de la
première jeunesse ; elle s'est mise, à trente-cinq ans, à en avoir vingt-
cinq. Elle était affable, mais plutôt réservée et quelque peu froide ;
soudain elle a eu du brillant, de l'esprit, de l'entrain, une grâce et
une verve charmantes. Ah ! je te réponds qu'à ce moment-là elle
n'était pas malade ! Je me suis dit : Voilà une femme qui aime pour
la première fois, et voilà une femme heureuse !

— Et M. de Maugiron ? demanda Robert.

— M. de Maugiron, lui, était devenu beaucoup plus rare qu'auparavant aux réceptions et aux soirées ; on ne l'y voyait plus que de
loin en loin. C'était là, en somme, le seul symptôme apparent. Mais
comme il ne venait chez madame Marousset que d'anciens collègues
de son mari, des magistrats, des gens graves ; comme j'étais, je crois,

Après la saison, je la conduis se reposer en Suisse. — Page 126.

le plus jeune de ses amis, et que je n'étais pas suspect, les chuchote-
ments sus-mentionnés ont continué de plus belle.

— Et tu crois qu'ils avaient raison ?

— Madame Marousset ne me l'a jamais dit, mais j'en suis sûr.

— Ce Maugiron te semble-t-il donc un si irrésistible vainqueur ?

— Tout est relatif. Madame Marousset est une bourgeoise, fille de bourgeois ; le Maugiron est un marquis authentique, un chevalier fils des preux, un familier du faubourg Saint-Germain et du Vatican. Il a eu des duels et des aventures. Il a été, dans cet intérieur terne et morne, quelque chose comme l'invasion de la lumière et de la vie. Il a fait à cette pauvre honnête femme l'illusion de la passion, avec d'autant plus de vraisemblance qu'il la jouait et ne la ressentait pas. Il l'a éblouie, il la énivrée, il l'a fascinée. Je ne fais là que des conjectures, mais je parierais que les choses se sont passées ainsi.

— Oui, très bien diagnostiqué, mon cher confrère ! dit Robert. Et combien de temps la fascination a-t-elle duré ?

— Six semaines ; pas davantage. Vers le milieu du mois de mars dernier, j'ai vu, un matin, arriver chez moi une bonne femme au service de madame Marousset ; elle a été, je crois, sa nourrice, et elle lui est dévouée. J'ai omis de te dire que madame Marousset a perdu son père et sa mère, et qu'elle est sans famille. La brave Gertrude, fort éplorée, venait à l'insu de sa maîtresse, qui lui avait même défendu de m'avertir. — Madame est bien malade ! me dit-elle ! — Qu'est-ce qu'elle a ? — Je n'en sais rien ; venez comme en passant et par hasard. Naturellement, madame Marousset ne prit pas le change. — Cette Gertrude est folle ! dit-elle ; j'ai eu tout simplement je ne sais quelle crise nerveuse, — comme une duchesse. Et elle essayait de rire. Mais il était clair qu'elle avait reçu un choc moral violent. Elle avait repris ses trente-cinq ans ! et même quelque chose avec. Non pas qu'elle ait cessé d'être belle ; le cercle brun qui entoure ses yeux leur donne parfois plus d'éclat, mais c'est l'éclat de la fièvre et de la souffrance. Elle est redevenue la madame Marousset que nous avions connue, moins calme seulement, et beaucoup plus triste.

— Qu'était-il donc arrivé ? demanda Robert ; y avait-il eu rupture ?

— Non ; pas que je sache. M. de Maugiron n'a pas discontinué de venir, quelquefois le soir avec tout le monde, et très souvent seul dans l'après-midi. Je le sais par Gertrude. Cependant, madame

Marousset ne m'a point fait appeler dans les premières semaines, je
la voyais avec chagrin languir et dépérir, sans même oser le lui dire.
Ce n'est guère que depuis un mois qu'elle s'inquiète d'elle-même,
qu'elle me consulte sur ses insomnies, qu'elle trouve que je ne viens
jamais assez souvent.

— Et sur cette seconde phase, dit Robert, quelles sont tes conjectures ?

— Je n'en fais aucune. C'est le mystère. Que s'est-il passé ?
Qu'est-ce qui a fait tomber la malheureuse femme de son ciel sur
la terre ? Je n'en sais rien, je ne m'en doute pas. Je suis son ami sincère, et je vois bien que je n'aurais pas grand'peine à obtenir ses
confidences ; qu'elle ne demande qu'à m'ouvrir son cœur ; qu'elle
attend mes questions, qu'elle les espère peut-être...

— Eh bien, ces questions, pourquoi ne les lui fais-tu pas ?

— Oh ! cher ami, écoute donc, je suis son médecin, moi ; je ne
suis pas son confesseur.

— Alors tu comprendrais qu'elle prît un confesseur, tu veux
qu'elle en prenne un ! — toi qui es des nôtres, toi, libre penseur ?

— Non certes ; mais enfin, un médecin...

— Un médecin ne peut pas être un confesseur, non, mais il
peut toujours, il doit parfois être un confident.

— Un confident, à nos âges, pourrait être assez dangereux !

— Tu crois donc qu'un confesseur ne l'est pas ! Nous voilà deux
jeunes médecins ? moi, j'ai dans le cœur une passion sérieuse et profonde ; toi, tu as une femme que tu adores ; comment serions-nous
dangereux ? Tu disais que, chez cette pauvre femme, c'était le trouble de l'âme qui troublait le corps ; eh bien ! est-ce qu'alors ce n'est
pas notre état, notre état et notre devoir, de soigner, de panser, de
guérir son âme ?

— Robert, tu as cent fois raison ! dit Durantel en pressant la
main de son ami, et j'ai toujours été, et je suis encore de ton avis.
Mais, — pardonne-moi, — je ne te disais pas la vérité. Je ne suis pas
plus poltron qu'un autre ; je donnerais ma vie pour ma femme ou
pour mon enfant ; je donnerais ma vie pour mon pays ou pour la
science ; tu ne m'as jamais vu broncher devant les maladies conta-
gieuses et dans les épidémies... Mais, mort-Dieu ! dans le cas présent,
il y a le Maugiron, mon cher ! et je t'avoue que mari et père, je ne

me soucie aucunement d'avoir maille à partir avec cette bête fauve.

— A mon tour, je te demande pardon, mon ami, et je te dis : tu as raison, reprit Robert en se levant. Et maintenant j'ajoute : Je désire que, le plus tôt possible, tu me présentes à madame Marousset.

— Quand tu voudras. Ce matin, si tu veux ?

— Oui, ce matin.

Il fut convenu que Robert, ses visites faites, viendrait, avec sa voiture, prendre Durantel à onze heures, et qu'ils iraient ensemble chez madame Marousset, qui demeurait quai Voltaire.

— Mais ne la dérangerons-nous pas, de si bon matin ? demanda Robert.

— Non, c'est l'heure qu'elle m'a indiquée elle-même, dit Durantel. Je suppose que M. de Maugiron, qui se couche tard et se lève tard, ne vient jamais que dans l'après-midi ; et madame Marousset ne se soucie pas sans doute, que je me rencontre avec lui, ou même qu'il soit informé de mes visites.

— Est-ce qu'elle te l'a dit ?

— Oh ! non ; pas expressément pour Maugiron du moins. Elle m'a dit seulement : Cher docteur, ne parlez à aucun de nos amis, je vous prie, des consultations que vous voulez bien me donner ; je tiens fort à ce qu'on ne me sache pas si douillette.

— Ceci est bon à noter ! observa Robert.

A onze heures, les deux médecins entraient chez madame Marousset, qui occupait au second étage, sur le quai, un bel appartement, ayant la magnifique vue du Louvre et de la Seine.

Madame Marousset, avertie que le docteur Robert était avec le docteur Durantel, ne les reçut pas dans sa chambre, et les fit prier de l'attendre au salon.

Ce salon, où brillait le luxe étoffé de la haute bourgeoisie, n'avait rien qui indiquât le sentiment de l'art : meuble doré, en damas rouge ; tapis, rideaux et portières d'Aubusson ; grandes glaces à biseau ; garniture de cheminée de Denière ; aux murs, les portraits en pied de M. et madame Marousset, par un peintre médiocre, quoique à la mode.

Au bout de quelques instants, entra madame Marousset, dans un négligé du matin d'assez bon goût.

Octavie Marousset, que Robert n'avait vue que deux ou trois

fois, lui sembla être mieux qu'elle ne lui apparaissait dans ses souvenirs. Elle était à coup sûr maigrie et fatiguée ; mais ses traits réguliers, qui n'avaient pas beaucoup d'expression autrefois, étaient maintenant animés ou, si l'on veut, brûlés de plus de flamme. C'était une femme brune, assez grande, bien faite, les attaches fines, les doigts allongés ; elle avait de la dignité dans les manières, et sinon de la grâce, de l'élégance.

Elle serra la main de Durantel, et salua Robert par son nom, se félicitant de le revoir, et rappelant avec émotion les bons avis qu'il avait donnés pour son mari.

Elle s'informa avec empressement de la santé de son amie, madame Durantel. Ce fut l'occasion, pour Durantel, de lui annoncer qu'il s'était déterminé à conduire sa femme aux eaux de Wildbab, et qu'il comptait partir dans deux ou trois jours.

— Je ne vous laisse pas bien malade, heureusement ! reprit-il en souriant ; mais, en mon absence, si besoin était, j'ai pensé que vous agréeriez les soins de mon ami et célèbre confrère, le docteur Robert, que vous appréciez hautement, je le sais, et que vous connaissez déjà.

Madame Maroussel fut-elle contrariée de la nouvelle du départ de Durantel ? en tout cas, elle n'en laissa rien paraître ; elle approuva Durantel de sa résolution, et, s'inclinant gracieusement, remercia d'avance Robert de vouloir bien se charger de conseiller une malade si insignifiante, « une malade peut-être imaginaire », dit-elle.

— Je n'ai pas besoin d'ajouter, reprit Durantel, que vous pouvez avoir dans le docteur Robert la même confiance absolument que vous vouliez bien avoir en moi.

— Je le crois, — j'en suis sûre, répondit d'une voix lente madame Maroussel, en attachant sur Robert ses yeux interrogateurs.

A cette interrogation muette, la mâle figure et le regard ferme et franc de Robert répondaient aussi sans parler. Nous avons dit déjà qu'il était impossible de voir Robert sans se sentir tout de suite porté vers lui, comme vers un être en même temps doux et fort, sur lequel il faisait bon s'appuyer. Pour employer les nuances du langage du monde, si Durantel était « un homme distingué », tout révélait, au premier aspect, en Robert, un homme supérieur.

Robert reprit, du ton le plus simple :

— Madame, je vous connais par tout ce que m'a dit de vous mon cher confrère; je vous prie de vouloir bien me tenir pour votre ami.

Elle répondit avec la même simplicité :

— Merci !

Et elle lui tendit la main.

— A présent, la parole est aux médecins, reprit gaiement Durantel. La dernière fois que je vous ai vue, chère madame, faute de drogues à vous donner, je vous ai renouvelé la prescription que je vous avais déjà faite, et que vous aviez d'abord acceptée, ce me semble. — J'avais conseillé à madame, dit-il en se tournant vers Robert le changement d'air, un déplacement, un voyage ; est-ce que je n'avais pas raison ?

— Tout à fait raison, dit Robert en examinant attentivement Octavie.

— Oui, cette idée m'avait d'abord souri, reprit-elle ; j'avais même presque arrêté un itinéraire : je visitais la Hollande et, par le Rhin, je descendais vers la Suisse, et de la Suisse vers l'Italie, où j'arrivais dans la bonne saison.

— C'était parfait ! dit Robert ; eh bien ?

— Eh bien, c'est devenu impossible.

— Pourquoi ? et depuis quand ? demanda Durantel.

— Mais depuis quelques jours, reprit Octavie avec un peu d'impatience, je vous l'ai dit déjà à votre dernière visite, docteur. Il est bien difficile à une femme de voyager seule avec un enfant, et Gertrude n'est pas un porte-respect suffisant.

« Depuis quelques jours !... » Robert pensa que Maugiron avait pu consentir un moment à accompagner madame Marousset dans ce voyage ; mais que, « depuis quelques jours, » ses nouveaux projets avaient dérangé absolument ce plan, et qu'il devait tenir maintenant à ne pas quitter Paris.

— Si vous êtes obligée de renoncer à ce voyage, dit-il, vous devriez au moins passer la fin de la saison à la campagne, quand ce ne serait qu'aux environs de Paris.

— Oui, — peut-être, — répondit-elle pensive. Si c'est tout près, à une demi-heure de Paris, quelque part comme à Saint-Cloud ou à Ville-d'Avray, ce sera peut-être faisable. Je vous le dirai la prochaine fois.

— Elle se réserve, se dit Robert, de consulter Maugiron.

Robert et Durantel se levèrent, en disant que leur visite était cette fois une présentation plutôt qu'une consultation. Octavie promit d'aller faire ses adieux à madame Durantel.

Elle reconduisit les deux amis, et, sur le seuil de la porte, donnant la main à Robert, elle répéta d'un ton expressif :

— Oui, j'ai confiance !...

— Eh bien ? demanda Durantel à Robert, qu'est-ce que tu dis de ma malade ?

— Mon ami, je dis : Ame en peine.

— Sais-tu, Robert ? j'ai dans l'idée que tu lui seras plus utile que moi.

— J'ai dans l'idée, reprit Robert, qu'elle et moi, nous nous serons utiles l'un à l'autre.

XVIII

A MOTS COUVERTS

Ce même jour, Lucie qui, épuisée de fatigue, avait enfin trouvé dans la nuit un peu de sommeil, voulut absolument se lever, et même descendre au déjeuner. Son énergie morale avait repris le dessus, et elle tenait à prouver à son père qu'elle n'était pas vaincue.

M. de Sergy, de son côté, ne parut en la voyant ni surpris ni contrarié. Il l'embrassa au front, selon son habitude.

— Vous allez mieux, à ce que je vois, ma chère enfant ! lui dit-il.

— Je vous remercie, mon père, ce n'était rien, et je suis bien, reprit-elle.

On sortait à peine de table, que le domestique annonça M. de Maugiron.

Maugiron entra, vint à Balda, et s'excusa de se présenter ainsi ;

mais il avait voulu venir lui-même prendre des nouvelles de la
santé de mademoiselle de Sergy.

— Je suis heureux de voir mademoiselle de Sergy debout, et
et tout à fait remise, j'espère, ajouta-il en se tournant vers Lucie.

Lucie, à l'arrivée de Maugiron, était devenue pâle. Pour toute réponse, elle s'inclina gravement, prit le bras d'Angelina et sortit avec
elle. Lucien rendit aussi à M. de Maugiron son salut, et sortit derrière sa sœur.

M. de Sergy, sans témoigner le moindre embarras, se mit à parler très cordialement à Maugiron de choses quelconques, et Maugiron lui répliqua avec la même aisance.

Au bout de dix minutes, M. de Sergy se leva.

— Je vous prie de me pardonner, dit-il; nous voici aux dernières séances de la session, et je suis forcé de me rendre au Corps
législatif. Mais je n'entends pas vous enlever à madame de Sergy...

— Si madame de Sergy veut bien me permettre de rester quelques instants à lui faire ma cour... dit Maugiron.

Quand ils furent seuls en présence, les deux associés se regardèrent un moment sans parler.

Nous disons « les deux associés ». Rien entre eux assurément
n'avait été convenu, dit et formulé ; ils savaient pourtant à merveille
l'un et l'autre qu'ils étaient d'accord, et qu'ils avaient conclu un
pacte d'alliance offensive et défensive, qui, pour être tacite, n'en était
pas moins valable et solide, étant fondé sur leur intérêt réciproque.
Plusieurs points restaient obscurs et indécis pour eux-mêmes sur les
voies et moyens, sur les causes et sur les mobiles; Maugiron ne voyait
pas bien pourquoi Balda voulait marier Lucie ; Balda se demandait
comment Maugiron s'y prendrait pour arriver à l'épouser. Mais, pour
le moment, ils avaient tous deux en apparence un but commun, et ils
devaient s'entendre pour y marcher.

Seulement, ils étaient gens du monde , — et de ce monde particulier de la fin de l'empire, — et ils devaient toujours s'entendre à
demi-mot.

C'est à demi-mot que, dans ses premiers pourparlers avec Maugiron, Balda l'avait amené à faire les propositions et concessions qui
lui avaient permis d'obtenir, à son tour, l'adhésion et, pour tout dire,
la complicité morale de M. de Sergy. Il ne faut pas croire qu'on passe

— Oui, j'ai confiance!... — Page 135.

ces marchés-là crûment et cyniquement. Non, on se ménage entre
soi, on se prête réciproquement les intentions les plus pures, et l'on

18

échange poliment des mensonges de convention, comme on se serre la main avec des gants.

Tous les artifices et tous les sous-entendus du langage diplomatique ne sont pas de trop pour jeter un voile utile sur certaines transactions (cela s'appelle des transactions), qui, grossièrement mises à nu, offenseraient péniblement la pudeur. Où serait-on délicat, si ce n'est dans les indélicatesses ?

Les points déjà traités, avec de si heureux résultats, entre Balda et Maugiron, étaient d'ailleurs peu de chose auprès de ceux qu'il leur fallait aborder maintenant; et il était concevable qu'ils eussent d'abord à se recueillir un moment.

Ce fut Maugiron qui prit le premier la parole :

— Je vois avec regret, dit-il, que mademoiselle de Sergy persiste à me témoigner cette froideur, et je crois qu'il ne sera pas facile de l'amener à vouloir bien réaliser mon espérance.

— Ce ne sera pas facile, en effet, reprit Balda, et je ne vous ai pas dissimulé les obstacles que vous auriez à vaincre. Mademoiselle de Sergy a une grande décision dans le caractère, mais elle a pour son père le respect qui convient, et elle est trop bien née, et de trop bon lieu, pour pousser la résistance jusqu'à la rébellion. M. de Sergy a une volonté aussi entière, pour le moins, que celle de sa fille, et il saura user de ses droits et de son autorité de chef de famille. L'essentiel est d'avoir, avant tout, son consentement.

— Et, grâce à votre bonté, madame, dit Maugiron, j'espère que je l'obtiendrai, ce consentement précieux. M. de Sergy m'a accueilli avec une bienveillance dont je lui suis profondément reconnaissant, et vous me permettrez d'étendre ma reconnaisance à vous, madame, qui avez si gracieusement daigné me guider de vos bons conseils.

— Oui, reprit Balda, je crois qu'avec de la persévérance, vous arriverez à vos fins. Et si vous voulez continuer à vous en rapporter à moi ?...

— Si je veux m'en rapporter à vous ! s'écria Maugiron ; ah ! soyez sûre que je vous obéirai en tout et toujours, aveuglément. Vos moindres avis seront pour moi des ordres.

Balda secoua la tête en signe d'approbation. Elle voulait bien nettement constater que, si Maugiron avait jusque-là réussi, il le de-

vait à elle, et à elle seule ; et que pour réussir jusqu'au bout, il devait
jusqu'au bout être docile.

— Veuillez m'éclairer et me conduire encore, reprit Maugiron.
Encore une fois j'ai tout lieu de penser que M. de Sergy, grâce à votre
tout puissant appui, est ou sera bientôt gagné. Que me reste-t-il à
faire ? Ces obstacles qui restent à vaincre, quels sont-ils, je vous
prie ?

Balda prit un temps, comme pour réfléchir.

— Laissons de côté Lucie, répondit-elle ; je vous répète que le
père suffirait seul à dominer les préventions de la jeune fille. Mais,
près de Lucie, il y a deux influences hostiles qui devront être com-
battues... comment dirai-je ?... en dehors de la maison. Oui, vous
avez deux ennemis...

— Deux ! interrompit Maugiron. Je croyais n'en avoir pas d'autre que M. Lucien ?

— J'ai dit deux !

Balda avait pris son parti.

On se rappelle qu'elle jouait un jeu double : — contre ses adversaires, Lucien et Lucie, qu'il s'agissait de « supprimer », comme elle
avait « supprimé » leur mère ; — et puis contre son partenaire lui-
même, M. de Maugiron, que, moyennant l'appât de la dot de Lucie,
elle comptait employer comme instrument aveugle de son intrigue
de mort.

Seulement elle avait calculé qu'il serait imprudent, qu'il serait
impossible de le lancer tout d'abord sur Lucien, et qu'il ne s'y prêterait pas. Mais, en relisant, la copie des lettres prises chez Lucie, elle
s'était assurée qu'elle provoquerait dans le cœur de la jeune fille un
désespoir suffisant pour ses desseins, si elle commençait par frapper
Robert. D'ailleurs, Robert n'était-il pas en possession d'une partie
de son terrible secret ? Elle ne savait pas s'il avait reconnue, et elle
pensait bien, dans la profondeur de sa perversité, que quand
même il l'aurait reconnue, il lui serait présentement difficile de la
punir ou même de la dénoncer ; n'importe ! elle n'aimait pas se sentir
à la merci d'un hasard ou d'une crise ; et ce redoutable témoignage
toujours suspendu sur sa tête, elle ne serait pas fâchée de l'anéantir
— avec le témoin.

Elle répéta d'un ton significatif :

— Oui, dans le cœur et dans l'esprit de Lucie, vous avez deux ennemis...

— Lesquels ? demanda Maugiron ; pouvez-vous, voulez-vous me les nommer ?

— D'abord, comme vous l'avez dit vous-même, il y a Lucien.

— Oh ! contre lui je ne peux rien, reprit Maugiron, je suis désarmé de ma meilleure arme...

— Qui est ?... demanda Balda.

— Qui est, je ne dirai pas mon habileté au pistolet et à l'épée, — mais ma réputation d'habileté. Je suis condamné de plus en plus à n'y avoir recours que dans les circonstances tout à fait suprêmes ; j'ai toujours eu la main trop malheureuse, — ou trop sûre, comme vous voudrez, — pour ne pas éviter, désormais, avec tout le soin et tout le scrupule possibles, la moindre occasion de duel. Par bonheur, ma réputation suffit, et me garde. Les gens les plus honorables et les plus braves se soucient médiocrement d'avoir une affaire avec moi ; à plus forte raison le commun des mortels. Personne ne se mettra donc de gaieté de cœur en travers de mon chemin. Mais M. Lucien de Sergy ne saurait avoir de moi cette terreur salutaire, qui est le commencement de la sagesse. Il est trop clair que, si je veux me marier avec la sœur, je ne vais pas m'aviser de me battre avec le frère.

— Ah ! grand Dieu ! la supposition seule fait frémir ! dit Balda.

— Ne craignez rien, reprit Maugiron en riant ; M. Lucien m'est sacré. Mais, justement parce que je ne suis pas dangereux pour lui, il peut être, lui, fort dangereux pour moi.

— Comment cela ?

— Je ne dois sous aucun prétexte, ni de près, ni de loin, le provoquer, la chose est au delà de l'évidence, et il est inutile, je pense, de vous rassurer sur ce point. Mais il ne faut pas qu'il me provoque, lui non plus. Je réponds de moi, mais qui répondra de lui ?

— Monsieur de Maugiron, dit gravement Balda, même quand il vous provoquerait, donnez-moi votre parole de ne pas répondre à sa provocation.

— Eh bien, reprit Maugiron, après une minute de réflexion, je vous donne cette parole, madame. Je vous la donne, d'abord parce que je suis heureux de vous obéir, heureux de vous tranquilliser ;

ensuite, parce qu'elle m'engage vis-à-vis de moi-même, et qu'en même temps, vis-à-vis de M. Lucien et vis-à-vis de l'opinion, elle me dégage.

— Vous êtes un galant homme, et je vous remercie, dit Balda.

— Je vous assure, madame, reprit Maugiron, en baisant la main qu'elle lui tendait, je vous assure que je suis bien réellement votre serviteur. — Maintenant, continua-t-il en riant; j'espère, je vous l'avoue, que, vis-à-vis de mon autre adversaire, inconnu encore, vous n'avez pas à m'imposer la même modération.

— Je n'ai qu'à vous la conseiller, dit Balda.

— Et quel est-il, ce second ennemi de mon bonheur? Je suis curieux de le connaître.

— Je vais, en vous révélant ceci, dit Balda, vous donner une grande preuve de ma confiance en vous; aussi je compte que vous n'attacherez pas au fait que je vais vous apprendre, — et que M. de Sergy lui-même ignore, — plus d'importance qu'il n'en a... — J'ai lieu de supposer que, depuis un certain temps déjà, Lucie... pense à quelqu'un.

— Ah! elle aime? dit Maugiron, sans marquer beaucoup de surprise.

— Quelqu'un l'aime! reprit Balda avec un semblant de vivacité; quelqu'un l'aime, et le lui a dit, et je crois que l'aveu ne lui a pas déplu, voilà tout; n'allez pas plus loin que ma pensée!

— Ma pensée à moi n'a rien que de respectueux pour mademoiselle Lucie de Sergy, dit Maugiron avec un grand sérieux, et j'ai une foi entière dans son honneur. Quant à l'amoureux... Il faut d'abord que je sache son nom; tout est là.

— C'est le docteur Robert.

Maugiron ne broncha pas. Balda continua :

— Ils se sont connus chez M. d'Arnaud, à Saint-Germain; ils se connaissent depuis plus d'un an.

Maugiron reprit après un moment de silence :

— Le docteur Robert est un homme de valeur; je crois cependant que M. de Sergy aurait quelques raisons de le refuser pour gendre.

— Il en a beaucoup.

— Je crois qu'il aurait aussi quelques raisons de me préférer à lui.

— Il les a toutes.

— Et croyez-vous mademoiselle Lucie assez éprise de M. Robert pour ne jamais me pardonner d'avoir été son vainqueur... de façon ou d'autre?

— Les femmes ne tiennent pas très longtemps rigueur à la victoire. Je vous répète, d'ailleurs, que je ne crois pas à une passion. Si je vous ai fait la confidence de ce qui n'est peut-être qu'un rêve de jeune fille, c'est tout simplement pour que vous soyez averti. Un homme averti en vaut deux, dit-on. Vous ne ferez certainement pas la faute d'être l'agresseur et de provoquer le docteur Robert?...

— Madame, dit tranquillement Maugiron, je ne provoque jamais. Ne provoquant jamais, si une rencontre devient nécessaire, j'ai le choix des armes ; or, je suis de première force à l'épée, mais on n'a de certitude qu'au pistolet. Cependant, si M. le docteur Robert, qui a consacré sa vie à la science, devenait intolérable, je ne pourrais peut-être pas résister à la tentation de donner une leçon à ce savant. Mais soyez tranquille, je suis, grâce à vous, sur mes gardes, je serai prudent. Je verrai venir.

XIX

A VISAGE DÉCOUVERT.

Il fut ainsi convenu entre Balda et Maugiron qu'ils laisseraient aller les choses, et qu'il valait mieux que l'ennemi, selon l'expression de Maugiron, « commençât le feu ».

D'ailleurs Balda, nous l'avons dit déjà, était trop habile et trop pénétrante pour ne pas voir dans le jeu de ses adversaires ; elle fit remarquer à Maugiron que Robert était comme paralysé ; s'il se déclarait, s'il faisait ou s'il faisait faire une ouverture à M. de Sergy, il rencontrait un échec certain, et il se fermait l'entrée de la maison. Balda était sûre que M. de Sergy ne se doutait de rien ; il fallait se garder de l'éclairer, et laisser à Robert cet embarras et ce risque.

— Sa situation le condamne à l'inaction ! dit Balda.

Elle ne soupçonnait pas quelles contre-mines avait pu déjà ménager et préparer Robert.

Elle comptait aussi sans l'esprit de résolution de Lucie.

Ce qui était peut-être le plus difficile à Lucie, c'était de rester dans l'indécision et dans l'inquiétude : elle aimait mieux provoquer le coup que l'attendre. Aussitôt qu'elle se sentit remise, elle fut décidée à agir.

Son frère était, comme avait été sa mère, à la fois faible et violent ; ne sortant de sa passivité douloureuse que par des actes extrêmes, dangereux souvent ; Lucie ne pouvait s'appuyer sur lui qu'en tremblant. En revanche, elle se serait fiée sans réserve à la ferme et haute raison de Robert ; mais il lui était interdit de le voir, et par conséquent de le consulter et de s'entendre avec lui de vive voix. Elle reçut bien de lui un ou deux billets, que Lucien lui remit ouverts ; seulement Robert ne pouvait y parler qu'en termes généraux : il lui recommandait de ne pas se tourmenter ; elle pouvait être sûre qu'il ne restait pas inactif ; il verrait la réception du jeudi suivant, et il aurait peut-être de bonnes nouvelles à lui apprendre ; il lui demandait, en attendant, d'avoir du courage et de la patience.

Du courage ; elle n'en manquait pas ; mais de la patience, elle n'en avait guère ! De son côté, elle, non plus, ne voulait pas rester inactive.

Outre les soirées officielles du jeudi, madame de Sergy était chez elle presque tous les soirs pour recevoir les intimes, soit qu'ils eussent dîné à l'hôtel, soit qu'ils vinssent causer politique ou affaires. Maugiron, introduit déjà par M. de Sergy dans les pourparlers préliminaires de « la grande combinaison », et qui y apportait toute son activité et tout son entregent, avait souvent du nouveau à raconter au comte, et en profitait pour venir tous les soirs.

Le jour même où il avait eu avec Balda la conférence que nous venons de rapporter, il revint le soir encore.

Il lui sembla que Lucie, sans se départir de sa réserve avec lui, était pourtant moins froide et moins hautaine que le matin. Elle ne fut pas, en apparence, différente pour lui de ce qu'elle était pour les autres habitués du salon de son père.

C'était elle qui, aidée par Angelina, avait l'habitude de servir le thé ; elle eut avec Maugiron la même gracieuse courtoisie qu'avec les plus anciens amis de la maison.

Il en fut de même le lendemain et le jour suivant. Maugiron se hasarda à lui adresser deux ou trois fois la parole, et elle lui répondit sans aucune affectation de roideur.

Maugiron en était étonné et charmé.

— Est-ce qu'elle s'amende ?... se disait-il.

Balda en était étonnée et un peu inquiète.

— Qu'est-ce qu'elle médite ? se demandait-elle.

Le jour d'après, — c'était un mardi, — il y avait eu au Corps législatif une séance importante, on parlait d'un changement possible de ministère, et il vint le soir à l'hôtel de Sergy plus de monde que de coutume.

Lucien causait à voix basse avec Lucie dans l'embrasure d'une large croisée, qui faisait une sorte de petit salon dans le grand.

Elle lui demandait de lui répéter tout ce qu'il savait de Maugiron, et il lui en disait tout ce qui pouvait se dire à une jeune fille.

Comme Lucien se levait pour quitter sa sœur, Maugiron, qui les regardait de loin, s'avança vivement pour prendre sa place, au risque de voir Lucie se lever à son tour et suivre son frère.

Mais elle ne le suivit point, et laissa Maugiron s'asseoir à côté d'elle.

Il débuta par un compliment quelconque, lui demandant la permission de louer sa grâce, et d'admirer comme, chez elle, le soin le plus ordinaire se revêtait d'on ne savait quel charme.

— La merveilleuse maîtresse de maison que vous ferez ! dit-il.

Elle l'écoutait en silence ; puis tout à coup l'interrompant d'un ton grave et résolu :

— Monsieur le marquis de Maugiron, lui dit-elle, laissons, je vous prie, ces politesses, et, si vous voulez bien, parlons sérieusement de choses sérieuses.

— Je suis à vos ordres, mademoiselle, reprit Maugiron un peu décontenancé ; et je suis heureux que vous daigniez m'admettre à une intimité moins banale.

— Monsieur, dit-elle, je vais droit au but. J'ai appris par mon père que vous aviez bien voulu me demander en mariage.

Elle eut avec Maugiron la même gracieuse courtoisie. — Page 114.

— J'ai eu cet honneur et cette témérité, reprit Maugiron en s'inclinant. — Où me conduit-elle ? se demandait-il.

— Mon père, je le sais, continua Lucie, ne vous a pas répondu encore.

— Je n'ai jamais eu l'audace de penser que j'obtiendrais tout de suite une réponse favorable. M. le comte de Sergy m'a fait la grâce de pas rejeter ma demande; et c'est beaucoup.

— Monsieur le marquis de Maugiron, dit Lucie, je m'adresse, en fille noble, à un homme qui porte un nom de gentilhomme...

Elle s'arrêta en le regardant. Il se borna à s'incliner de nouveau en silence.

— Cette demande, qui n'a été encore ni admise, ni rejetée, poursuivit-elle, je vous prie de la retirer de vous-même.

— En vérité, mademoiselle, dit Maugiron, oserai-je vous demander pourquoi ?

— Parce que j'en aime un autre, dit Lucie.

Il y avait dans l'accent dont Lucie prononça ces paroles: « J'en aime un autre », tant de simplicité, de calme et de dignité, que Maugiron en demeura tout d'abord interdit.

Lui, l'homme du monde, expert en corruption, rompu à toutes les finesses et à toutes les roueries, il resta un instant confondu devant cette candeur tranquille et cette fierté naturelle. Il fut comme ces bretteurs pour qui l'escrime n'a pas de secrets, et que surprend et déconcerte le coup droit d'une main inexpérimentée, mais conduite et assurée par un cœur intrépide.

Voyant qu'il ne répondait pas, Lucie leva sur lui, avec interrogation, ses grands yeux limpides.

Il balbutia enfin :

— Je vous demande pardon, mademoiselle... Je vous avoue... Cette déclaration si imprévue dans votre bouche... Laissez-moi vous dire que j'en suis un peu étonné.

— Pourquoi ? demanda Lucie. Vous avez demandé ma main à mon père ; je vous avertis, en toute sincérité, que je suis aimée, et que j'aime. Ma loyauté fait simplement appel à votre honneur; je ne vois pas qu'il puisse y avoir là rien qui étonne.

— Encore une fois, excusez-moi, mademoiselle, reprit Maugiron, qui recouvrait peu à peu son aplomb, l'aveu que vous me faites avec tant de franchise a, dans la forme, quelque chose d'un peu inusité qui a dû d'abord me surprendre. Ce qu'on ne peut qu'admirer,

c'est le sentiment si noble qui l'a inspiré. Mon respect et mon affection pour vous ne font que s'en augmenter ; et la renonciation que
vous me demandez m'en est, je dois le dire, d'autant moins facile.
On ne se résigne pas si aisément à perdre un pareil trésor de grâce
et de pureté. Accordez-moi un peu de temps, je vous prie. Vous
faisiez appel à mon honneur ; permettez-moi de faire appel à votre
réflexion.

— J'ai mûrement pesé ce que je viens de vous dire, reprit Lucie,
et vous avez affaire à un sentiment sérieux et à une résolution qui
ne changera pas.

— Mademoiselle, dit Maugiron redevenu tout à fait maître de
lui-même et reprenant son ton léger et son sourire équivoque, je
crois certes à la précocité de votre jugement ; mais il est clair qu'à
l'âge heureux où vous êtes, ce jugement peut mûrir encore. Vous
avez ce charmant défaut, la jeunesse ; et, à dix-huit ans, on est sujet
à confondre le roman et le rêve avec la réalité et la vie.

— Non, je ne suis pas si romanesque ! dit Lucie, et j'ai la conviction que je ne me trompe pas.

— Vous ne vous trompez pas, je le veux bien ; mais qui vous dit
que vous n'êtes pas trompée ?

— Monsieur !...

— Pardon, mademoiselle ! je ne connais pas, — et ne veux pas,
bien entendu, connaître, — l'homme heureux qui peut se dire pré-
féré par vous. Et je n'ai aucune raison d'avoir en lui l'estime et la confiance que j'ai en vous.

— Soyez persuadé, monsieur, qu'il est digne de mon amour.

— Soit ! il est pourtant surprenant, en ce cas, je ne dis pas qu'il
vous ait conseillé, mais seulement qu'il ne vous ait pas déconseillé
la démarche que vous faites en ce moment.

— Il l'ignore absolument ! dit vivement Lucie ; j'ai agi seule, et
sans consulter personne.

— Je veux et je dois vous croire. Je n'ai pas d'ailleurs la
possibilité de lui demander compte à lui, puisque je ne sais pas qui
il est ; et ce n'est pas moi qui ai le droit de vous demander compte à
vous. Permettez-moi seulement de m'informer s'il est connu de votre
père.

— Il est connu de mon père.

— Ah ! — M. de Sergy ne m'a pourtant pas dit qu'on eût demandé votre main.

— Il n'a pas demandé ma main.

— Eh bien ! mais, reprit Maugiron, accentuant son sourire ironique, dans son intérêt il devrait peut-être ne pas tarder à le faire : ce n'est pas à son avantage de laisser penser qu'il se dérobe, et qu'il a ses raisons pour rester dans l'ombre.

Lucie à son tour resta un moment déconcertée. Maugiron touchait là le point faible de leur situation.

— Si mon père n'est pas encore informé, dit-elle, mon frère connaît mon amour, et il l'approuve.

— Ah ! mon heureux rival a encore ce bonheur d'être l'ami de votre frère ?

Lucie hésita un instant. Elle ne voulait pas désigner Robert, elle ne voulait pas non plus paraître le cacher.

— Il est l'ami de mon frère, dit-elle résolument.

Maugiron hocha la tête en silence, d'abord comme cherchant à deviner, puis comme croyant avoir deviné.

— Fort bien ! dit-il. L'ami de votre frère a, je le reconnais, une chance de plus. Cependant, ce n'est pas M. Lucien qui dispose de votre main, et, quelque précieux que soit son appui, je ne peux pas me résoudre à désespérer encore.

— Ainsi, monsieur, après ce que je vous ai dit, vous persistez ?

Maugiron se leva.

— Le sentiment que vous m'avez inspiré, mademoiselle, dit-il, est trop profond pour pouvoir s'effacer si aisément et si vite. Je dois d'ailleurs à M. de Sergy, qui m'a témoigné tant de bonté, de ne me retirer que sur son arrêt, si j'ai le malheur que cet arrêt confirme le vôtre.

Il salua Lucie, et revint dans les groupes du salon.

Il trouva moyen de se rapprocher de Balda.

— Eh bien, lui dit-elle à voix basse, vous en êtes aux tête-à-tête ! il me semble que vous voilà fort avancé auprès de Lucie !

— Plus avancé qu'elle ne se l'imagine. Elle m'a tout de même dérouté un instant, avec sa naïveté ! mais je crois que j'ai repris tous mes avantages.

— Qu'est-ce qu'elle voulait donc ?

— La pauvre enfant a eu la généreuse imprudence de m'avouer qu'elle en aime un autre.

— Et elle vous a dit qui ?

— Non ; mais j'ai le droit, moi, d'être pénétrant et de le savoir, et c'est toujours une faute grave, — aux échecs et en politique, — de découvrir le roi.

XX

OU LES CONFIDENTS ENTRENT DANS L'ACTION

Lucie, le lendemain matin, fit prier son frère de venir lui parler, et lui raconta tout au long son entretien avec Maugiron et la déclaration que, sans consulter personne, elle avait pris sur elle de lui faire.

Elle dit également tout à sa petite confidente Angelina.

Lucien fut un peu effrayé de la témérité de sa sœur, et il ne fut pas fâché que Lucie lui demandât la première d'aller chez Robert pour le mettre au courant et prendre son avis.

Robert trouva, lui, que Lucie avait été vaillante et fière, à son habitude ; et que c'était bien ; et que, quand on avait de son côté les vraies forces, l'honneur, la justice, l'amour sincère et pur, il ne fallait jamais craindre de s'en servir contre les forces factices de la haine, de la ruse et du mensonge.

— Tu as raison, dit Lucien, et tu es conséquent avec ton caractère, fait de droiture et de courage. Néanmoins, je vois deux dangers dans cet aveu qu'a hasardé Lucie.

— Lesquels ?

— D'abord Maugiron peut te dénoncer à mon père et te faire fermer l'hôtel de Sergy. Or souviens-toi que tu te félicitais de ne l'être pas déclaré, pour pouvoir garder accès dans la maison et continuer à voir Lucie.

— Oui, dit Robert, mais Maugiron et madame de Sergy, — que je crois parfaitement d'accord avec lui, — n'ont aucun intérêt à éclaircir ma situation et à mettre à jour une rivalité qui, en somme, ne serait pas tout à fait celle du premier venu. De plus, tant que Maugiron n'est pas officiellement accepté par M. de Sergy, les choses sont trop peu avancées pour qu'il s'expose, en empêchant Lucie de me voir, à la pousser à quelque parti extrême. Tu restes chez ton père pour être toujours à même de protéger ta sœur ; mais tu es libre, tu es maître de ta fortune, tu peux demain avoir ta maison à toi, où se réfugierait Lucie. Maugiron, dans sa situation équivoque, pourrait difficilement continuer à vouloir l'épouser, après un tel éclat. Cet éclat, pour Lucie et pour nous-mêmes, il est évident que nous ne le ferions pas. Mais comme Maugiron, par cupidité, le ferait sans hésiter, lui, il doit me croire capable par passion de le faire.

— Oui, dit Lucien, tu me parais dans le vrai.

— Par conséquent, ce premier danger que tu redoutais n'existe pas. Quel est l'autre ?

— Oh ! je ne veux pas cette fois me servir du mot danger, c'est une possibilité, voilà tout.

— Eh bien, quelle est cette possibilité ?

— Ma foi ! cher ami, c'est..... c'est un duel entre toi et Maugiron.

— Ah ! cette fois tu as raison, dit Robert en riant ; et ce n'est pas une possibilité, c'est une probabilité.

— Diable ! tu en parles bien légèrement, ce me semble.

— Non pas légèrement, dit Robert, mais tranquillement. Oui, c'est une éventualité, à peu près certaine, que j'ai dû envisager et que j'envisage, sans forfanterie, mais sans peur.

— Je sais quelle est ta bravoure. Mais cet abominable Maugiron se dit sûr de son coup au pistolet.

— On n'a qu'à ne pas se battre au pistolet avec lui.

— Il s'arrange toujours de manière à être provoqué.

— Un honnête homme a, en effet, de la peine quelquefois à ne pas traiter de misérable un misérable. Mais j'ai beaucoup de sang-froid, et je suis averti.

— Alors, dit Lucien, après tant d'affaires malheureuses, je ne crois pas qu'il te provoque, lui.

— Tu te trompes ; pour les causes que tu connais, et pour d'autres que tu ne connais pas, je crois qu'il me provoquera.

— Et tu te battrais à l'épée ? Mais il est de première force à
l'épée !

— Et moi, je n'ai pas eu beaucoup de temps, n'est-ce pas ? pour
faire des armes.

— Maugiron le sait, comme bien tu penses !

— N'importe ! dit Robert, j'ai le bras souple, le poignet solide,
un regard calme, ferme et honnête dans les yeux, et la conscience de
mon droit dans le cœur. Avec cela, Lucien, à l'épée, on défend sa
vie ! Admets que je sois blessé, je n'en mourrai peut-être pas ; admets
que je sois tué, je crois que l'enjeu en vaut bien le risque !

— Ah ! cher frère, tu es l'intrépidité même ! dit Lucien serrant
la main de Robert, tu es capable de nous débarrasser de cette
vipère !

En ce moment le domestique de Robert entra, apportant un
billet dont on attendait la réponse.

Robert déplia le billet, le lut, et, s'adressant au domestique :

— Priez qu'on dise à madame Marousset que je serai chez elle à
onze heures.

— Madame Marousset ! dit Lucien quand le domestique fut
sorti : tu es donc son médecin ?

— Oui, en l'absence de mon ami le docteur Durantel.

— Tu sais ce qu'on chuchote sur Maugiron et sur elle.

— Je le sais, dit Robert ; — mais pas par elle ! ajouta-t-il en
riant. — Seulement, fit-il en se levant, comme il paraît qu'elle a eu
une crise grave, et que j'ai pas mal de visites à faire d'ici à onze
heures, il faut que je te quitte. Va, et dis à Lucie qu'elle a bien fait
ce qu'elle a fait, et que je la remercie d'avoir été si brave !

Octavie, lorsqu'elle était allée faire à madame Durantel sa visite
d'adieu, avait longuement interrogé sur Robert le docteur Durantel.
Il ne demandait pas mieux que de parler de son ami ; il raconta la
vie, les luttes, les travaux de Robert ; il ne tarit pas en louanges sur
son compte : l'homme en lui égalait le médecin ; son désintéressement et son dévouement valaient sa science ; il méritait en tout son
succès et sa fortune. Octavie était rentrée chez elle satisfaite, pleine
de confiance et d'espérance.

Robert, quand ce matin-là il se rendit à son appel, fut donc
reçu et traité par elle en ami.

Il la trouva réellement souffrante et très accablée.

Elle n'était pas cependant de nature frêle et maladive, mais l'âme chez elle manquait de ressort et d'énergie ; et l'âme abattue abattait le corps.

Durantel l'avait traitée par les calmants, Robert lui prescrivit des fortifiants.

— Seulement, lui disait-il en écrivant son ordonnance, ce ne sont pas seulement vos nerfs, je crois, qu'il faudrait soigner.

— Ah ! ce que vous dites-là est bien vrai ! répondit-elle pensive.

Il était évident pour Robert qu'elle avait eu, la veille, avec Maugiron, une scène plus ou moins violente, et que son mal n'avait pas d'autre cause.

Robert reprit :

— Un séjour à la campagne vous ferait certainement grand bien ; avez-vous pensé à ce que nous vous demandions, l'autre jour, Durantel et moi ? Si vous pouviez passer deux ou trois mois aux environs de Paris ?...

— Inutile d'y songer ! interrompit-elle vivement. Je ne peux pas quitter Paris !

— Vous ne pouvez pas ? Vous êtes libre cependant.

— Si je suis libre ! s'écria-t-elle. Ah ! oui, je suis libre, certes ! libre de quitter Paris, libre de quitter la France ! on ne se contente pas de me le permettre, on me le demande. Et plus j'irai loin, mieux ce sera ! Oh ! l'on est bien d'accord là-dessus avec les médecins !

Robert comprit. Maugiron se faisait de plus en plus rare chez madame Maroussct, et, gêné par sa présence, s'était efforcé de l'éloigner ; c'était là le sujet de l'altercation qu'ils avaient dû avoir ensemble.

— Quand je disais que je ne *peux* pas quitter Paris, reprit Octavie, le terme n'était pas juste ; je ne *veux* pas quitter Paris, voilà la vérité, docteur. Je suis déjà bien assez seule !

— Seule ?

— Oui, seule ! c'est de cela que je souffre, c'est de cela que je meurs.

La pauvre femme, éperdue, recommença à le conjurer. — Page 156.

— Enfin ! vous avez des amis ! dit Robert.
— On a des connaissances, docteur ; a-t-on jamais tant d'amis ?

20

Moi, je n'en ai plus. Je les ai perdus. Par ma faute, peut-être. J'en
avais un, bien ancien, bien dévoué, bien profond. Vous le connaissez,
au moins de nom ; il a vos opinions, je crois. C'est Pierre Aubrion,
l'avocat.

— Certes, je le connais, dit Robert ; c'est un grand talent et un
grand cœur.

— Il était lié avec mon mari depuis sa première jeunesse, reprit
Octavie. Il avait pour moi beaucoup d'amitié, — et même, ajouta-t-elle
en souriant, quelque chose de plus peut-être que de l'amitié.
Mais si je m'en suis aperçue, c'est que les femmes s'aperçoivent
toujours de ces choses-là, car jamais il n'a laissé échapper un mot
ou un signe qui ait pu le faire soupçonner. Après la mort de mon
mari, pendant l'année de mon absence, il m'a écrit les lettres les
plus tendres. A mon retour, il est accouru le premier. Mais, que vous
dirai-je ? il m'intimidait ! Il n'est pas plus âgé qu'il ne faut assurément ; il a quarante-cinq ans tout au plus ; mais il est si grave, si
sérieux ! J'étais heureuse de son amitié, son amour me faisait peur.
Je voyais bien que ma froideur le refroidissait. Il est venu plus rarement. Et il ne vient plus, depuis... depuis quelques mois.

— C'est dommage ! dit Robert ; il était bien celui qu'il fallait
pour vous conseiller, pour vous consoler.

— Ah ! je l'ai pensé bien souvent, reprit Octavie. Un autre ami
sûr, — et qui ne m'inquiétait pas, celui-là, — c'était votre ami à
vous, le docteur Durantel. Mais il ne m'a jamais laissé le consulter
que comme médecin...

Elle secoua la tête avec un sourire un peu triste :

— Je me doute bien pourquoi, ajouta-t-elle ; il avait tort, je
pense, dans ses appréhensions, mais je ne peux pas lui en vouloir.
— Vous voyez, docteur, combien vraiment j'ai peu d'amis. Car je
vous connais depuis trop peu de temps pour oser vous donner ce
titre.

— Il ne faut, en effet, reprit Robert, le donner à personne
qui ne l'ait gagné par une longue épreuve. Dites-vous donc seulement, chère madame, que je suis un homme qui a pour vous une
réelle et profonde sympathie, et, de plus, que je suis un honnête
homme, à qui l'on peut se fier.

— Eh bien, s'écria-t-elle avec une vivacité charmante et tou-

-chante, voulez-vous que je me fie ? voulez-vous que je me confie ?

— Je le veux bien, madame ! répondit d'un ton sincère et résolu Robert. Et je dois encore vous dire à vous-même, comme je l'ai dit déjà à Durantel, une chose que vous ignorez ; c'est que vous pouvez me servir autant et plus peut-être que je vous servirai, et qu'à votre insu, nous avons, je crois, un intérêt commun, qui nous fait une cause commune.

— En vérité ?... dit Octavie surprise. Je n'hésite donc plus, et je veux vous ouvrir tout mon cœur.

Le commencement de sa confidence n'apprit que peu de chose à Robert. Les conjectures de Durantel étaient justes de tout point. Octavie s'était laissée aller à aimer Maugiron, éblouie plutôt que séduite par l'apparence d'une passion, nouvelle pour elle, qui flattait son orgueil et surprenait son cœur. Elle avait eu six semaines d'enivrement, où elle avait vécu comme dans un rêve.

Qu'est-ce qui l'en avait réveillée ! Voilà ce qu'ignorait Durantel, voilà ce qu'elle dit à Robert.

Un jour, Maugiron était arrivé chez elle pâle et désespéré.

Il ne répondit d'abord à ses questions inquiètes, qu'en lui rappelant que, depuis quelques jours déjà, elle l'avait trouvé soucieux et triste.

La catastrophe qu'il redoutait était arrivée : il était dans une situation terrible ! il était déshonoré, il était perdu ! il ne lui restait plus qu'à mourir ! Il avait seulement voulu la revoir une dernière fois, et il venait lui dire adieu.

Toute glacée d'épouvante, elle lui demanda, avec larmes, de lui dire au moins quel était ce coup soudain dont il était frappé. Il s'y refusa avec énergie. Il en avait trop dit déjà ! il voulait sortir ; il sortit... Mais elle s'attacha à lui, elle se traîna à ses genoux ; elle le pria, le supplia de parler.

Il finit alors par avouer qu'il lui fallait dans la journée, qu'il lui fallait sur-le-champ, une somme considérable. Il ne l'avait trouvée nulle part et à aucun prix ; il ne la trouverait pas. Il n'avait plus, pour préserver au moins son honneur, qu'à se brûler la cervelle.

Octavie n'avait pas à sa disposition toute la somme nécessaire ; mais il était possible de la parfaire sur sa signature. Tout affolée, elle l'offrit à Maugiron.

Il s'emporta et se révolta. Accepter cette offre d'elle! est-ce que ce ne serait pas une autre forme du déshonneur? Non, non, la mort était mille fois préférable pour un gentilhomme; la mort seule mettrait fin à tout!

Ce fut encore une lutte terrible. La pauvre femme, éperdue, recommença à le conjurer, en pleurant, de se laisser sauver par elle. S'il mourait, elle mourrait avec lui. S'il consentait à ce qu'elle lui *prêtât* cet argent, son honneur serait sauf; — la chose resterait secrète entre eux; — il la rembourserait un jour... Elle fut éloquente, touchante, irrésistible.

Il accepta.

Elle lui donna en toute hâte sa signature pour qu'il courût chercher cet appoint qui lui était nécessaire.

Octavie ne dit pas à Robert quel était le chiffre de la somme, et pourquoi Maugiron eût été déshonoré en ne l'acceptant pas.

Quand son amant fut parti, la laissant bouleversée par tant d'émotions, Octavie reprit lentement ses sens; elle réfléchit, elle s'interrogea.

Un premier doute lui vint à l'esprit.

Est-ce qu'un véritable honnête homme, s'il eût tenu à revoir une dernière fois avant de mourir la femme qu'il aimait, ne serait pas venu l'embrasser sans lui rien dire, quitte à se faire sauter la tête en la quittant?

Elle repoussa avec indignation cette mauvaise pensée.

Mais ce même jour ne se passa pas sans lui apporter une lumière terrible. Maugiron ne lui avait pas dit la vérité tout entière, et elle acquit la certitude et la preuve que son désespoir avait eu une date fixe et une échéance certaine, et que la tragédie n'était qu'une comédie.

Ce fut pour Octavie un coup épouvantable.

Ainsi, cet amour auquel elle s'était si aveuglément abandonnée, cette passion qui avait été sa joie, son orgueil, son délire, tout cela n'était sans doute que mensonge, leurre et trahison. Elle avait cru qu'elle était aimée pour elle-même, pour sa beauté, pour sa grâce, pour son cœur aimant, dévoué et tendre... Et il était possible qu'elle n'eût été aimée que pour son argent!

C'était affreux pour la minute présente; c'était plus affreux encore quand Octavie se retournait vers les jours qui venaient de s'écouler. Cette révélation amère empoisonnait jusqu'à son bonheur passé. Ces six semaines d'ivresse avaient-elles donc été six semaines de duperie ? Alors elle serait ridicule d'avoir été fière, elle serait stupide d'avoir été heureuse ?

Et lui, ce marquis de Maugiron, ce gentilhomme, ce soldat, ce vaillant, qu'elle admirait autant qu'elle l'aimait, il faudrait à présent le mépriser !

Le mépriser ! — et, chose effrayante, elle descendait dans son cœur, et elle sentait qu'elle l'aimait toujours !

A partir de ce jour funeste, commença son supplice.

Jusque-là, elle s'était, à ses propres yeux, sinon justifiée, du moins excusée de sa chute, par une espérance : Maugiron lui avait juré qu'elle serait sa femme. Seulement, il ne voulait pas commencer par la ruiner, en lui retirant par ce mariage, la jouissance de la fortune de son fils mineur. Mais il croyait pouvoir compter avec presque certitude, sur une affaire colossale, dont il avait fourni l'idée, et qui le ferait riche lui-même ; alors, il pourrait l'épouser sans scrupule. C'est dans ce piége qu'elle était tombée.

Maintenant elle n'osait plus croire à rien. Maugiron avait essayé encore, il essayait toujours de la rassurer ; mais ses doutes revenaient l'assaillir sans cesse.

Elle ne pouvait plus croire, et néanmoins elle ne voulait pas non plus désespérer.

Il y avait des moments où elle se disait que Maugiron n'était peut-être pas si coupable ; qu'il y avait eu aussi dans tout cela de la fatalité ; que c'était parce qu'il avait voulu se relever qu'il était retombé plus bas ; qu'il serait cruel alors de le décourager et de l'accabler ; qu'il l'aimait sans doute toujours, qu'elle pouvait donc l'aimer encore.

Afin de ne pas se mépriser tout à fait elle-même, elle s'efforçait de continuer à l'estimer un peu.

Lui, cependant, chaque jour, il prenait de moins en moins la peine de ménager ses illusions. A voix basse, et courbant la tête, elle avoua à Robert qu'il lui avait fait deux nouveaux emprunts, et qu'elle n'avait pas eu le courage de les lui refuser.

Voilà où elle en était ! ce n'était pas elle qui le chassait, c'est lui qui la délaissait. Et sa souffrance était doublée de sa honte !

— Je vous ai montré mon mal, dit-elle à Robert en terminant, je vous ai découvert ma plaie, sans réserve, presque sans pudeur. Maintenant qu'est-ce que j'attends de vous ? Ce n'est pas une consultation, docteur, c'est une opération, chirurgien ! Il faut que vous me cherchiez et que vous me donniez la preuve que cet homme est un fourbe et un misérable qui ne m'aime pas, qui ne m'a jamais aimée ; il faut que vous m'arrachiez du cœur mon lâche et indigne amour ! Il le faut !... Seulement, je vous avertis que je crois bien que j'en mourrai.

Robert, quand Octavie eut fini, resta quelques instants pensif, puis il se leva :

— Je vous remercie, madame, de votre confiance, lui dit-il ; je vous demande la permission de peser ce que vous m'avez révélé, et de réfléchir à ce que je dois faire. J'ajouterai seulement, que, grâce à Dieu, les natures saines comme la vôtre ne sont jamais incurables, et que j'espère bien, moi, que nous vous guérirons !

XXI

CELLE QUI GUETTE EST GUETTÉE.

Lorsque Lucie avait appris à Angelina la déclaration dédaigneuse qu'elle avait faite à Maugiron, elle avait trouvé sa petite confidente pour le moins aussi inquiète que Lucien.

Mais ce qui inquiétait Angelina, ce n'était pas tant Maugiron, c'était surtout Balda.

Angelina aimait sa mère, mais elle la redoutait autant qu'elle l'aimait.

Elle savait de quel amour ardent et passionné, elle aussi, était aimée, et elle avait peur de ce que pouvait faire faire à Balda cet amour.

Elle en avait peur pour les autres, et elle en avait peur pour sa mère elle-même.

C'est qu'Angelina connaissait Balda ! elle la connaissait d'instinct, ayant en elle des propensions toutes pareilles aux siennes ; et elle la connaissait d'expérience, pour l'avoir observée, surveillée, épiée sans cesse.

La mère et la fille étaient l'une et l'autre d'espèce féline ; seulement, — nous l'avons dit déjà, la mère avait de l'espèce les mauvaises qualités : la traîtrise et la férocité ; et la fille, les bonnes : la tendresse et la câlinerie.

Balda, elle, croyait Angelina indifférente et indolente, et ne se doutait pas de quelle perpétuelle et frémissante inquisition elle était l'objet, et qu'elle avait, à toute heure, à ses côtés, écoutant ses moindres paroles, suivant ses moindres gestes, guettant jusqu'à ses pensées, cette espionne pour le bon motif.

Lucie avait eu l'imprudence de laisser deviner à Maugiron que celui qu'elle aimait était Robert ; Angelina redoubla de vigilance et d'attention.

Le jeudi qui suivit, à la réception de madame de Sergy, Robert ne manqua pas de venir, et Maugiron observa d'un regard défiant tous ses pas et tous ses gestes.

Robert ne parut seulement pas prendre garde qu'il était là ; il passa hautain auprès de lui. Il alla saluer Balda, puis M. de Sergy, avec lequel il échangea quelques mots. Il dit aussi en passant une parole gracieuse à sa petite alliée Angelina.

Il était convenu que, lorsqu'il arriverait, Lucien irait s'asseoir près de sa sœur. Robert alla à eux sans affectation, et ils purent ainsi causer tous trois, dans un coin du salon, pendant près de vingt minutes, d'un air enjoué qui excluait toute apparence de conversation sérieuse.

Robert eut le temps de rassurer Lucie, et de lui dire que tout allait bien, et qu'il fallait patienter et espérer.

Maugiron, pendant ce temps, s'était rapproché de Balda, assise près de la cheminée, et qui n'avait pas suivi Robert d'un regard moins attentif que lui.

— Les voyez-vous ? lui dit-il à voix basse ; ils ne se gênent guère !

— Que faire à cela ? répondit Balda du même ton.

— Vous n'auriez qu'à dire un mot à M. de Sergy.

— Ce serait dangereux, et je crois que c'est inutile.

— Il me déplait furieusement, ce beau docteur Robert.

— Il ne me déplait pas moins qu'à vous ; mais il faut être prudent.

— Je ne vous promets pas de l'être toujours, vous savez !

En ce moment Balda se retourna vivement, quelqu'un avait passé, en la frôlant, derrière elle.

— Ah ! c'est Angelina, fit-elle, rassurée.

Angelina n'avait pas perdu une syllabe des quelques mots échangés entre Balda et Maugiron.

Mais ce n'était pas au salon et en public qu'Angelina faisait ses remarques les plus utiles et recueillait ses indices les plus précieux ; c'était chez sa mère, dans son appartement, dans sa chambre.

Balda, qui, tout en recommandant à Angelina d'être toujours affectueuse pour Lucie, était cependant jalouse de l'amitié de sa fille et n'était d'ailleurs jamais plus heureuse que quand elle l'avait près d'elle, — Balda voyait avec joie qu'Angelina, depuis quelque temps, ne la quittait presque plus.

Il y avait dans la chambre de Balda un large divan bas, avec de grands coussins moelleux, où souvent la mère et la fille s'étendaient à côté l'une de l'autre ; la mère contemplant son enfant, l'embrassant, la caressant, passant la main dans ses cheveux, jouant avec elle comme avec une jeune chatte. Elle n'avait pas eu Angelina petite, et elle ne pouvait se figurer qu'elle n'était plus une enfant.

Quand Balda se levait, Angelina, le plus souvent, ne voulait pas bouger du divan.

— Vas-tu donc rester toute la journée couchée ? petite créole, petite paresseuse ! lui disait Balda.

— Oh ! laisse-moi ainsi ! répondait nonchalamment Angelina ; on est si bien, là, dans une espèce de somnolence charmante !

Elle fermait les yeux, paraissait s'endormir ; et Balda allait et venait comme si elle était seule.

Mais Angelina, à travers ses paupières closes, ne perdait pas un seul des mouvements de sa mère.

Elle avait observé que Balda ne laissait jamais la clef sur un

Là, plongée dans l'ombre, elle écarta imperceptiblement la portière, et regarda.
Page 164.

ancien meuble portugais à deux corps, placé en face du lit, dans l'entre-deux des fenêtres. Le haut du meuble avait une tablette qui,

21

ouverte, se renversait et formait bureau. C'est là que Balda serrait ses lettres, ses papiers et ses bijoux.

Angelina vit que sa mère serrait la clef du meuble dans son porte-monnaie, qu'elle avait toujours soin d'emporter avec elle, même quand elle ne sortait pas de l'hôtel ; mais, dans sa chambre, elle ne gardait pas toujours le porte-monnaie sur elle ; il arrivait qu'elle le posait sur la table de nuit ou sur le guéridon.

Elle quittait aussi parfois la chambre pendant quelques minutes ; elle passait, par exemple, dans le cabinet de toilette contigu à la pièce même et dont elle laissait, il est vrai, la porte ouverte.

Angelina, dès qu'elle était seule, sautait en bas du divan, et, avec une vélocité et une souplesse inouïes, s'en allait, à pas furtifs et sourds, marcher, fureter, fouiller partout.

Par une suite d'épreuves successives, elle arriva à prendre la clef, dans le porte-monnaie, à l'essayer à la serrure, à ouvrir le meuble, à y jeter un coup d'œil rapide, et à se rendre compte de tout ce qu'il contenait.

L'intérieur, tout en ébène, avait, de chaque côté, une rangée de tiroirs, qu'on ouvrait simplement en les tirant par le bouton. Mais Angelina s'aperçut tout de suite que les tiroirs étaient assez courts, et que le fond du meuble devait être à secret.

Comment ouvrir ce secret, cette question devint pour Angelina l'idée fixe.

Balda conspirait évidemment avec Maugiron contre Robert et Lucie, et Angelina se figurait qu'elle devait cacher là une arme, un plan, quelque moyen d'attaque plus ou moins terrible.

Elle réfléchit que, pendant les très courtes absences de sa mère, elle n'aurait jamais le temps de chercher et de trouver ce secret, compliqué peut-être. De plus, si courtes que fussent ces disparitions, Angelina n'osait encore en employer les minutes jusqu'au bout ; car Balda pouvait subitement rentrer à chaque seconde, et, si elle surprenait sa fille, sa défiance était éveillée, et Angelina était peut-être obligée de renoncer à jamais rien découvrir.

Alors elle changea de tactique. Au lieu de feindre de dormir, elle causait, toujours étendue sur le divan ; elle entamait quelque sujet intéressant ; et, quand Balda entrait dans son cabinet de toilette, séparé de la chambre par une porte fermée d'une simple portière, elle continuait de parler, et surtout d'interroger ; Balda élevait naturellement la voix pour lui répondre ; et l'éloignement de la voix avertissait Angelina que sa mère n'était pas près de rentrer, et qu'elle pouvait avec sécurité poursuivre sa recherche.

Elle arriva ainsi, en effet, à la prolonger. Le meuble une fois ouvert avec une incroyable dextérité, Angelina, tout en faisant ses questions et ses réponses de la voix la plus calme et la plus égale, eut le temps de promener ses doigts fiévreux et subtils sur toutes les aspérités de l'ébène, de palper les fentes et les rainures, de pousser les boutons, d'appuyer sur les tablettes.

Qui eût pu la voir, l'eût admirée, l'oreille aux écoutes, les yeux brillants, ses petites dents blanches serrées, tandis que ses mains vives et palpitantes couraient, touchaient, sondaient partout.

Puis, sur un indice, soit de la voix baissante, soit d'un objet remué sur le marbre de la toilette, en un clin d'œil tout était refermé remis en place ; et Balda en rentrant, retrouvait Angelina étendue sur les coussins, comme elle l'avait laissée.

Angelina eut la chance de pouvoir, deux jours de suite, recommencer avec succès ce périlleux manège.

Mais elle avait seulement réussi à chercher, elle ne réussit pas à découvrir ; et le secret resta secret.

Il fallait s'y prendre autrement encore. Elle songea à attendre que Balda ouvrît elle-même le meuble, pendant qu'elle la croirait assoupie ; Angelina se souvenait vaguement qu'elle l'avait fait une fois. Mais avait-elle ouvert aussi le fond à secret ? c'était douteux. Et d'ailleurs combien de temps se passerait avant que cette coïncidence se présentât de nouveau ?

C'était sans doute le soir, et très tard dans la soirée, quand elle était seule, quand tout le monde s'était retiré, que Balda devait ouvrir l'armoire, si elle avait à l'ouvrir. Et alors Angelina n'était pas là pour la voir.

Il n'y avait qu'une porte de communication entre la chambre de Balda et le couloir qui menait à la chambre de sa fille. Cette porte, que recouvrait de chaque côté une double portière, n'avait point de verrou du côté de la jeune fille. Mais elle en avait un du côté de la femme mariée. Angelina vint deux ou trois fois de suite, vers une heure du matin, tourner doucement le bouton de cette porte. Mais,

quand elle la trouvait ouverte, Balda avait éteint sa bougie et
dormait ; et, une nuit qu'Angelina vit la fenêtre éclairée, Balda avait
poussé le verrou.

Les deux cabinets de toilette étaient contigus aussi, et avaient
communiqué autrefois par une porte dérobée, qui était condamnée
aujourd'hui ; mais c'était du côté d'Angelina que cette porte avait
été transformée en un placard formant porte-manteau.

Angelina un jour que sa mère était sortie avec M. de Sergy,
s'enferma dans son cabinet de toilette, décloua les patères, dégagea
les gonds, et finit, non sans peine, par rouvrir la porte et par rétablir
la communication.

La nuit qui suivit, la porte commune était ouverte et la chambre
de Balda obscure. Mais, la nuit d'après, la chambre était éclairée et
la porte close ; c'est que Balda veillait.

Angelina, les pieds dans des pantoufles de velours, ouvrit lentement et sans bruit la porte du placard, et se glissa dans le cabinet
de toilette de sa mère. Là, plongée dans l'ombre, elle écarta imperceptiblement la portière, et regarda.

Le meuble était fermé. Balda était assise à son guéridon ; elle
écrivait.

Elle écrivit pendant une demi-heure. C'étaient simplement deux
lettres, qu'elle mit sous enveloppe et cacheta, après quoi, elle se disposa à se mettre au lit. Angelina se retira, frissonnante, mais non
découragée. Elle n'était pas de celles qui se découragent si facilement.

Seulement, la nuit suivante, quand la fenêtre éclairée lui indiqua que Balda veillait encore, elle attendit un peu plus longtemps
avant d'entrer dans le cabinet de toilette.

Quand elle écarta la portière, elle la laissa retomber aussitôt, se
rejetant en arrière avec un tressaillement de joie.

Sa mère, qui lui tournait le dos, était assise devant le meuble
portugais ; et non-seulement le meuble était ouvert, mais le panneau
à secret était béant aussi !

Balda avait posé sur la tablette du bureau un petit coffret ancien
de fer forgé, qu'Angelina connaissait pour le lui avoir vu acheter, et
elle remuait, avec une pince à sucre d'argent, dans l'intérieur de ce
coffret, quelque chose qu'Angelina ne pouvait voir.

Angelina ne pouvait voir non plus où se trouvait le ressort qui faisait jouer le secret, Balda étant placée de façon à lui cacher tout le côté droit du meuble; elle ne distinguait que le côté gauche et l'ouverture du panneau mobile.

Balda pouvait, à tout instant, refermer le meuble, refermer le coffret, et Angelina se dit qu'elle ne retrouverait peut-être jamais cette occasion perdue. Elle n'hésita pas longtemps; elle souleva la portière, et, retenant son souffle, s'avança d'un pas lent et léger, dans la chambre.

Le tapis amortissait son pas; elle put arriver tout près de sa mère, et, d'un seul coup d'œil, saisir deux choses: — le bouton du troisième tiroir de droite laissait sortir une tige d'acier en forme de vrille qui devait faire mouvoir le panneau à gauche; — ce que Balda remuait mystérieusement dans le petit coffret de fer, c'était tout simplement du sucre en morceaux, du sucre qui semblait en tout pareil au sucre ordinaire, sinon qu'il était peut-être plus blanc et plus serré de grain.

Angelina fit bien de regarder vite; Balda sentit d'instinct quelqu'un derrière elle, se retourna, vit sa fille, et, renversant sa chaise, se dressa debout, en jetant un cri perçant: Ah !...

Son premier mouvement machinal fut de refermer le coffret, mais sa main qui tremblait ne fit qu'agiter le couvercle, qui retomba ouvert.

Balda était toute haletante d'émotion; Angelina, elle, était calme; mais elles étaient aussi pâles l'une que l'autre.

— Angelina!... s'écria Balda. Ah! m'as-tu fait peur! J'ai donc laissé la porte ouverte?... Est-ce que tu es souffrante?

Angelina profita de la seconde question pour se dispenser de répondre à la première.

— Oui, je ne me sens pas bien, dit-elle.

— Qu'as-tu? fit Balda inquiète, enveloppant sa fille de ses bras.

— Oh ! ce ne sera rien. Un peu d'oppression. Je n'avais pas dans ma chambre d'eau de fleur d'oranger. J'ai vu de la lumière chez toi; alors je suis venue. Va, rassure-toi, ce n'est rien qu'un malaise.

— Depuis quelques jours, dit Balda, je ne te trouve pas, c'est vrai, comme à ton ordinaire... Tu es toute pâle.

— Et toi aussi, tu es pâle, chère mère ; je t'ai effrayée. Je t'ai pourtant appelée en entrant ; j'ai dit : Maman !... Tu ne m'as donc pas entendue.

Elle avait préparé sa leçon, elle parlait du ton le plus naturel.

Elle reprit, en regardant le coffret, resté ouvert :

— Oh ! voilà de bien beau sucre.

Balda, elle aussi, avait eu le temps de se remettre. Elle ne referma pas le coffret ; elle répondit très simplement :

— Oui, n'est-ce pas, ce sucre est magnifique. C'est du vrai sucre de canne, et de premier choix, que j'ai rapporté du Brésil. Tu sais, Angelina, qu'en France, le sucre de canne véritable est devenu un mythe. J'avais serré celui-là dans cette boîte, qui se trouvait être vide. Et puis, j'ai oublié sucre et boîte. Je les retrouve à l'instant, — par hasard.

— Je n'ai jamais vu de sucre si blanc ! dit Angelina.

Elle étendit la main.

— Je vais en prendre deux ou trois morceaux, dis ?

Balda s'oublia.

— Oh ! non ! non ! s'écria-t-elle.

Elle referma violemment le coffret et posa son bras dessus. Elle n'était pas seulement pâle, elle était livide.

— Voyez-vous cette mère avare qui refuse un morceau de sucre à son enfant ! dit Angelina.

Balda s'efforça de rire.

— Oui, balbutia-t-elle, c'est une puérilité, n'est-ce pas ?... Ce sucre que j'ai rapporté de mon pays... Tu vas rire... Je vais t'expliquer... Mais non, c'est trop absurde ! et je ne veux pas que vous vous moquiez de moi, mademoiselle !

— Va, va ! dit Angelina, garde-le pour toi seule, ton précieux sucre, mère égoïste !

En elle-même elle pensait :

— Il faut que ce soit du sucre empoisonné !

Balda reprit :

— Oui, assez d'enfantillages ! tu vas te recoucher ; je vais te reconduire.

— Ce n'est pas la peine, dit Angelina.

— Si fait, je veux te mettre au lit moi-même.

Elle alla chercher l'eau de fleur d'oranger. Angelina pendant ce temps, laissait vaguement tomber un regard en apparence indifférent sur le meuble ouvert, et gravait dans son esprit les moindres détails : la tige du bouton, la jointure du ressort, la fissure du panneau, d'où sortaient des papiers pliés, qui étaient les lettres recopiées de Robert.

Balda, portant la bougie de la main droite, et entourant du bras gauche sa fille par la taille, marcha avec elle jusqu'à la porte.

— Tiens ! la porte est fermée en dedans ! dit-elle. Par où donc es-tu entrée ?

— Par le cabinet de toilette, dit Angelina.

— Mais il n'y a pas de porte, là ? Ou du moins la porte est condamnée ?

— Eh ! le porte-manteau du placard est tombé hier, et la serrure était disjointe. Est-ce que je ne te l'avais pas dit ?

— Non, pas du tout.

— Je suis déjà entrée par là, ce matin ; tu ne t'en es donc pas aperçue ? — Même cela me gêne assez de n'avoir plus ce porte-manteau ! J'avais fait demander par Thérèse au menuisier de venir le remettre en place ; il n'est pas venu encore. Il viendra demain matin.

Tout en parlant ainsi, sans embarras et sans hésitation, Angelina était entrée dans sa chambre avec sa mère, et commençait à se déshabiller.

Si, dans le premier moment, Balda eut un soupçon et se dit : C'est étrange ! elle fut bientôt rassurée par l'accent sincère et l'explication vraisemblable d'Angelina, et se dit tout au plus : C'est une petite curieuse !

Elle coucha sa fille, la fit boire, arrangea l'oreiller, borda la couverture.

— Es-tu mieux ? lui dit-elle en la couvrant de baisers ; es-tu bien ?

— Oui, mère, tout à fait bien, dit Angelina.

— Et tu n'as rien qui t'attriste, n'est-ce pas ? tu n'as pas de chagrin.

— Mais non ; quel chagrin veux-tu que j'aie ?

— Tu te trouves heureuse, enfin ?

— Aussi heureuse que je peux l'être.

— Comme tu dis cela ! Tu peux être aussi heureuse que qui que ce soit au monde, et tu le seras, entends-tu !

Un sourire un peu amer passa sur les lèvres d'Angelina, malgré elle.

— Être heureux, soupira-t-elle, ce n'est pas toujours facile.

— Ce n'est pas toujours facile, mais c'est toujours possible. Tu seras heureuse, je te dis ! tu seras riche...

— Riche ! eh ! comment veux-tu que je sois jamais riche !

— Tu le seras.

— Je n'y tiens guère !

— J'y tiens, moi, et ce à quoi je tiens, je le réalise.

— En tout cas, dans les choses du cœur, qu'est-ce qu'on peut ?

— On peut ce qu'on veut.

— Peux-tu faire que j'aie le droit de te dire : maman ! devant tout le monde ?

— Oui, certes ! s'écria Balda en l'embrassant avec emportement ; oui, un jour viendra où tu me le diras tout haut, ce doux nom ! — Mais assez là-dessus, ce soir ; je ne veux pas t'agiter... Dors bien, mon ange adoré. Et si tu rêves de quelque chose de beau, de bon et d'heureux, dis-toi que ce rêve, quel qu'il soit, s'accomplira ; car tu as une mère qui t'aime, qui t'aime ardemment, passionnément ; qui t'aime de la puissance infinie de l'amour.

— Pourtant ne m'aime pas trop ! dit doucement Angelina.

XXII

OU ROBERT AVANCE LES CHOSES.

Robert, quelques jours après sa première « consultation », alla chez madame Marousset, et la trouva beaucoup mieux.

— Est-ce votre potion, docteur, qui m'a fait tant de bien ! lui

Ainsi posé, il arrêta sur Robert un regard direct,... — Page 176.

dit-elle ; je crois que c'est aussi, que c'est surtout votre bonne et vi-
vifiante parole qui m'a réconfortée.

22

— Avez-vous revu M. de Maugiron ? demanda Robert. Comment est-il ?

— Toujours le même, distrait et préoccupé. Il se dit absorbé par une autre « grande affaire » qui n'est pas celle qu'il avait d'abord inventée ; une société à fonder, dont M. de Sergy, le député, serait le président.

— Il y a du vrai dans celle-ci, dit Robert ; on l'annonce dans les journaux de finances. Est-ce qu'il vous demande d'y mettre de l'argent ?

— Non, il sait bien que je n'ai pas de capital dont je puisse disposer. Quant à mon revenu, il n'est que trop engagé déjà. Pour ne vous rien taire, M. de Maugiron me fait pourtant pressentir qu'étant sûr désormais de pouvoir me rembourser, il me fera, un de ces jours, un nouvel emprunt de quelques billets de mille francs.

— Vous devriez, chère madame, trouver le courage de les lui refuser.

— Je le trouverais, reprit Octavie, si vous étiez en mesure, vous, de me donner, plus ou moins évidente, cette certitude de sa trahison, que je souhaite maintenant, je vous assure, au moins autant que je la crains.

— Je vous l'aurai bientôt, soyez tranquille ; mais, en attendant, faites une épreuve. Je persiste à croire que le séjour à la campagne serait utile à vous et nécessaire à votre enfant ; est-ce que M. de Maugiron s'y oppose ?

— Pas le moins du monde, hélas ! Seulement, — je vous l'ai déjà fait entendre, — il voudrait alors m'éloigner tout à fait. Il devait faire avec moi un voyage cet été ; il prétend aujourd'hui que ses affaires le retiennent à Paris ; mais il m'engage fort à partir seule avec mon fils, à aller quelque part aux eaux, en Suisse ou aux Pyrénées, Voilà, dit-il, ce qui me ferait réellement du bien. Pour ce qui est d'une villégiature aux environs de Paris, il soutint, d'une part, que l'air du quai Voltaire et du jardin des Tuileries est tout aussi bon, et, que, d'autre part, ne pouvant déjà être exact et régulier quai Voltaire, il lui serait absolument impossible de prendre de plus une heure et demie, aller et retour, pour venir me voir à Meudon ou à Ville-d'Avray.

— Soit, reprit Robert ; quelles sont les heures où il vient d'habitude ?

— Toujours dans l'après-midi, de deux heures à six.

— Eh bien, vous garderiez un domestique dans cet appartement, et c'est vous qui viendriez, à ces heures-là, à Paris, de Ville-d'Avray ou de Meudon. Vous auriez du moins, le reste du temps, l'air de la campagne, et votre fils l'aurait tout le temps. Que pourrait redire à cela M. de Maugiron ?

— Rien, je pense.

— Parlez-lui-en donc. Et s'il vous demande qui vous a conseillé de préférer, pour votre santé, la campagne à Paris, dites-lui, je vous prie, que c'est le docteur Robert.

— M. de Maugiron ne sait pas que le docteur Durantel est absent, reprit Octavie ; vous m'autorisez donc à vous nommer ?

— Je répète que je vous en prie, dit Robert. Cela pourra, je pense, mûrir la question...

— Que voulez-vous dire ? demanda Octavie. Notre ami Durantel craignait, je l'ai bien vu, qu'il y eût pour lui, dans une intervention même purement morale, un risque possible. Je n'ai pas eu occasion de le détromper ; mais à vous, docteur, je peux et je dois dire que je n'exposerais ni lui ni vous, et que...

— Pas un mot de plus là-dessus, chère madame ! interrompit Robert ; les risques que je pourrais courir de la part de M. de Maugiron ne viendraient pas de vous ; n'ayez donc aucun scrupule à prononcer mon nom. Je tiens à ce que ma situation vis-à-vis de lui soit toujours nette et claire ; voilà pourquoi je vous prie de ne pas lui cacher que j'ai l'honneur de vous donner des soins, — et même des conseils, — en l'absence du docteur Durantel.

— Et à moi ne m'expliquerez-vous pas ?...

— Le moment n'est pas venu où je pourrai tout vous dire, comme vous m'avez tout dit. Ayez la bonté de me permettre encore de garder avec vous quelque réserve, et de me continuer cependant votre confiance.

— Une confiance aveugle, à ce qu'il paraît ? dit Octavie en souriant. Eh bien, vous l'avez, quoi qu'il arrive ; et je veux suivre en toutes choses vos prescriptions, cher docteur.

Octavie fit sans doute, en effet, ce que lui avait demandé Robert ;

car ce même jour, vers cinq heures, Maugiron arriva tout agité chez madame de Sergy.

Balda, sur un mot qu'il lui dit à voix basse, renvoya Angelina, qui était au salon avec elle.

— Qu'avez-vous donc ? demanda-t-elle à Maugiron quand ils furent seuls ; vous semblez bien ému. Y a-t-il du nouveau ?

— Du nouveau, oui ! M. le docteur Robert fait encore des siennes ! et voilà qu'il s'avise, même autre part qu'ici, de se trouver en travers de mon chemin.

Il raconta alors à Balda sa liaison avec madame Marousset, qu'elle n'ignorait pas tout à fait peut-être. Il assura qu'il était las de l'amour de la belle veuve, en se gardant de parler, bien entendu, des obligations qu'il lui avait. — Or, ajouta-t-il, le docteur Robert s'était arrangé pour devenir, depuis quelques jours, le médecin, et même un peu, à ce qu'il supposait, le confident de la délaissée !

Balda eut un mouvement imperceptible, aussitôt réprimé.

— Avez-vous donc à redouter quelque chose de cette femme ? demanda-t-elle à Maugiron.

— Rien au monde ; et M. le comte de Sergy n'est pas un bourgeois qui se puisse effaroucher d'une liaison aux trois quarts rompue. Mais je n'en suis pas moins souverainement choqué de l'ingérence de M. Robert dans cette affaire.

Balda garda un moment le silence ; puis, levant la tête :

— Ce n'est pas un conseil que vous venez me demander, je présume ? dit-elle froidement ; les femmes ne sont pas de très bons juges en ces matières, et vous savez évidemment mieux que moi ce que, dans le cas présent, vous avez à faire.

— Je sais que je suis très irrité, dit Maugiron, je sais que ce médecin des cœurs commence à me faire perdre patience...

Balda fit un geste, comme pour dire : En quoi cela me regarde-t-il ?

— ... Et comme cette patience, qui n'a jamais été ma vertu dominante, pourrait m'échapper, continua Maugiron, j'ai cru devoir vous tenir au courant de ce qui se passe, et je suis venu vous le dire.

— Je vous en remercie, dit Balda avec indifférence, mais je ne vous aurais pas su mauvais gré non plus de me le laisser ignorer. —

Permettez-vous que je rappelle ma nièce? ajouta-t-elle en tirant le cordon de la sonnette.

Maugiron se leva.

On vous verra ce soir? lui demanda Balda.

— Non, pas ce soir, dit-il en lui baisant la main; M. de Sergy et moi nous avons rendez-vous au Crédit mobilier. Mais c'est votre jour demain, et je n'y manquerai certes pas.

XXIII

QUI PROVOQUERA?

Le lendemain, Maugiron arriva l'un des premiers dans le salon de madame de Sergy.

Il y avait, ce soir-là, beaucoup de monde. Plusieurs personnes qu'on voyait rarement à l'hôtel Sergy, étaient venues; entre autres deux amis de M. de Maugiron, le neveu d'un des principaux aventuriers d'État de l'empire, et un jeune vicomte illustre pour sa grâce à conduire les cotillons des Tuileries.

Robert ne vint que quelques minutes avant onze heures. Il ne connaissait qu'un petit nombre des habitués du salon, il les chercha du regard et ne les vit point d'abord; il se trouva que Lucien était en ce moment dans le fumoir avec quelques-uns de ses amis.

Robert alla saluer les maîtres de la maison.

Balda, fut beaucoup plus gracieuse pour lui qu'elle ne l'avait été jusque-là. Elle lui reprocha de n'avoir l'air de se considérer que comme l'ami du seul Lucien.

Pourquoi ne venait-il que les jeudis officiels? pourquoi ne venait-il jamais dîner elle le pria à dîner pour le jeudi suivant, et elle insista jusqu'à ce que Robert eût accepté.

Robert alla ensuite à Lucie; mais elle causait avec deux autres jeunes filles, et il ne put échanger avec elle que quelques paroles insignifiantes.

Angelina se rencontra sur son passage. Elle lui tendit sa petite main, et il lui sembla qu'elle tremblait un peu.

Elle paraissait émue et embarrassée, comme si elle avait quelque chose à lui dire et ne savait comment s'y prendre.

— M. de Maugiron est là, dit-elle enfin ; vous l'avez vu ?

— Peut-être... je ne sais..., dit Robert.

— Vous rappelez-vous ce que je vous ai déjà dit une fois ? C'est un homme dont il faut se garder, M. de Maugiron ! c'est un homme très méchant.

— Vous croyez ? fit Robert en souriant.

— Oui, oui, pour sûr ! Est-ce que ce n'est pas votre avis ?

— Mon avis ? ...dit Robert en lui prenant la main, mon avis est que vous êtes une adorable jeune fille, mon avis est que vous unissez à toute l'ingénuité de l'enfant toute la tendresse de cœur de la femme ; voilà quel est mon avis.

Robert serra la main d'Angelina et s'éloigna.

Elle le suivit d'un regard à la fois ravi et inquiet. Il entra dans le fumoir où était Lucien.

Les amis de Lucien n'étaient sans doute pas aussi avancés dans leurs opinions que Robert, mais ils l'étaient beaucoup plus que les amis de M. de Sergy. Robert trouva même là avec plaisir un de ses coreligionnaires politiques, Louis de Marvejols, jeune avocat de grand talent, qui, bien qu'il fût l'aîné de Lucien, avait été son camarade de collège, et qui travaillait maintenant dans le cabinet de M. Aubrion, l'ami de madame Marousset.

Robert, parmi les quatre ou cinq jeunes fumeurs, se sentait donc dans un milieu sympathique et intelligent. Mais il n'était pas là depuis deux minutes qu'il y eut dans le fumoir comme une invasion de gens de couleur tout opposée.

Maugiron entra derrière eux, causant avec le neveu du ministre et le vicomte cotillonneur.

Lucien, en les voyant, se mordit la lèvre, et parut avoir quelque envie de leur céder la place. Mais ce qui se dit du vin est plus vrai encore des cigares ; quand ils sont entamés, il faut les fumer.

Robert venait d'allumer un londrès et causait en riant avec Louis de Marvejols.

Maugiron alla s'asseoir sur le divan, juste en face de lui, séparé seulement par la table.

L'arrivée des nouveaux venus avait tout d'abord « jeté un
froid ».

— Pardon, messieurs ! dit le vicomte, est-ce que nous vous avons
interrompus ?... Vous causiez ?...

— Vous causiez politique peut-être ? dit le neveu.

— Nullement, reprit Lucien.

— Ma foi, dit le vicomte si vous parliez politique, vous pouvez
bien continuer. Je constate avec satisfaction qu'il devient chaque
jour de plus en plus facile de s'entendre, même entre gens qui avaient,
il y a quelques années, les opinions les plus férocement divergentes
et batailleuses.

— D'abord, vous, Hector, reprit un des nouveaux venus, vous
êtes de nos libéraux !

— Je ne sais pas, fit négligemment le cotillonneur, je sais que je
ne suis point de nos exclusifs.

— Hector a raison, reprit gravement le neveu, il n'y aura bientôt
plus de couleurs, il y aura tout au plus des nuances. On se rapproche, on se fond. Je parie que, dans dix ans d'ici, il n'y aura plus
en France que des impérialistes. — Oui, oui, vous avez beau hocher la
tête, monsieur de Marvejols ! — Voyez ! déjà les anciens parlemen-
taires, les constitutionnels, les orléanistes viennent à nous à bels
baisemains. Il suffit de durer pour absorber. Vous verrez ! le
jour n'est pas bien éloigné, j'en réponds, où les républicains, à leur
tour, ne demanderont qu'à se rallier...

— J'en connais même déjà qui ne demanderaient qu'à s'allier !
dit d'une voix lente et accentuée Maugiron, qui n'avait pas encore
prononcé un mot.

Le jeune vicomte semblait être là pour donner la réplique à Maugiron, et il s'empressa complaisamment de répéter, avec une surprise
et une curiosité fort bien mimées :

— Comment ?... certains républicains ne demanderaient qu'à
s'allier ?... Que voulez-vous dire, Maugiron ?

— Je veux dire, repartit Maugiron que je sais tel républicain qui, en ce moment, essaye de se faufiler dans une des plus
grandes et des plus honorées maisons de notre monde, et qui, sorti

on ne sait comment des bas-fonds de la société, s'efforce, par des moyens plus ou moins avouables, de circonvenir et d'accaparer une de nos plus nobles et de nos plus riches héritières. Vous conviendrez vous-même, mon cher Hector, que laisser passer de telles audaces, serait pousser peut-être un peu trop loin la tolérance en faveur de la fusion des partis.

— Pardieu, oui ! dit en riant le vicomte, et je ne vais pas jusque-là !

— Qu'est-ce que c'est donc que cette histoire, mon cher monsieur de Maugiron ? demanda le neveu du ministre; elle me paraît édifiante et curieuse. Ne pouvez-vous nous en dire quelque chose ?

— Vous comprendrez, reprit Maugiron, que je ne puisse d'aucune façon laisser même entrevoir à quelle famille haut placée j'ai fait allusion tout à l'heure; il n'y a aucun inconvénient, certes, à désigner le personnage qui a osé jeter son dévolu sur cette proie, et qu'il est du devoir de tout galant homme de démasquer et de dénoncer. Je le ferai d'ailleurs en peu de mots.

Ce disant, Maugiron, qui était toujours assis précisément en face de Robert, prit l'attitude que voici : il étendit son bras gauche sur sa poitrine, il y appuya le coude de son bras droit, puis il appuya son menton sur sa main droite repliée.

Ainsi posé, il arrêta sur Robert un regard direct, fixe et ardent, dont l'impertinence était augmentée et aggravée encore de toute l'insolence que pouvait avoir son perpétuel sourire.

Il se fit dans le fumoir un silence de statues.

Tous les hommes qui étaient là sentaient, et quelques-uns savaient qu'il allait s'engager entre ces deux hommes une lutte féroce, plus féroce peut-être que si, au lieu de cigares à demi consumés, ils eussent eu des armes entre les mains.

Lucien était grave et décidé; il ne pouvait plus maintenant que laisser aller les choses.

Robert, lui, était calme et comme indifférent; il ne cherchait ni n'évitait le regard de Maugiron, il ne semblait pas le voir; et il achevait de fumer son londrès avec une parfaite sérénité.

Maugiron reprit, du même accent lent et lourd, et qui pesait sur les mots :

— Ce monsieur, donc, s'appelle d'un nom, ou plutôt d'un pré-

— Et bien! séoria Maugiron, monsieur le docteur, vous êtes un lâche. — Page 182.

nom... je ne dirai pas roturier, la roture même, je crois, ne le signe
guère que de la main gauche, — d'un nom plus que bourgeois, d'un

23

nom vulgaire, — quelque chose comme Durand, Bertrand, Bernard...
Accordons-lui la grâce d'un nom de famille, appelons-le seulement
Macaire. J'ai des renseignements sur sa noble origine. Il est le fils
d'un pauvre diable, qui était garçon de bureau, — ou peut-être con-
cierge, — de la mairie d'une petite ville de quatrième ordre. On lui a
fait faire ses études par charité. Après quoi, il a fait, par intrigue,
son chemin. Mais, par malheur pour lui, il l'a fait si scandaleusement
rapide, que les mieux intentionnés en sont restés surpris, et n'ont
pu s'empêcher de tenir pour assez suspecte la nature des services
qu'il a pu rendre à l'homme de valeur qui l'a si obstinément pro-
tégé. Ces brefs renseignements sont suffisamment significatifs, je suppose. Maintenant je conclus...

Maugiron s'arrêta une minute, mais sans changer son attitude
et la direction de son regard, et poursuivit :

— Le drôle qu'en vous parlant j'ai en vue, enhardi par son insolent succès, veut pousser jusqu'au bout l'audace, et, par des voies perfides et abominables, tâche de s'introduire dans cette grande famille
qui mérite et qui a tous nos respects. Mais ce sera assez d'ajouter
qu'on a l'œil sur lui ! et on l'avertit, que s'il osait persister dans son
odieux dessein, quelqu'un le surveille, qui lui barrerait le passage,
de la façon la plus simple et envers lui la plus séante : en lui mettant
la main sur le collet !

— Par ma foi ! cette intervention serait-elle bien nécessaire,
monsieur de Maugiron ?... interrompit Louis de Marvejols ; il me
paraît qu'un individu qui serait tel que vous venez de le dépeindre,
ne serait vraiment pas très dangereux, et que la famille dont vous
parlez saurait bien se garder de lui toute seule, et tenir hors de sa
portée et la fille et sa dot.

Maugiron écouta l'interrupteur sans bouger et sans détourner
une seconde ses yeux de Robert.

— Je n'ai pas dit, monsieur de Marvejols, reprit-il, que l'argent
fût précisément le but de notre homme. De l'argent, il en a...

— Ah ! ah ! c'est déjà quelque chose !

— Oui, oui : il fait un de ces métiers lucratifs, vous savez...
supposez qu'il soit marchand de drogues, vétérinaire ou dentiste...
Mais l'honneur ne se gagne pas aussi aisément que l'argent. Et s'il
l'a perdu l'honneur ? et s'il peut le faire perdre ?... Non, non ! je répète

qu'il est bon qu'on soit là et qu'on veille. Et, moi le premier, je le
le déclare, je ne souffrirai pas que cet intrigant fils de portier lève
seulement les yeux sur cette généreuse fille de gentilhomme.

Maugiron haussa un peu le ton sur ces derniers mots. Ils furent
suivis d'un court silence, que Lucien essaya de rompre en disant :

— Messieurs...

Mais, d'un geste amical, Robert en souriant, l'arrêta, comme
pour le prier de le laisser dire.

Tous, autour de lui, étaient dans une attente et dans une anxiété
indicible.

Robert alors éleva la voix, aussi tranquille qu'il pouvait l'être
un quart d'heure auparavant, en entrant dans le fumoir.

— Monsieur de Maugiron, dit-il, j'ai suivi avec intérêt la sortie
que vous venez de faire, bien qu'à vrai dire j'y aie trouvé plutôt des insinuations que des faits et plutôt des injures que des accusations. Mais
cela ne me regarde pas. Ce qui me regarde, — et ce que je vous demande, — c'est pourquoi, en parlant, vous avez ainsi tenu vos yeux
attachés sur moi avec cette fixité et cet air de défi ?

Maugiron fut étonné et irrité du calme de Robert. Il y sentait
une haute supériorité morale. Il avait, lui, certainement dépassé la
mesure. En voulant frapper fort, il avait oublié de frapper juste. Il
s'était départi des habitudes de hautaine et impertinente courtoisie
qu'on vantait en lui. Il avait été grossier ; il devinait vaguement un
blâme dans l'esprit de ceux même de ses amis qui l'entouraient, et il
s'en irritait davantage.

Il ne pouvait plus qu'accentuer encore l'insolence, et il n'y manqua pas.

Il répondit donc à Robert du ton le plus dédaigneux :

— Je vous ai regardé tout à l'heure en parlant, monsieur Robert,
c'est très vrai ; et je vous regarde encore en ce moment. Après ?

— Après ? dit Robert avec le même sang-froid ; eh bien, monsieur, vous confirmez-là ma remarque, mais vous ne répondez pas à
ma question ; je vous ai demandé la raison de ce regard persistant.

— Je n'ai aucune raison à vous donner, monsieur Robert, et je ne
vous en donne aucune. Vous seriez-vous reconnu dans mes paroles ?
Nous sommes dans ce fumoir quatorze ou quinze, et aucune des per-

sonnes présentes n'a pris, je pense, pour elle ce que j'ai dit. Vous le prenez pour vous ? Comme il vous plaira.

— Vous détournez la question, monsieur de Maugiron ! reprit Robert impassible ; je ne m'occupe nullement de ce que vous avez dit, je n'ai prêté qu'une attention médiocre au portrait que vous nous avez présenté, car je ne connais personne qui y ressemble, même de loin. Mais lorsqu'en nous entretenant d'on ne sait qui, vous me désignez et me montrez du regard, aussi clairement et aussi ostensiblement que vous me montreriez du doigt, j'ai le droit de vous demander, et je vous demande, s'il y aurait, directement ou indirectement, dans vos paroles, une allusion qui me concerne ?

Maugiron prit un moment de réflexion pour peser ses mots, et répondit :

— Je ne dis pas non.

— Fort bien ! reprit Robert ; alors dites-vous oui ?

Serré de si près, Maugiron repartit avec vivacité :

— Je ne dis rien. J'ai parlé à la troisième personne. Encore une fois, prenez-le comme bon vous semblera. Je ne vous donnerai pas d'autre explication ici. Ailleurs, tant que vous voudrez.

Mais Robert reprit avec son imperturbable tranquillité :

— Vous ne dites pas oui. Vous avez parlé à la troisième personne. Cela suffit.

— Vous vous contentez de cela ?

— Parfaitement.

— Vous êtes accommodant ! ricana Maugiron.

— Je suis indifférent, dit Robert.

Il fit tomber du doigt la cendre de son cigare, et continua du même ton paisible :

— Vous nous avez déduit les exploits, et surtout les projets, d'un républicain, qui, dans votre appréciation, serait un malhonnête homme. Il y a de malhonnêtes gens dans tous les partis. Je vous raconterai, moi, si vous voulez, un des vôtres, qui est un bien autre misérable que le triste sire dont vous nous avez composé le portrait.

— Voyons cela ! fit Maugiron, les dents serrées.

— Seulement, dit Robert, votre récit, monsieur de Maugiron, reposait beaucoup sur des suppositions et des hypothèses ; le mien reposera sur des faits. Je serai bref, d'ailleurs, comme vous l'avez été.

Et, parlant devant lui, sans regarder jamais Maugiron :

— Mon homme à moi n'est pas bourgeois, reprit-il, je reconnais qu'il est noble, archi-noble, et qu'il porte même un nom fameux, ayant l'honneur de compter parmi ses ancêtres un charmant gentil-homme auquel un roi de France a porté l'amitié la plus tendre. Je m'empresse d'ajouter qu'il n'a point dégénéré.

Maugiron remua sa chaise avec un geste nerveux ; il sentait qu'il n'allait plus être maître de lui.

— Il a appartenu à l'armée, mais, ayant fait une confusion fâcheuse et cru que ce qui appartenait comme lui à l'armée lui apparte-nait aussi à lui-même, il a dû s'en retirer promptement..., et forcément. Il a remercié celui qui lui avait épargné la honte d'en être chassé, en l'assassinant.

— Il l'a assassiné ? demanda Maugiron d'une voix étranglée par la fureur.

— Il l'a assassiné, — d'un coup de pistolet, reprit froidement Robert. Il a le pistolet, comme d'autres ont le couteau. Il a, par la suite, assassiné de la même façon un brave officier italien.

— Continuez ! fit Maugiron avec un rire strident.

Robert reprit :

— La question d'argent, qui, vous l'avez reconnu, n'entre pour rien dans les hauts faits de votre républicain, monsieur de Maugiron, a une part énorme dans la biographie de mon bonapartiste ; elle s'y mêle, hélas ! un peu à tout, mais principalement au jeu et à l'amour. Je vais préciser.

Maugiron se leva violemment.

— Avant d'aller plus loin, monsieur Robert, dit-il, pâle et tremblant de colère, je vous somme de nommer celui dont vous parlez.

— Le nommer, monsieur de Maugiron ? bon dieu ! et pourquoi cela ?

— Parce que vous avez la calomnie un peu trop transparente, monsieur le docteur !

— Est-ce que, par hasard, vous vous reconnaîtriez, monsieur le marquis ? Nous sommes ici quatorze ou quinze...

— Vous persistez à vouloir garder à vos insultes le bénéfice de l'anonyme ?

— Je n'ai parlé, comme vous, qu'à la troisième personne.

— Vous vous obstinez à ne pas répondre catégoriquement ?...

— Comme vous.

— Eh bien ! cria Maugiron, étendant le poing vers Robert par dessus la table, monsieur le docteur, vous êtes un lâche.

— Ah ! monsieur le marquis! dit Robert d'un ton dégagé, nous n'avions parlé jusqu'ici qu'à la troisième personne ; mais je crois que vous venez de parler à la seconde.

— Je parle même à la première. Je vous tuerai.

— Pas au pistolet toujours ! dit Robert du même ton.

— Oui, vous avez le choix des armes. Soit. A quoi vous battez-vous ? Au bistouri ?

— A l'épée !

XXIV

LES TÉMOINS.

Robert était resté jusque-là assis, parlant avec un calme dédaigneux et sardonique ; il se leva sur ce dernier mot, et arrêta sur Maugiron un regard hautain et sévère.

Maugiron, qui tremblait de rage, sentit le poids de ce regard, et se débattant :

— Oui, oui, balbutia-t-il, faites l'homme de génie ! vous verrez que sur le terrain le génie ne sert à rien.

— Vous verrez, vous, monsieur, dit Robert, qu'à l'épée le courage sert à quelque chose.

Pas un seul instant d'ailleurs ils n'avaient ni l'un ni l'autre élevé la voix au-dessus du ton d'une conversation un peu animée, et le bruit de la querelle n'avait pu pénétrer jusqu'au salon, tous les assistants autour d'eux restant muets, attentifs et haletants.

Seulement, par un mouvement instinctif, Lucien, avec Marvejols et ses trois ou quatre amis, étaient venus se grouper autour de Robert. Le neveu du ministre, le vicomte Hector, et les huit ou dix autres familiers des Tuileries et de Compiègne, étaient derrière Maugiron.

— Et quand le verrons-nous à l'œuvre, ce fier courage? reprit Maugiron. Le plus tôt possible, n'est-ce pas ?

— Le plus tôt possible, en effet, dit Robert; et, pour abréger les préliminaires, voilà M. Lucien de Sergy et M. Louis de Marvejols qui me feront, j'espère, l'honneur d'être mes témoins.

— Je pense, dit Maugiron, que M. Léopold du Plessy et M. le vicomte Hector de Clairvannes, ici présents, ne me refuseront pas d'être les miens.

Le neveu et le vicomte s'inclinèrent en signe d'acquiescement.

Lucien demanda, d'un geste, et prit la parole:

— Il sera, je crois, plus simple et plus court, dit-il, de tout régler séance tenante entre nous. Veuillez, cependant, messieurs, rentrer les uns après les autres au salon, pour ne pas attirer l'attention.

Par groupes de trois ou quatre, les personnes présentes sortirent successivement du fumoir.

Maugiron lui-même sortit avec l'avant-dernier groupe, et Robert avec le dernier.

Quand Maugiron s'avança vers la porte, Robert, avant qu'il fût dehors, dit à Lucien:

— Je demanderai seulement aux témoins que le rendez-vous soit pour demain matin.

Maugiron se retourna.

— Et à la première heure, je vous prie! dit-il; j'ai une affaire importante dans l'après-midi.

Les quatre témoins restèrent seuls. Ils n'avaient à régler, au reste, que les détails matériels de la rencontre.

— Eh bien, quelle heure disons-nous dans la matinée? demanda le vicomte.

— Il faudrait d'abord choisir le lieu, dit Lucien.

— J'ai, pour cet été, un pied-à-terre à Saint-Germain, dit Marvejols; il est à votre disposition.

— La forêt de Saint-Germain est tout à fait convenable, reprit

Léopold du Plessy, seulement on ne pourra être là avant neuf ou dix heures.

— A dix heures donc, on se retrouverait sur la Terrasse ; est-ce convenu ?

— Convenu, dit le vicomte. Maintenant, messieurs, vous avez eu le choix de l'arme ; laissez-nous apporter nos épées.

Lucien échangea quelques mots à voix basse avec Marvéjols.

— Tout ce que nous pouvons accorder, dit-il, c'est que chacun apportera ses épées, et que le sort décidera.

Les témoins de Maugiron se consultèrent à leur tour, et le vicomte dit : — Accepté !

Puis ils rentrèrent tous quatre dans le salon.

Lucien alla dire à Robert ce qui avait été décidé. Robert le pria de venir avec lui vers Lucie. Ils allèrent s'asseoir près de la jeune fille, qui était ce soir-là toute gaie et radieuse ; et, si Lucien sembla un peu distrait, Robert causa avec tout son enjouement et tout son esprit.

Maugiron, averti de son côté par le vicomte, se leva presque aussitôt pour partir.

Il trouva près de la porte Balda, qui rentrait après avoir donné un ordre.

— Vous vous en allez déjà ? lui dit-elle.

— Oui, reprit-il, je suis obligé, contre mes habitudes, de me lever de bonne heure demain matin.

Et, baissant la voix :

— Vous avez été bien gracieuse, ce soir, pour M. Robert, il me semble ?

— Je ne peux pas avoir l'air d'entrer dans vos querelles. Je l'ai invité à dîner pour jeudi prochain.

— Ah !... Eh bien, ne comptez pas sur lui.

— Parce que ?...

— Parce que, jeudi prochain, il sera mort. Je me bats avec lui demain matin.

— Au pistolet ?

— A l'épée ; mais cela ne fait rien. Je me suis laissé un peu dérouter tout à l'heure, mais sur le terrain il n'y a pas de danger, je

Balda se jeta sur ses genoux devant sa fille. — Page 189.

me retrouve... Oh ! pardon ! je vous tiens là debout... A demain,
chère madame.

21

Il baisa la main de madame de Sergy, et sortit.

Angelina était à l'autre extrémité du salon et n'avait pu rien écouter de ces brèves paroles; mais, de ses yeux ardents, elle les avait suivies, de loin, comme si elle les eût entendues.

Robert se retira l'un des derniers. Il prit congé de Lucie, puis de Balda, sans que rien trahit en lui l'ombre d'une préoccupation.

Lucien fit quelques pas avec lui pour le reconduire.

— Je serai chez toi avec Marvejols avant huit heures, lui dit-il à l'oreille.

Près de la porte, et à la même place presque où venaient de se parler Maugiron et Balda, Robert vit Angelina, qui fit un pas et s'arrêta devant lui. Il lui prit la main.

— Adieu, ma petite amie, lui dit-il en souriant.

Elle le regardait comme avidement, de ses grands yeux profonds. Elle lui fit un signe de la tête, sans prononcer une syllabe, puis s'écarta pour le laisser passer.

Quand il fut sorti, elle alla s'asseoir sur un fauteuil, où elle resta immobile, les yeux fixes, jusqu'à ce qu'il n'y eût plus personne dans le salon.

Balda fut obligée de lui dire:

— Eh bien, que fais-tu là, Angelina ? Il est tard ; montons chez nous.

Elle se leva, droite et roide, monta, sans dire un mot, les marches de l'escalier à côté de Balda, qui lui parlait de Lucie et de la soirée, entra dans la chambre de sa mère, et s'assit sur le divan.

Balda s'aperçut alors de l'étrange pâleur qui couvrait son visage. Elle prit sa main, qui était plus froide que du marbre.

— Angelina ! cria-t-elle.

Angelina était évanouie.

XXV

OU BALDA RECONNAIT SON SANG.

L'évanouissement d'Angelina avait quelque chose d'étrange ; ce n'était pas la faiblesse ou la prostration qui l'avait causé. Non, c'était l'intensité même de l'émotion, c'était l'énergie de la volonté qui avait ainsi suspendu en elle le sentiment et la vie. La jeune fille n'était pas étendue sur les coussins du divan, elle s'y tenait ferme et rigide et comme pétrifiée.

Balda n'appela pas, ne cria pas, elle courut à sa toilette, y prit ce qu'il fallait, baigna d'eau de mélisse les tempes d'Angelina, lui fit respirer des sels.

Angelina revint peu à peu à elle, et fixa sur sa mère des yeux encore égarés.

— Ma chère mignonne aimée ! ah ! tu renais enfin ? me reconnais-tu ? dit Balda.

— Oui, je te reconnais.

— Où souffres-tu ? Qu'est-ce que tu as ?

— Ce que j'ai ? fit Angelina, recouvrant tout à fait ses esprits. Tu me demandes ce que j'ai ? répéta-t-elle. — Tu sais ce qui se passe...

— Non, que se passe-t-il ?

Angelina se dressa sévère, et comme indignée.

— Tu le sais ! J'ai *vu* ce Maugiron te le dire.

— Comment ! dit Balda stupéfaite ; est-ce du docteur Robert que tu parles ?

— Et de qui donc ? Ils se battent demain matin. Tu le sais, te dis-je !

— Tu le sais donc aussi ?

— Hé ! sans doute !

— Et qui te l'a dit, à toi ?

— J'ai entendu ! J'étais derrière le rideau du fumoir. Je ne voyais pas, mais j'entendais tout. Ah ! comme il a été traité, ton Maugiron ! de quelle façon altière et terrible ! C'était là le beau vrai duel. Le docteur Robert l'a d'abord raillé, bafoué, flagellé ; et puis il s'est

levé comme un saint Michel archange et il l'a écrasé. Ah! rien qu'à
l'écouter, je le voyais; il était superbe!

— Que dis-tu donc? s'écria Balda terrifiée; Angelina! ma fille!...
tu as la fièvre, le délire.

— Non, non, j'ai toute ma présence d'esprit, tu vois bien. Je te
dis très nettement, je crois, ce que j'ai entendu. Mais ce n'est pas
tout ça! Ce misérable Maugiron, demain, dans l'autre duel, est capable d'être le plus fort. Il a dit qu'il tuerait Robert. Je parie qu'il te
l'a dit à toi-même. Eh bien, il ne faut pas que ce duel ait lieu. Il faut
l'empêcher, entends-tu, il faut l'empêcher!

— Eh! qu'est-ce que j'y peux? dit Balda. En vérité, mon enfant,
perds-tu la raison? Je comprends que tu aies pour Lucie une amitié
très dévouée, et, si tu veux, très passionnée, comme toi-même. Mais
tu vas aussi trop loin! Si Lucie a, comme je le crois, un faible pour
le docteur Robert, ce n'est pas une raison pour que tu partages l'en-
gouement de ton amie; et, en tout cas, s'il arrive à ce docteur Robert
un accident ou un malheur, est-ce que cela me regarde? Pourquoi
donc t'en prends-tu, — et sur ce ton-là, — à ta mère?

— Pourquoi?... Parce que c'est toi qui mènes tout, parce que
M. de Maugiron n'est que le bras et que tu es la tête.

— Par exemple! M. de Maugiron a, en effet, essayé de me parler
de son irritation contre M. Robert, des sujets de querelle qu'ils
avaient ensemble, et même peut-être, — je ne sais plus, — d'un duel
possible entre eux. Mais je lui ai refusé, moi, de l'écouter sur ces
choses qui me sont étrangères. Je lui ai défendu de toucher à un
cheveu de la tête de Lucien, parce que Lucien est de la famille; mais,
en dehors de la maison, je n'ai ni le droit ni le pouvoir, soit de diriger, soit d'empêcher les desseins et les actes de M. de Maugiron; et
s'il a une affaire avec un homme que j'ai vu à peine trois fois dans
ma vie, je ne sais pas à quel titre je pourrais intervenir dans leur
duel.

— Encore une fois, dit Angelina, c'est toi qui l'as fait, c'est à
toi de le défaire!

— Encore une fois, tu déraisonnes! reprit Balda; je n'y suis
pour rien, je n'y puis rien, je n'y ferai rien!

— Et tu laisseras ce lâche spadassin assassiner ce fier et généreux homme ! dit Angelina avec un cri de désespoir. Ah ! si tu fais cela !... Écoute...

Angelina se leva, prit et serra dans sa petite main le poignet de sa mère frémissante, et, la regardant dans les yeux :

— Ma mère, dit-elle, d'une voix saccadée et toute vibrante d'émotion, tu te souviens que tu m'as raconté la mort de mon père, et que tu m'as dit de quelle haine, de quelle fureur, de quelle soif de vengeance tu t'étais depuis ce temps sentie enfiévrée. J'étais une enfant quand tu m'as fait ce récit terrible, et je ne l'avais pas bien comprise alors. Je te plaignais ; mais je te trouvais en même temps un peu injuste, violente et exagérée dans ta colère. Aujourd'hui, sache que je te comprends. Oui, je comprends. Oui, je comprends tout ce que tu as éprouvé, je comprends tout ce qui a torturé, aigri et soulevé ton cœur. — Ce n'était qu'une parente qui t'avait arraché mon père pour le jeter mort à tes pieds. Pense que toi tu es ma mère ! — Eh bien ! ma mère, tu sais comme je l'aime, mais s'il meurt, — je te hais !

Balda poussa un cri de terreur.

— Tu me hais !... Ah ! malheureuse enfant ! mais alors tu l'aimes ?...

— Je ne sais pas, dit Angelina, je ne crois pas... Puisque Lucie l'aime et puisqu'il aime Lucie !... Ce que je sais, ce que je sens, ce que je dis, c'est que, si tu le tues, je te hais, et que, s'il meurt, je meurs.

Elle lâcha la main de sa mère, et brisée par ce cri, retomba, les bras pendants, la tête abandonnée, sur les coussins du divan.

Balda demeura quelques instants interdite et comme anéantie. Elle passa sa main sur son front, rassemblant ses idées.

Puis, tout à coup, la scène changea.

Balda se jeta sur ses genoux devant sa fille, l'entoura de ses bras, la serra sur sa poitrine, couvrit de baisers son front, ses yeux, ses lèvres.

— Mon enfant ! disait-elle, mon Angelina, mon ange, ne t'évanouis pas encore ! ne souffre pas, ne me fais pas souffrir ! Tu as raison, je n'ai pas vu ce que je faisais, j'aurais dû deviner, j'aurais dû comprendre. Mais aussi, toi, tu ne disais rien ! Pourquoi as-tu manqué de confiance ? Et envers ta mère !

— Est-ce que je savais ?... s'écria Angelina dans un sanglot.

— C'est juste, dit Balda, tu ne te comprenais pas toi-même, ma pauvre innocente enfant ! Tous les torts sont de mon côté. Comment les réparer à présent ? Que faire ?...

Angelina se redressa avec épouvante.

— Ah ! s'écria-t-elle, est-ce que vraiment il te serait impossible maintenant d'empêcher cet affreux duel ?

— Non ! non ! rassure-toi ! dit vivement Balda ; c'est difficile, mais ce n'est pas du tout impossible. Pas du tout ! Quand je pense que, si c'était impossible, tu me haïrais ! car tu l'as dit que tu me haïrais, méchante !

— Dame ! écoute, si tu me tuais ? dit Angelina du ton d'un enfant. Je te haïrais, pourquoi ? parce que justement je t'aime, et autant que je t'aime...

— Tu me haïrais trop, alors ! fit Balda avec un sourire. Allons ! n'aie plus de chagrin. Remets-toi. Tout s'arrangera. Il ne faut pas, — non, certes, il ne faut pas maintenant que ce duel ait lieu ! Il n'aura pas lieu. Je te le promets, je te le jure.

— Tu en es bien sûre ? dit Angelina : tu en réponds ?

— J'en réponds. Je ne sais pas encore comment je ferai ; j'aurai de la peine : ces hommes, quand ce qu'ils appellent leur honneur est en jeu, ils ne sont pas commodes à tenir. Mais, — tu ne te trompais pas, — j'ai quelque action sur M. de Maugiron. Il faudra bien qu'il me cède. Au besoin, je ferais intervenir... Enfin, quels que soient les moyens, quoi qu'il en doive coûter, ce que tu ne veux pas ne sera pas, ma fille.

— Ah ! mère, s'écria Angelina se jetant au cou de Balda, que tu es bonne ! pardonne-moi ! je t'aime !

— Eh ! c'est toi qui as à me pardonner, et qui me pardonnes en m'aimant ! dit Balda.

La mère et la fille demeurèrent un moment dans les bras l'une de l'autre, confondant leurs baisers et leurs caresses.

Puis Angelina, se dégageant doucement de l'étreinte :

— Mère, dit-elle, tu te rappelles, n'est-ce pas, que le rendez-vous est pour demain, ou plutôt pour aujourd'hui, à la première heure ? Tu y penses ?

— Oui, j'y pense, reprit Balda en souriant.

— Tu sais ce que tu feras ?

— Je sais ce que je ferai. Seulement nous sommes au milieu de la nuit, et il n'y a rien à tenter en ce moment, tu penses. Mais, par bonheur, c'est l'été, et il fait jour de bonne heure. De bonne heure on agira, soyez tranquille, mademoiselle.

— Je te le disais bien que tu peux ce que tu veux !

— Pour toi, oui. Mais, afin que je ne m'égare pas, n'aie plus de secret pour moi, entends-tu. Ouvre-moi toujours ton cœur ; j'y lirai mieux que toi-même. Si j'avais su, il y a des choses que je n'aurais pas faites... — N'importe, ajouta Balda, répondant à sa pensée intérieure, rien n'est compromis, et tout peut se réparer encore. Mon plan et mon but sont changés, voilà tout.

Angelina regardait sa mère avec inquiétude.

— Chère mère, lui dit-elle doucement, pense à ceci : Je te demande d'empêcher ce duel, je ne te demande pas autre chose. Quand cette crise sera passée, heureusement passée, je crois qu'il vaudra mieux, vois-tu, ne pas te mêler de diriger ou d'arrêter les événements ; cela porte malheur.

— Laisse-moi faire, enfant, dit Balda en souriant ; comment veux-tu savoir quelque chose de la vie, toi qui ne sais rien de ton cœur ? J'avais fait la faute de ne pas y regarder à ta place. On est toujours un enfant pour sa mère. Je ne réfléchissais pas que tu es Brésilienne comme moi, et que j'étais plus jeune que toi quand j'ai aimé ton père. Je n'ai jamais pu être heureuse, mais j'entends que toi, tu le sois. Tu le seras. Tu as beau t'ignorer, je vois bien que tu aimes le docteur Robert.

— Mère, reprit gravement Angelina, il m'est échappé tout à l'heure un mot, que je regretterais et que je reprendrais, si ce mot avait réellement pu t'apprendre quelque chose ; mais tu m'as laissée entendre que tu te doutais de la vérité, et j'ai la certitude que tu en sais plus encore que tu ne le dis. Ne nous déguisons donc rien l'une à l'autre. La vérité, c'est que le docteur Robert aime Lucie, et que Lucie l'aime.

— Mais, dit Balda, si elle épouse M. de Maugiron ?

— Elle n'épousera jamais M. de Maugiron.

— Tu n'en sais rien ! tu n'en peux rien savoir ! s'écria Balda. Je te

dirai à mon tour : ne te mêle pas des événements ! Le docteur Robert,
à ce qu'il me semble, te parle amicalement ?...

. — Oh ! oui ! dit Angelina avec ravissement. Elle ajouta, les larmes aux yeux : — Sais-tu qu'il me disait en parlant, tout à l'heure
encore: « Adieu, ma petite amie !...» Il est très bon pour moi. Il m'estime beaucoup. Il se fie à moi... ah ! comme il a raison ! — Écoute
encore ce qu'il m'a dit un jour ; « Vous êtes une adorable jeune fille:
vous unissez à toute l'ingénuité de l'enfant tout le grand cœur de la
femme. »

— Il t'a dit cela ! s'écria Balda avec joie, il te parle avec cette
amitié ! Ah ! tout est bien alors. Je crois... qu'il ne m'aime pas beaucoup, moi ; c'est égal, je l'aime, puisqu'il t'aime. Et si Lucie était à
un autre, qu'est-ce donc qui empêcherait qu'il fût à toi ? Tu es cent
fois plus belle que cette poupée... Oui, oui, tu as beau me fermer la
bouche, je dis la vérité ! — Il t'apprécie ce que tu vaux ; tu en es
fière, tu as raison. C'est un grand cœur, lui aussi. Tu seras heureuse,
je te dis ; il le faut, je le veux ! Et si moi-même j'étais un obstacle,
oh ! cela ne durerait pas longtemps, va ! c'est si facile de mourir !

— Mourir ! toi ! s'écria Angelina, mourir pour moi ! ne dis donc
pas des choses pareilles !

· — Ah ! bon Dieu ! fit Balda, ce n'est pas la peine d'en parler, tu
as raison ; je te donnerais ma vie, mon pauvre ange, que je ne te
sacrifierais pas grand-chose ! — Mais laissons cela. J'ai à réfléchir
et à agir. Rentre chez toi ; et, pour l'amour de Dieu, pour l'amour de
moi, repose-toi, dors en paix, fie-toi à ta mère. La vie de l'homme
qu'aime mon enfant est désormais sacrée !

XXVI

VICTOIRE INQUIÉTANTE

Lucien arriva exactement chez Robert, avec Marvejols, avant
huit heures.

... dont le petit jardin avait une porte sur la forêt... — Page 194.

Ils le trouvèrent prêt, et fort calme, achevant de mettre les adresses à deux ou trois lettres qu'il venait d'écrire.

25

Il prit Lucien à part, et lui remit un paquet cacheté.

— Ne crois pas que je sois inquiet, lui dit-il, j'espère bien que je me tirerai d'affaire tout à l'heure; cependant, on ne sait pas ce qui peut arriver; j'ai écrit là quelques dernières dispositions. Je n'ai pas de famille, et tu es riche; je te nomme seulement mon exécuteur testamentaire, et je fais divers legs à des institutions scientifiques et populaires. De plus, je te confie une somme que tu aurais à porter, avec une lettre, à une de mes clientes. Si le Maugiron me tue, il se trouvera que j'aurai réparé une de ses infamies...

Lucien fit un mouvement.

— ... Oh! mais il ne me tuera pas! reprit vivement Robert en souriant; tout ceci n'est que simple précaution, et je vais sur le terrain plein de confiance.

— J'ai apporté des fleurets avec les épées, dit Lucien; et si tu voulais faire quelques passes, pour t'assouplir la main.

— Ma foi! non, dit Robert; je n'ai pas fait des armes quatre fois dans ma vie; je veux me fier entièrement à l'instinct.

Robert et Lucien revinrent auprès de Marvejols qui demanda:

— Est-ce que nous n'emmenons pas un chirurgien?

— J'ai averti, ce matin, par un mot, Damaze, un de mes camarades. Mais il ne peut venir avec nous. Il viendra par le chemin de fer. Je crois qu'il est l'heure de partir.

— J'ai de bons chevaux, et nous arriverons plus qu'à temps, dit Lucien.

Pendant la route, Robert prit part à la conversation avec toute sa présence d'esprit, sans cesser d'être grave comme un homme qui va risquer sa vie.

La voiture descendit au pavillon qu'avait loué Marvejols, et dont le petit jardin avait une porte sur la forêt.

Il fut convenu que Marvejols irait seul chercher sur la Terrasse Maugiron et ses témoins, ainsi que le chirurgien, pour ne pas exciter l'attention des promeneurs.

Il conduisit d'abord Robert et Lucien à une clairière de la forêt, qui avait l'avantage d'être fort retirée, et cependant, en cas d'accident, assez rapprochée des maisons d'habitation et du pavillon même de Marvejols. Les deux amis attendraient là jusqu'à ce qu'il vint les rejoindre avec les adversaires.

Marvejols arriva sur la terrasse avant dix heures. Il reconnut le chirurgien que Robert lui avait décrit, et qu'il aborda. Ils virent venir presque aussitôt Maugiron et ses deux témoins. Marvejols alla à eux et leur dit quelques mots. Il marcha devant avec le chirurgien. Maugiron et ses amis les suivirent à quelque cent pas de distance.

On entra ainsi dans le bois.

On arriva bientôt à l'éclaircie où attendaient Robert et Lucien. Les hommes se saluèrent.

— Ce terrain vous convient-il, messieurs ? demanda Marvejols aux témoins de Maugiron.

— Parfaitement ! dit en s'inclinant le vicomte.

— Nous allons, si vous voulez, dit Lucien tirer au sort de quelles armes on se servira.

Léopold du Plessy pria du geste Lucien de vouloir bien attendre, et, sans répondre à sa demande :

— Messieurs, dit-il, notre ami, M. le marquis de Maugiron a une communication à vous faire.

Maugiron alors s'avança. Il tenait son chapeau à la main. Il était un peu pâle, mais son attitude était assez digne, et sa voix fut assez ferme.

— Aucun de vous, messieurs, dit-il, n'ignore que j'ai eu des duels nombreux, — trop nombreux ; — et de plus, j'y ai toujours eu la main malheureuse. Dans un premier duel à l'épée, j'ai blessé grièvement mon adversaire. Dans cinq duels au pistolet, j'ai blessé trois de mes adversaires, et j'en ai tué deux. Ces malheurs-là me sont, du moins aujourd'hui, un triste, mais incontestable avantage ; j'ai fait, je n'ai que trop fait, comme on dit, mes preuves ; et, quand je suis dans mon tort, j'ai maintenant le droit, et plus que le droit, le devoir de ne pas hésiter à me rétracter, ne pouvant plus être soupçonné de reculer.

Robert et ses amis se regardaient avec surprise. Maugiron continua :

— Monsieur Robert, j'affirme et je déclare ici tout haut qu'aucune des paroles, plus ou moins imprudentes et irritées, que j'ai prononcées hier ne pouvait, ne devait porter atteinte à votre honneur, qui est et qui reste au-dessus de tout soupçon et de toute injure.

Maugiron s'arrêta un instant ; Lucien prit la parole :

— Monsieur de Maugiron, les insinuations quelconques que vous avez faites, et qui, en effet, n'atteignaient pas et ne pouvaient atteindre M. le docteur Robert, ne sont pas ce qui nous amène aujourd'hui sur le terrain...

— J'arrive à l'insulte directe que j'ai adressée à monsieur Robert, et je la déplore et la retire, déclarant que ce qui l'a mise dans ma bouche, c'est uniquement, avec ma colère du moment, le désir de provoquer la sienne et de rendre cette rencontre entre nous inévitable.

— Vous n'en donnez là que l'explication, monsieur, dit Lucien.

— La chose que je fais ne se fait pas à demi, reprit Maugiron, et, dans ma pensée, rien de l'insulte qui est de mon fait ne doit subsister. Je ne me borne pas à en donner devant vous, messieurs, l'explication : j'en présente à monsieur Robert mes excuses.

Il se fit un silence. Robert, grave, s'attendait que Maugiron allait lui demander de retirer et d'effacer à son tour toute allusion qui l'avait pu blesser.

Maugiron se tut.

— C'est tout ce que vous avez à dire, monsieur ? demanda Lucien.

— C'est tout, dit Maugiron.

Léopold du Plessy, s'adressant alors aux témoins de Robert :

— Si, dit-il, les déclarations loyales que vous venez d'entendre, et dont M. de Maugiron nous avait loyalement avertis, ne suffisaient pas à M. Robert, M. de Maugiron reste à sa disposition ; mais nous pensons, et vous penserez comme nous, que, dans ce cas, la responsabilité retournerait à vous seuls de ce qui pourrait suivre.

Cela ne faisait pas doute, et Lucien eut à peine besoin de consulter du regard Robert et Marvejols, pour répondre :

— Nous n'avons plus rien à vous demander, messieurs, et M. Robert accepte la réparation qui lui est donnée. — Il y a lieu seulement, n'est-ce pas ? — l'insulte ayant eu d'autres témoins que nous, — de rédiger le procès-verbal de ce qui s'est passé. Voudrez-vous bien prendre la peine de venir à l'hôtel de Sergy vers trois heures ?...

— A trois heures, nous y serons, dit le vicomte.

Tous se saluèrent froidement et gravement, comme à l'arrivée ;

puis ils se séparèrent. Maugiron et ses amis se dirigeant vers la Terrasse ; Robert et les siens retournant chez Marvejols.

— Qu'est-ce que cela veut dire ? s'écria Lucien, quand ils se furent un peu éloignés ; qu'est-ce qui s'est donc passé ?

— Je me le demande, et avec consternation, dit Robert. Oui, vous avez vu que je n'étais pas inquiet avant ; eh bien, je le suis après !

XXVII

LES CONDITIONS DE MAUGIRON.

Que s'était-il passé ? Robert et Lucien n'avaient pas tout à fait tort d'être inquiets en se posant cette question.

A sept heures et demie du matin, au moment où Lucien partait pour se rendre chez Robert, Balda était entrée dans la chambre d'Angelina, qui n'avait pas dormi, malgré la recommandation de sa mère, et qui était debout, allant et venant pour tromper son impatience et son anxiété.

— Eh bien ? s'écria-t-elle, quand Balda ouvrit sa porte.

— Eh bien, chère enfant, j'ai tenu ma promesse ; le duel n'aura pas lieu. Ils iront sur le terrain, mais M. de Maugiron fera à M. Robert des excuses.

— Ah !... Et c'est bien certain ?

— Absolument certain.

— Merci ! fit Angelina en se jetant dans les bras de sa mère.

— Oui, oui, remercie-moi, dit Balda en souriant ; car la chose n'a pas été toute seule.

— Tu as eu de la peine ?

Balda raconta alors à sa fille ce qu'elle avait fait. Elle ne lui dit pas tout ; mais tout ce qu'elle lui dit était la vérité.

— Quand tu m'as eu quittée, lui dit-elle, j'ai réfléchi que je pouvais difficilement agir seule, et que, pour arriver à nos fins, l'intervention personnelle de M. de Sergy auprès de M. de Maugiron était

indispensable. Mais j'ai commencé par trouver une grande résistance
de la part de M. de Sergy. La démarche que je lui demandais de faire
auprès de M. de Maugiron lui paraissait bien insolite, bien extrême,
et trop peu justifiée. Je lui ai représenté que la querelle avait eu lieu
chez lui, que M. de Maugiron avait été le provocateur, que M. Lucien
était l'ami intime et avait accepté d'être le témoin du docteur Robert,
et que, si le duel avait pour M. Robert une issue funeste, le mariage
de M. de Maugiron et de Lucie rencontrerait là de nouveaux empêchements. J'ai fini par décider M. de Sergy à aller ce matin chez
M. de Maugiron, et, de plus, à me permettre de l'y accompagner.
Je sentais que ma présence serait nécessaire, et que seule je pourrais
tout prévoir et parer à tout ; tu vas voir si j'avais raison !

— Chère mère ! fit Angelina, embrassant de nouveau Balda.

— M. de Sergy a fait donner ordre à Jérôme de tenir prêt le
coupé pour six heures, et à six heures un quart nous étions chez
M. de Maugiron. Il dormait ma foi, comme un Turenne ; son domestique l'a fait lever, et notre délicate négociation s'est entamée. Elle
était plus scabreuse encore que je ne le pensais. Tu ne m'avais pas
dit que M. de Maugiron avait appelé M. Robert « lâche ». Pour que les
épées ne fussent pas engagées, il fallait que M. de Maugiron fit des
excuses, et il ne pouvait s'y résoudre. Il offrait, — se disant sûr de
lui à l'épée, — de ne faire à M. Robert qu'une blessure légère, ou
même de se laisser blesser par lui. Mais la chance me paraissait
douteuse et périlleuse...

— Je crois bien ! interrompit Angelina ; d'abord M. Robert se
serait battu, lui, sans rien ménager ; et puis, est-ce qu'après une si
grave offense, on s'en tient à une égratignure ?

— C'est ce que j'ai pensé ; et j'ai insisté, et M. de Sergy avec moi,
pour que M. de Maugiron, qui avait été l'insulteur, retirât et réparât
à tout prix son insulte. Il a fini par céder. Seulement, il n'admettait
pas, — et M. de Sergy sur ce point semblait incliner à son avis, —
il n'admettait pas qu'après qu'il aurait rétracté et son injure et
même ses intentions et allusions blessantes, M. Robert, à son tour,
ne rétractât pas les siennes.

Angelina se leva tout palpitante.

— Oh ! mon Dieu ! s'écria-t-elle, est-ce que M. de Maugiron a
persisté dans cette exigence-là ? M. Robert est capable de ne vouloir

rien retirer de ses paroles ! Tout serait remis en question alors ?
Parle, parle : est-ce que ce risque-là est à craindre encore ?

— Non, rassure-toi, dit Balda. Il est convenu que M. de Maugiron accordera tout et que, de peur d'être refusé, il ne demandera
rien. Dans ces termes-là, M. Robert et ses témoins n'étant pas des
insensés, tout duel est absolument impossible. Seulement, dame !
M. de Maugiron a fait ses conditions.

— Quelles conditions ? demanda Angelina.

— Il a dit à M. de Sergy : — « On m'impose là une concession
bien exorbitante, vous en convenez vous-même. Pour que je m'y résigne, pour que je la justifie à mes propres yeux et aux yeux de mes
témoins, je ne vois qu'un moyen : j'ai eu l'honneur de vous demander la main de mademoiselle de Sergy, et vous ne m'avez point fait
jusqu'ici de réponse certaine. Ayez la bonté de me dire *oui* : et, dès
lors, mes amis aujourd'hui, et demain tous ceux qui me connaissent
comprendront que celui qui sera votre gendre a pu et a dû faire tous
les sacrifices possibles pour éviter de se battre avec un homme qui
était votre hôte, et qui a pour ami, qui avait pour témoin votre fils. »

— Et qu'a répondu M. de Sergy ? dit Angelina.

— M. de Sergy a essayé d'éluder et d'ajourner; mais, devant la
résolution inébranlable de M. de Maugiron, il a cédé.

— Il a dit oui ?

— Il a dit oui.

— Oh ! mais, s'écria Angelina, c'est terrible pour Lucie, cela !
terrible pour celui qu'elle aime ! plus terrible que le duel peut-être !

— C'est possible, dit tranquillement Balda; mais que veux-tu
que j'y fasse ?

— Et tu n'as pas été pour quelque chose, mère, dans cette conclusion inattendue ?

— Je n'y ai été pour rien, reprit Balda. Dès que la question s'est
engagée sur ce point, j'ai laissé dire M. de Sergy et M. de Maugiron,
et je n'ai plus prononcé une parole. Mais si tu n'étais pas un enfant,
mon Angelina, tu saurais, non seulement que cette conclusion n'était
pas inattendue, mais qu'elle était forcée. Je n'y ai rien fait et n'avais
rien à y faire; elle était dans la logique des faits et dans la nécessité
des choses.

XXVIII

MINES NOUVELLES.

Comme un bon général qui, après avoir étudié et arrêté son plan, arrivant sur le champ de bataille et voyant les manœuvres de l'ennemi, modifie tout à coup ses dispositions et en improvise d'autres, parfois meilleures que les premières ; ainsi Balda, surprise d'abord par la révélation de l'amour de sa fille pour Robert, avait aussitôt changé et ses moyens et son but. La vie de Robert, — elle l'avait dit à Angelina, — lui était devenue sacrée. C'était maintenant Lucien, c'était surtout Lucie, qui embarrassaient sa route, et qu'elle devait viser et atteindre.

Angelina sentait instinctivement que la pensée de sa mère avait pris cette direction redoutable. Elle connaissait Balda, et, la connaissant, elle avait peur pour sa chère Lucie.

Mais comment dire à sa mère qu'elle avait peur d'elle ? comment dire à Lucie de prendre garde à sa mère ?

Elle se rappelait cependant avec épouvante l'impression qu'elle avait reçue des confidences de Balda relatives à la mort de son père. Toute jeune qu'elle fût alors, cette impression ne s'était jamais effacée. Balda avait pu renoncer à inspirer à sa fille sa haine contre les puissants et les heureux du monde et à l'associer à cette guerre punique, que, dans le secret de sa pensée, elle avait déclarée à la société et à l'humanité ; mais avait-elle renoncé à la revanche même qu'elle avait juré de prendre ? Angelina ne le croyait pas, et c'est là ce qui la faisait trembler.

Lorsque, timidement, Angelina demanda à sa mère si du moins, elle persisterait dans cette espèce de neutralité où elle disait être restée quant au projet de mariage entre Maugiron et Lucie :

— Je ne demande pas mieux, mon enfant, lui dit Balda avec un sourire tranquille. Je ne m'en suis pas mêlée et je ne m'en mêlerai pas davantage. Seulement, dis-toi bien que mon intervention pour ou contre est en tout cas inutile. Les événements se feront d'eux-mêmes, et je les laisserai faire paisiblement, sans m'occuper s'ils te servent ou non.

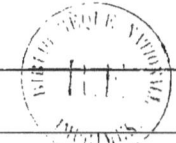

... entra chez un serrurier du faubourg St-Honoré et lui fit prendre empreinte...
Page 203.

— Qu'appelles-tu « me servir » ? demanda Angelina.
— Eh bien, mais engager Lucie, dégager Robert...

26

— Non ! non ! s'écria Angelina, je ne veux pas qu'ils me servent ainsi ! je ne le veux pas !

— Soit, reprit Balda, je ne le veux donc pas non plus ; mais, encore une fois, ni toi ni moi, n'y pouvons rien ; et nos volontés ou nos souhaits sont en ceci comme s'ils n'étaient pas.

Balda disait la vérité, et Angelina ne put tirer autre chose de sa mère.

Elle s'informa si M. de Sergy avait l'intention d'apprendre tout de suite à sa fille la résolution qu'il avait prise et le consentement qu'il avait donné à M. de Maugiron.

— M. de Sergy, dit Balda, s'est réservé, vis-à-vis de M. de Maugiron, de ne faire connaître ce consentement qu'à son heure, et pas avant quelques jours.

— N'en parlera-t-il donc pas à Lucie ?

— Pas encore, à ce que je suppose.

— Mais, pour lui épargner l'effet de la surprise et lui donner le temps de se prémunir, ne puis-je, moi, la lui annoncer, cette triste nouvelle ?

Balda réfléchit un instant.

— Fais comme tu voudras, dit-elle, M. de Sergy ne m'a pas défendu de parler, je ne te le défends pas non plus. Prends garde seulement de tourmenter Lucie d'avance, et inutilement.

— C'est juste, dit Angelina pensive ; je ferais peut-être mieux de m'adresser, si tu m'y autorises, soit à M. Lucien, soit à M. Robert.

— A M. Robert plutôt ! reprit vivement Balda.

Et elle ajouta :

— Je ne peux pas t'empêcher, moi, de prendre ce beau rôle ! je ne peux pas t'empêcher de t'effacer, de l'oublier, de te sacrifier ! je ne peux pas t'empêcher d'être un ange !

Elle dit cela avec un sourire singulier, qui fit frémir Angelina.

Quels étaient les desseins de Balda ? de quel piège caché, de quelle attaque sourde menaçait-elle Lucie ? Angelina ne pouvait le savoir, il fallait qu'elle le devinât ! — Elle le devinerait.

Ne pouvant dénoncer sa mère, elle veillerait seule sur son amie.

XXIX

NOUVELLES CONTRE-MINES

Angelina n'avait pas attendu ce jour pour se préparer, n'ayant pas attendu ce jour pour être inquiète.

La serrure du meuble à secret de Balda était ce qu'on appelle une serrure à pompe, et la clef qui l'ouvrait était une petite clef d'acier droite, et à crans. Angelina, la semaine précédente, était sortie à pied, par une belle matinée, accompagnée de sa femme de chambre ; elle s'était acheté chez Tahan un coffret s'ouvrant avec une clef semblable, et elle avait serré dans ce coffret son argent, ses quelques bijoux et les lettres de sa mère et de Lucie.

Puis, au bout de deux jours, elle avait feint d'avoir égaré sa clef, l'avait cherchée partout, avait grondé sa femme de chambre et n'avait retrouvé cette clef précieuse qu'au bout de quarante-huit heures.

— Je ne veux pas, dit-elle à sa femme de chambre, que le même embarras se représente, je vais faire faire une double clef.

Et le matin qui suivit, pendant que sa mère s'habillait, elle sortit, sous un prétexte quelconque, avec la femme de chambre, entra chez un serrurier du faubourg Saint-Honoré, et lui fit prendre empreinte de sa petite clef à pompe, pour qu'il lui en fabriquât le plus tôt possible une semblable.

Le serrurier la lui apporta deux jours après.

— Me voilà tranquille, dit-elle à Thérèse.

Mais la clef copiée, qu'elle avait maintenant en double, n'était pas celle de son coffret ; c'était celle du meuble à secret, qu'elle avait pu prendre pour une demi-heure dans le porte-monnaie de sa mère.

Elle pouvait maintenant, en l'absence de Balda, ouvrir le meuble, et elle croyait connaître le secret.

Angelina, si elle ne pouvait prévoir quels étaient les moyens de sa mère, pressentait bien quelle était sa pensée : Balda voulait, elle le lui avait dit, lui laisser le « beau rôle », et quand elle aurait réussi, d'une façon ou de l'autre, à écarter Lucie, amener Robert à aimer sa fille et à l'épouser.

Ce ne fut donc pas à Robert qu'Angelina se décida à apprendre
la mauvaise nouvelle du consentement donné par M. de Sergy; peut-
être d'ailleurs ne reverrait-elle pas le docteur assez tôt : elle aima
mieux s'adresser à Lucien.

Elle le guetta, à son retour de Saint-Germain. Elle avait beau se
fier à ce que lui avait affirmé sa mère, elle avait besoin aussi d'avoir
la certitude que Robert était hors de danger.

— Eh bien ? dit-elle à Lucien qu'elle aborda dans le vestibule;
eh bien, ce duel ?

— Il n'y a pas eu de duel, répondit Lucien, la regardant étonné;
mais comment avez-vous donc su ?...

Angelina n'eût voulu pour rien au monde que Robert apprît
qu'elle seule avait empêché le duel; elle ne regrettait rien de ce
qu'elle avait fait, et elle sentait qu'elle le ferait encore; mais Robert
lui saurait mauvais gré sans aucun doute d'avoir préservé sa vie à
ce prix.

— J'ai tout su par ma tante, qui savait tout par M. de Sergy,
dit-elle à Lucien. Maintenant écoutez : M. de Sergy a exigé de M. de
Maugiron qu'il ne se battît pas avec l'ami de son fils; en revanche,
M. de Maugiron a obtenu de M. de Sergy qu'il consentît formellement
à son mariage avec Lucie.

— Ah! les appréhensions de Robert ne le trompaient pas!
s'écria Lucien.

— Veuillez le prévenir, monsieur Lucien, reprit Angelina, et
dites-lui que l'avis vient de *sa petite amie*. Vis-à-vis de Lucie, voyez
vous-même ce que vous avez à faire.

— Mon père ne lui signifiera-t-il pas sa volonté ?

— Pas avant quelques jours, à ce que je crois.

— Alors, dit Lucien, il vaut mieux la laisser dans l'ignorance
de ce qui se passe; elle ferait peut-être quelque imprudence. Mais,
dès que je vais pouvoir sortir, je cours chez Robert. Et je vous remercie pour lui, Angelina, en attendant qu'il vous remercie lui-même.

On se rappelle, en effet, que Lucien attendait les témoins de
Maugiron. Ils ne lui laissèrent pas même un prétexte de rupture,
qu'il eût saisi peut-être; car ils le prièrent de rédiger lui-même le
procès-verbal, et ils le signèrent, avec lui et Marvejols, tel qu'il
l'avait rédigé.

Aussitôt libre, Lucien courut chez son ami.

Robert fut consterné, mais non surpris, de la face nouvelle que prenaient les choses.

— Que faire ? lui dit Lucien.

— Rien jusqu'à la déclaration officielle de M. de Sergy, dit Robert ; seulement tenons-nous prêts.

— Tu ne peux évidemment plus avoir d'affaire avec Maugiron, lui dit Lucien, mais moi, Dieu merci, je le puis encore. Et qu'il me tue ou que je le tue, ajouta-t-il en riant, il n'épouserait toujours pas Lucie !

— Oh ! ne fais pas cela ! s'écria vivement Robert : ne joue pas aveuglément un tel jeu, jeune homme aux paroles légères !

Robert, plus que jamais, se défiait de Balda ; et Lucien, en effet, entrait là, sans le savoir, dans le cercle funeste qu'elle avait tracé.

A force d'instances, Robert obtint de Lucien sa parole de ne rien aventurer, de ne rien faire sans son avis. Ils tombèrent aussi d'accord de ne rien dire jusqu'à nouvel ordre à Lucie.

Robert écrivit aussitôt un billet à Octavie pour lui demander si elle serait seule dans la soirée, et si elle pouvait le recevoir.

Elle lui répondit qu'elle l'attendait ; Maugiron l'avait fait prévenir qu'il ne viendrait que le lendemain, et elle défendrait sa porte pour tout le monde.

Et, le soir, Robert rendant à Octavie confiance pour confiance, lui raconta tout, à son tour, tout ce qu'elle ignorait, tout ce qu'elle avait un si grand intérêt à savoir : son amour pour Lucie, sa rivalité avec Maugiron, tout, jusqu'au duel manqué de la matinée, jusqu'au consentement obtenu de M. de Sergy.

Octavie l'écouta avec angoisse, avec épouvante, avec courage.

Quand il eut fini, elle demeura quelques moments pensive ; puis elle dit :

— Quelles conclusions, selon vous, dois-je tirer, mon cher docteur, de vos tardives révélations ?

— Je veux, répondit Robert, vous laisser le mérite de tirer ces conclusions vous-même.

— Il y en a une qui me concerne, dit-elle, et il y en a une qui vous regarde. Celle qui me concerne, c'est que mon devoir est de chercher et de trouver, dans ce que vous venez de m'apprendre, la

raison et la force de rompre nettement, fermement, sans regret et
sans retour, avec cet homme.

— Bien ! dit Robert en lui serrant la main.

— En ce qui vous touche, reprit Octavie, j'ai un reproche à vous
adresser et un reproche à me faire à moi-même. Comment vous êtes-
vous exposé ainsi sans m'avertir, sans me dire un mot, sans me faire
un signe qui m'eût du moins mise sur la voie ? J'aurais empêché ce
duel, je vous en réponds ! et bien plus sûrement et à bien moindre
prix que ne l'a pu faire M. de Sergy. Mais c'est aussi ma faute ! reprit
vivement Octavie sur un geste de protestation de Robert ; c'est aussi
ma faute, parce que je ne vous ai pas tout dit, parce que je ne vous
ai pas assez fait entendre que votre généreuse intervention dans ma
cause ne devait avoir et n'avait pour vous aucun danger, pas plus
qu'elle n'en aurait eu pour le docteur Durantel.

— Vous me l'avez fait entendre bien suffisamment, rassurez-
vous, dit Robert en souriant ; c'est moi qui n'ai pas voulu entendre,
je vous l'avoue. Mais comment M. de Maugiron ne vous ménage-t-il
pas davantage, s'il sait que vous avez en main le pouvoir de l'arrêter dans ses mauvaises actions ?

— J'ai mieux — ou pis — que cela : j'ai le pouvoir de le perdre.
Mais il ne le sait pas. Et puis, que voulez-vous ? je ne suis pas une
méchante femme ; je n'aurais regardé à rien pour vous sauver ; mais
mon arme est si terrible, que je n'oserais m'en servir que dans une
extrémité terrible comme elle !

XXX

LIENS ROMPUS

Le lendemain, dans l'après-midi, quand Maugiron se présenta
chez Octavie, elle le reçut avec une gravité froide qui lui donna quelque peu à réfléchir.

Lorsqu'il entra, elle fit au vieux domestique qui l'introduisait
un signe de tête, comme pour lui rappeler une recommandation

déjà faite, et il répondit par un geste qui voulait dire : Je n'oublierai pas.

— J'ai mille pardons à vous demander, dit Maugiron : voilà trois grands jours que je n'ai pu venir. Hier j'ai été vraiment empêché. Excusez-moi, je vous prie.

— Vous êtes tout excusé, reprit Octavie ; je sais qu'en effet vous avez été retenu hier. Mais vous n'aurez plus à vous déranger pour moi. Je vais décidément quitter Paris. J'ai loué, pour la fin de la saison, une maison, avec un beau jardin, près de Mantes.

— A Mantes ! s'écria Maugiron ; mais ce sera un voyage que de vous aller voir ! Vous m'aviez dit Bellevue ou Ville-d'Avray ?...

— Et vous m'aviez déclaré que même là vous ne pourriez venir souvent. Mais l'air de la campagne est nécessaire à mon fils. J'ai envoyé, ce matin, un télégramme pour retenir la maison que j'avais en vue. Je partirai demain.

— Demain ! se récria Maugiron.

— Oui, demain. La visite que vous voulez bien me faire en ce moment sera une visite d'adieu.

— Oh ! qu'est-ce que vous dites-là ! reprit-il, un peu inquiet. Puisque vous n'avez aucune pitié d'un homme si occupé, poursuivit-il en essayant de rire, on fera le voyage de Mantes, voilà tout !

— Non, ne prenez pas cette peine, reprit Octavie. Et elle ajouta avec un accent plein de dignité : — Vous me voyez aujourd'hui pour la dernière fois.

— Octavie !... fit Maugiron avec un mouvement de dépit.

Il voulait bien quitter, mais il n'aimait pas qu'on le quittât.

— Plaît-il, monsieur ?... dit fièrement la veuve.

— Pardonnez-moi, reprit-il, mais vous m'avez saisi de stupeur et de chagrin ! C'est une rupture que vous m'annoncez-là, avec cette froideur et cette précipitation !

— En êtes-vous si étonné, vraiment ? Je pense que je n'ai fait que vous prévenir. Pour ma dignité, pour la vôtre, nous ne pouvions plus longtemps tarder à nous séparer, il me semble.

— Que savez-vous donc ?

— Je sais, dit Octavie en le regardant en face, que vous avez des projets qui ne prendront plus seulement une partie de votre temps,

qui prendront toute votre vie. Je ne sais rien de plus, mais c'est assez, j'imagine.

— Et, de qui tenez-vous cela ? dit Maugiron ; de votre docteur
Robert, sans doute, dont j'ai hier épargné la vie ?

— Vous auriez peut-être mieux fait, pour m'apprendre la vérité,
de ne vous laisser devancer par personne ; mais n'importe par qui,
je suis instruite par d'autres que par vous.

— La vérité, dit Maugiron, c'est qu'il n'y a d'engagement un peu
sérieux que d'hier matin.

— Je n'ai rien su que d'hier soir, et je sais peu de chose comme
vous voyez. Mais ce peu suffit pour que ma détermination ait été
prise sur-le-champ. Encore une fois, monsieur de Maugiron, disons-
nous adieu, sans récrimination, sans explication même ; c'est le
mieux pour vous et pour moi.

Octavie fit le geste de se lever. Il la retint avec supplication.

— Ecoutez-moi, je vous en conjure, lui dit-il. Cette détermination que vous prenez si brusquement, elle semble ne vous rien coûter.
Je n'ai pu jusqu'ici, moi, me résigner si facilement à vous perdre !
Voilà pourquoi je me suis tu. Ces projets, dont vous parlez, qui vous
dit qu'ils se réaliseront jamais ? Il y a bien des empêchements, bien
des obstacles ; et savez-vous si les plus graves ne viennent pas de
moi-même, de mes hésitations, de mes doutes, de mes regrets ?...

— Je comprends votre anxiété, dit Octavie avec un sourire amer ;
vous n'êtes pas tout à fait sûr de réussir, et vous vous demandez si
vous ne laissez pas le certain pour l'incertain...

— Oh ! vous êtes cruelle ! s'écria Maugiron, furieux de la pénétration d'Octavie. Si vous lisiez mieux dans mon cœur...

Octavie, sans l'interrompre, étendit la main vers le cordon de
sonnette, qui pendait près du canapé derrière elle, et sonna.

— Vous sonnez ?... demanda Maugiron surpris.

— Ne faites pas attention ; continuez, dit-elle.

— Je vous disais, reprit-il non sans quelque embarras, que, si
vous pouviez lire dans mon cœur, vous y verriez que ce qui véritablement m'arrête, que ce qui me torture, c'est... c'est que je vous
aime. Oui, je vous aime toujours !...

Octavie se leva.

— Eh bien, c'est donc moi qui ne vous aime plus, dit-elle d'une

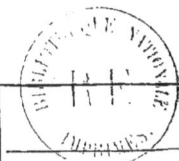

Le vieux domestique entra, amenant le petit garçon d'Octavie. — Page 210.

voix grave et ferme. Mettons que les torts sont de mon côté, et séparons-nous pourtant sans amertume.

— Non ! s'écria Maugiron, je ne peux vous quitter ainsi ! je...

En ce moment, la porte s'ouvrit, et le vieux domestique entra, amenant le petit garçon d'Octavie, qui accourut joyeusement se jeter dans la robe de sa mère.

— Voilà justement Paul à qui vous pouvez faire aussi vos adieux, dit Octavie avec le plus grand calme.

Maugiron était devenu tout pâle. Il avait compris que c'était bien fini. Il prit son chapeau, et, d'un ton glacial :

— Adieu donc, madame, dit-il. Je n'ai plus à vous exprimer qu'un regret, c'est que, par malheur, vous ayez encore à entendre parler de moi, comme créancier.

— Ce sera, monsieur de Maugiron, dans les termes et dans le temps que vous voudrez, dit simplement Octavie.

Il lui fit un salut, qu'elle lui rendit ; et il sortit, la rage au cœur.

— Maintenant, mes vaisseaux sont brûlés ! se dit-il, et il faut, à n'importe quel prix, que ce mariage avec mademoiselle de Sergy se fasse ! il le faut !

XXXI

FILS NOUÉS

La soirée du jeudi suivant était la dernière réception de madame de Sergy ; car la session était terminée, et tout son monde quittait Paris. Robert était du dîner ; Maugiron ne vint que le soir.

M. de Sergy n'avait encore parlé de rien à Lucie, et Lucien craignait qu'il ne parlât tout haut et devant tous, ce soir-là.

Mais ce qu'il annonça seulement, c'est qu'il partait dans trois jours, avec sa famille, pour son château d'Estourville en Normandie, et qu'en attendant les invitations écrites, il invitait de vive voix les amis qui étaient présents, à des fêtes qu'il allait donner.

Balda avait voulu ce départ, et elle l'avait fait vouloir à son mari. C'est au château d'Estourville qu'elle entendait dénouer le drame, dont elle croyait avoir maintenant préparé tous les fils.

M. de Sergy n'avait communiqué ni à son fils ni à sa fille son dessein d'aller séjourner sitôt à Estourville. Balda n'en avait pas parlé non plus à Angelina, et lorsqu'Angelina, restée seule avec elle, s'étonna d'un si brusque départ, Balda prétendit qu'elle en avait été aussi étonnée qu'elle, et que M. de Sergy ne lui avait pas dit un seul mot qui pût le lui faire pressentir.

Robert, Lucien et Lucie furent très inquiets de cette résolution soudaine. Qu'est-ce qu'elle pouvait bien cacher ?

Il n'était pas possible à M. de Sergy d'éloigner Lucien, et le frère serait là sans doute pour protéger et conseiller sa sœur; mais Lucien était le premier à dire qu'il avait lui-même besoin d'être guidé, et le généreux jeune homme, à la fois faible et violent, redoutait sa propre fougue, dont il n'était pas toujours maître.

Le probable était qu'on avait voulu séparer Lucie de Robert.

Robert fut donc très surpris de recevoir une invitation personnelle, écrite de la main de madame de Sergy, et dans les termes les plus gracieux. Elle le priait de venir à Estourville dès les premiers jours. Il aurait sa chambre au château, à côté de celle de Lucien : « Puisqu'il avait toujours été pour Lucien un frère, il devait se considérer un peu aussi comme le fils de la maison. »

Qu'est-ce que cela signifiait encore ? Robert donna à lire sa lettre à Lucien, qui en fit part aussi à sa sœur; et aucun des trois n'y pouvait rien comprendre.

Aucun des trois ne se doutait de la part indirecte qu'avait en tout ceci Angelina. Aucun des trois ne se doutait non plus de l'audace altière de Balda, qui ne faisait jamais les choses à demi, qui ne voulait avoir l'air d'éviter ou de craindre personne, et qui avait calculé que non seulement elle désarmait Robert par sa bonne grâce, mais que, lui présent, Lucien et sa sœur seraient plutôt moins défiants et moins retenus.

Il n'y avait pas pour Robert à hésiter; sa vie, la vie de celle qu'il aimait allait être en jeu dans ce séjour à Estourville, il écrivit une lettre de remerciements, acceptant l'invitation de Balda.

La pauvre Lucie allait, en effet, avoir besoin d'auxiliaires ! Elle était sur un perpétuel qui-vive, s'étonnant chaque soir que son père ne lui eût point encore reparlé de la demande de M. de Maugiron, et ne sachant si elle devait s'en féliciter ou s'en effrayer. La vérité est que si M. de Sergy, sur le conseil de Balda, tardait jusqu'au dernier moment, depuis plusieurs jours déjà il n'en était plus à hésiter.

Maugiron avait remué ciel et terre ; la « grande affaire » était lancée, et M. de Sergy s'y était engagé pour la part convenue entre lui et son futur gendre. Il avait promesse d'être nommé président de la société, et il comptait tripler, sinon décupler sa fortune dans cette vaste opération, qui promettait d'être une des grandes pensées financières du règne.

Néanmoins, ce fut seulement la veille du départ pour Estourville que M. de Sergy parla enfin à Lucie.

Il choisit, cette fois, un moment où elle était seule.

C'était après le déjeuner, Lucien était sorti, Balda avait eu soin de monter chez elle, emmenant Angelina ; M. de Sergy était dans le salon, parcourant son courrier et ses journaux. Lucie vint demander à son père une information au sujet des apprêts du voyage. M. de Sergy y répondit ; puis, posant une lettre qu'il tenait :

— J'ai autre chose, — et une chose plus grave, — à te dire, ma fille. Je t'ai parlé de la demande que m'avait faite M. de Maugiron.

— Vous m'en avez parlé, en effet, mon père, répondit Lucie affermissant sa voix qui tremblait un peu ; mais, comme vous ne m'en avez plus reparlé...

— Je t'en reparle aujourd'hui, mon enfant. J'avais, comme je te l'ai dit, réservé mon consentement. Aujourd'hui, après mûre réflexion, ce consentement, je l'ai donné ; et j'espère qu'il sera confirmé par le tien.

— N'y comptez pas, mon père ! dit vivement et nettement Lucie.

— Ne vous hâtez pas tant, Lucie, de me faire une réponse que je ne vous ai point demandée. Je vous prie de prendre au moins le temps de la peser, et de prendre en considération, ainsi qu'il sied à une fille de votre nom, la volonté et la parole engagée de votre père.

M. de Sergy prononça ces paroles avec cet air d'autorité et de hauteur qui faisait toujours plier sa première femme ; mais il allait trouver la fille bien différente de la mère.

— Je regrette, mon père, dit-elle d'un ton calme et grave, que vous ayez engagé votre parole sans consulter mon sentiment. Mais, ne fût-ce que pour vous épargner un mécompte, je dois dès à présent vous déclarer que ce sentiment ne changera pas. Jamais je n'épouserai M. de Maugiron.

M. de Sergy se leva, et, d'une voix impérieuse, qui s'efforçait pourtant de ne pas paraître courroucée :

— Ma fille, restons-en là pour aujourd'hui, dit-il. Je vous répète que j'ai fait une déclaration, non une interrogation. Je n'accepte pas de réponse à une question que je n'ai pas posée. Nous reprendrons cet entretien en temps et lieu. Mais pour qu'il ne soit pas dit que la parole du père aura faibli devant celle de l'enfant, tenez pour certain, — c'est mon dernier mot, — que je ferai respecter mon droit et que vous épouserez M. de Maugiron.

— Tenez pour certain, dit Lucie, que j'aimerais mieux mourir.

Elle s'inclina et sortit.

M. de Sergy, très irrité, monta aussitôt chez Balda, qui l'attendait, et qu'il prit à part pour lui dire la scène courte et vive qui venait d'avoir lieu.

— Il faudra bien qu'elle cède ! fit-il avec menace. Nous verrons, — à Estourville !

Il sortit. Angelina, que sa mère avait mise au courant de ce qui devait se passer en bas, se rapprocha avec anxiété. Balda lui dit tout à son tour.

— Tu vois, mère, que j'avais raison, dit Angelina. Jamais Lucie n'épousera M. de Maugiron !

— Oui, oui, reprit Balda, elle a dit qu'elle aimerait mieux mourir !

Angelina remarqua en frissonnant que sa mère avait un singulier sourire en répétant ces paroles, et qu'il y avait à coup sûr dans son accent plus de satisfaction que d'effroi.

XXXII

FÊTES AU CHATEAU

Les fêtes du château d'Estourville étaient commencées depuis huit jours.

Aucun nouvel incident grave ne s'était produit encore, et cependant les choses avaient marché d'un progrès lent mais continu, qui mettait au désespoir Lucie.

Il y avait grande animation au château, et déjà les hôtes étaient assez nombreux ; c'étaient d'anciens amis de la maison, quelques hommes politiques, quelques hommes de finance, des femmes élégantes, et deux ou trois jeunes et jolies filles. Le vicomte, conducteur de cotillon, était un des invités forcés. Robert et Maugiron étaient arrivés dès le premier jour.

Le château d'Estourville était ce château où Lucie avait demandé à sa mère, le soir même où madame de Sergy était morte, de venir passer avec Lucien, la saison des vacances. C'était un bien propre à madame de Sergy, et il avait été attribué, dans le partage, à Lucie ; mais M. de Sergy en avait l'usufruit jusqu'à la majorité ou jusqu'au mariage de sa fille. Ce domaine était d'ailleurs de ceux qui allaient être aliénés pour fournir des fonds à la « grande affaire », et c'était vraisemblablement la dernière fois qu'on y viendrait ; il y avait même parmi les invités un acheteur désigné.

Le château, construit sous Louis XV, manquait de style et était d'une architecture médiocre ; mais il était vaste et bien aménagé à l'intérieur. Il avait trente chambres de maître, sans compter les appartements de la famille.

Angelina aurait voulu que sa chambre fût voisine de celle de Lucie ; mais Balda tint à garder sa fille près d'elle. Lucie fut, comme à Paris, logée près de son frère ; sa chambre donnait de l'autre côté, sur le salon particulier de M. de Sergy.

Le temps était magnifique et permettait les excursions, les promenades et les déjeuners sur l'herbe. Le parc était très étendu et très giboyeux, et, bien que la chasse ne fût pas ouverte, M. de Sergy pouvait, sans sortir de chez lui, chasser tout le jour avec ses amis.

En attendant un grand bal annoncé, et où l'on devait venir jusque de Paris, on improvisait des sauteries sur la pelouse et des concerts au salon, Bref, on s'amusait fort au château d'Estourville.

Quand nous disons qu'on s'amusait fort, nous parlons des invités et des indifférents ; car, au milieu de tous ces plaisirs, il était là plus d'un cœur qui souffrait d'autant plus de ses soucis et de ses angoisses.

M. de Sergy n'avait cependant pas encore présenté officiellement Maugiron comme son futur gendre ; Balda avait trouvé, ou plutôt lui avait fait trouver mieux : il annonçait le mariage prochain de sa fille à Maugiron à chacun en particulier ; et Maugiron avait été autorisé à être bavard de son côté vis-à-vis de ses amis.

C'était pour Lucien, et surtout pour Lucie, un supplice. Chacun croyait devoir leur parler du mariage avec force félicitations. Que répondre à ces complimenteurs ? — « C'est loin d'être fait encore... La nouvelle n'est pas exacte... Ne croyez pas à ce bruit-là !... » Mais comme on tenait la nouvelle de M. de Sergy, comme le bruit était répandu par Balda et par Maugiron, les amis, tout en se défendant d'avoir été indiscrets, n'ajoutaient aucune foi aux désaveux de la sœur et du frère.

Il est vrai que Lucie traitait Maugiron avec une froideur et une hauteur qui se tenaient bien juste en deçà de la limite de l'impertinence et du mépris. Il est vrai que Lucien ne le saluait jamais, ne lui adressait jamais la parole. Mais ces négligences passaient pour signes d'intimité et de familiarité avec quelqu'un qui était déjà de la maison.

Le « tout Paris » consacré était donc informé déjà du mariage prochain de M. le marquis de Maugiron et de mademoiselle de Sergy, et les reporters des feuilles boulevardières qui champignonnaient sous l'empire, en parlaient à mots non couverts, dans leurs récits des fêtes du château d'Estourville.

Ces commérages mensongers impatientaient Lucien jusqu'à la fureur. — Je ferai un éclat ! disait-il ; et Robert avait grand'peine à le contenir.

D'ailleurs, Robert n'était pas sûr de pouvoir toujours être là. Il fut deux fois appelé d'urgence à Paris, et obligé de partir subitement. Par bonheur, la station du chemin de fer n'était pas loin ; il n'y avait que quatre petites heures de route, et, en profitant des trains de nuit, il ne fut jamais dehors un jour entier.

Il eut même le temps, lors de sa seconde absence, de passer une heure à Mantes et de voir Octavie, dont la santé s'était raffermie, et qu'il trouva calme et heureuse avec son fils.

Robert n'était tranquille néanmoins que lorsqu'il était revenu à Estourville., afin d'y garder à vue en même temps, bien que de façon fort différente, Lucien et Balda.

En effet, Robert et Balda, qui se trouvaient maintenant rapprochés et en face l'un de l'autre, étaient les deux vrais antagonistes de la partie engagée ; Balda menant tout sans avoir l'air de se mêler de rien ; Robert, en apparence attentif seulement à M. de Sergy et à Maugiron, mais à travers eux surveillant Balda.

Balda était toujours pour Robert d'une grâce extrême ; mais lui, il avait beau faire effort, il ne pouvait, tout en restant poli, s'empêcher d'être froid et, sinon sévère, sérieux. Angelina s'en apercevait et en souffrait cruellement.

La pauvre enfant, si elle n'eût été si inquiète, eût été pourtant bien joyeuse.

Elle voyait maintenant Robert tous les jours et à toutes les heures ! Et, comme Robert ne pouvait se montrer trop assidu et trop empressé près de celle qu'il aimait, il était par le fait beaucoup plus à Angelina qu'à Lucie.

Elle n'était pour lui que sa petite amie, sa petite alliée ; il lui parlait avec une amitié et une douceur fraternelles ; il la faisait danser ; il se plaisait à causer longuement avec elle, amusé par son babil d'enfant, attendri de son dévouement pour Lucie.

Angelina vivait ainsi dans la fièvre et le rêve, comme dans un paradis traversé d'enfer.

XXXIII

LA MÈRE ÉCLAIRE LA FILLE

Balda observait sa fille, à la fois contente et anxieuse.

Un soir, elle lui dit, en la regardant fixement :

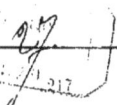

En profitant des trains de nuit, il ne fut jamais dehors un jour entier. — Page 216.

— Tu parais bien heureuse, mon enfant bien-aimée ?
— Oui, bien heureuse !

28

Et Angelina éclata en sanglots.

— Voyons, dit Balda, il faut nous expliquer.

— Oh ! je ne demande pas mieux ! dit Angelina.

Balda prit sa fille sur ses genoux, et, quand elle eut essuyé ses larmes avec des baisers :

— Mon Angelina, lui dit-elle, tu es heureuse, et en même temps tu souffres. Je n'entends pas cela ! je veux que tu aies toujours la joie et que tu n'aies plus la peine. Qu'est-ce donc qui te chagrine ? Et d'abord le sais-tu bien toi-même ?

— Je crois le savoir, dit ingénuement Angelina. M. Robert, qui est si bon et si affectueux pour moi, te parle à toi sur un ton cérémonieux, où je sens la roideur et la sécheresse. Pourquoi cela ? Je n'aime pas qu'on n'aime pas ma mère. Il t'en veut, sans doute, parce qu'il pense que tu favorises M. de Maugiron et que tu es par conséquent contraire et hostile à son amour. J'ai peur qu'il n'ait raison de le penser ; et cela m'afflige.

— Est-ce bien parce qu'il pense cela qu'il a pour moi si peu de sympathie ? dit Balda en secouant la tête. En tous cas, chère enfant, l'éloignement qu'il peut avoir pour moi ne l'empêche pas, Dieu merci, d'avoir pour toi et de te témoigner beaucoup d'amitié. Pour le moment, je ne lui demande pas autre chose. Si, plus tard, mes prévisions et mes souhaits se réalisent, si quelque jour il éprouve pour toi un sentiment plus tendre... — laisse-moi achever ! — ce ne sera jamais, je te l'ai dit, ma présence et ma personne qui seront un obstacle au bonheur de mon enfant. Ce bonheur est maintenant mon unique but, mon unique raison de vivre ; et le jour où je le gênerais, cela ne me coûterait pas, je te le répète encore, de disparaître de ton chemin, de disparaître, au besoin, de ce monde.

Angelina serra sa mère dans ses bras avec épouvante.

— Ah ! s'écria-t-elle, ne reviens donc pas, je t'en prie, sur ces sombres idées ! tu vois bien qu'au lieu de me rassurer, tu m'attristes et tu m'effrayes.

En elle-même, elle se disait en frémissant :

— C'est pour elle que ma mère avait mis en réserve ce poison ! Balda reprit en souriant :

— Sois tranquille, petite peureuse ! on n'aura pas besoin d'en arriver à ces extrémités. Pour le présent, dis-toi que je ne peux plus

rien, soit pour ou contre M. de Maugiron, soit pour ou contre M.
Robert. M. de Sergy est désormais personnellement engagé et lié. Je
voudrais le faire revenir sur sa détermination, que toute mon influence y échouerait. Il changerait d'avis lui-même, qu'il ne pourrait
reprendre sa parole. La nécessité serait plus forte que sa volonté. Il
faudra donc que Lucie se résigne à épouser M. de Maugiron.

— Et si elle ne s'y résigne pas ? si elle aime mieux mourir ? Elle
l'a dit, tu te le rappelles.

— Oui, certes, je me le rappelle ; et je le rappelle à M. de Sergy;
et je l'ai dit à M. de Maugiron. Ils n'ont fait qu'en sourire. Les
hommes croient peu à ces menaces du désespoir. Elles sont pourtant
quelquefois très sérieuses. Tu feras peut-être même bien d'en avertir
Lucien et M. Robert... — Mais, quant à moi, lors même, encore
une fois, que j'essayerais de venir en aide à Lucie, je ne le pourrais
plus.

— Et, dis-moi, le voudrais-tu, si tu le pouvais ?

— Je serai sincère, répondit Balda, après un instant d'hésitation;
non, je ne le voudrais pas. Entre Lucie et ma fille, mon choix ne
peut balancer.

— Eh ! il n'est pas question d'une lutte entre Lucie et moi !

— Pour toi, non ; pour moi, oui. Tu ne me parles que de moi,
parlons donc un peu de toi-même. Ma pauvre enfant ! tu ignores ton
propre cœur. Je suis ta mère, c'est à moi de l'éclairer ; veux-tu que
nous tâchions d'y lire ensemble ?

— Je veux bien ! dit résolument Angelina.

— Suppose, reprit Balda, que tu puisses à ton gré conduire les
événements, que ferais-tu ?

— C'est bien simple, dit sur-le-champ Angelina, en levant sur
sa mère son clair et pur regard: je ferais que Robert pût tout de
suite épouser Lucie.

— Ah ! chère ange ! s'écria Balda, comme tu mérites de n'être
pas exaucée ! — Mais allons jusqu'au bout ; voilà ton souhait accompli, Robert et Lucie sont mari et femme ; ils s'aiment librement,
ils sont heureux, tu assistes à leur bonheur... Qu'est-ce que tu
deviens, toi ?

— Moi ? dit Angelina d'une voix un peu moins assurée ; puisqu'ils sont heureux, moi je suis heureuse.

— Bien! et, l'heure venue, à ton tour, n'est-ce pas, tu te maries ?

— Jamais ! s'écria Angelina.

— Jamais ? et pourquoi ?

— D'abord, dans ma position, qui donc m'aimerait, moi ? Qui donc m'épouserait ?

— Tu ne fais pas attention, chère mignonne, reprit douloureusement Balda, que tu me dis là une parole un peu dure.

— Ah ! c'est pourtant vrai ! et injuste, et fausse! pardonne-moi ! s'écria Angelina en embrassant sa mère à plusieurs reprises. Est-ce que tu n'as pas dit que tu aurais le pouvoir de me faire heureuse, riche, que sais-je ? est-ce que je n'ai pas en toi pleine confiance ? Oui, tu tiendrais certainement ta parole. Mais c'est moi, vois-tu, c'est moi qui ne veux pas me marier. Non ! je ne te quitterai pas, je resterai avec toi, près de toi, toute ma vie. Ah ! est-ce que je pourrais être nulle part aussi heureuse !

— Et c'est pour cela que tu es si pâle ! c'est pour cela que tes mains tremblent ! c'est pour cela que tu as peine à retenir tes larmes ! Va, ce n'était pas seulement parce que le docteur Robert était froid pour ta mère que tu souffrais tous ces jours-ci. Et c'est pour autre chose aussi que tout à l'heure tu pleurais, — et qu'en ce moment tu pleures !

— Eh bien, oui, je pleure ; oui, je souffre ! dit Angelina qui fondit en larmes. Je ne sais pas pourquoi. Je ne vois pas de raison. Je ne me rends pas compte de ce que j'éprouve ; mais ce que j'éprouve est très douloureux.

— Et qu'est-ce que ce serait donc, reprit vivement Balda, s'il ne se mêlait pas encore à ta douleur une dernière, une vague espérance ? Qu'est-ce que ce serait, si déjà Lucie était la femme de Robert ?

— Tu crois ? — Mais ce serait mal à moi, cela ! ce serait indigne ! Ah ! je viendrais bien à bout de vaincre une pareille faiblesse !

— Tu n'en viendrais pas à bout ! et ce que tu souffres n'est rien auprès de ce que tu souffrirais.

— Tu crois ? — répéta Angelina avec égarement; oh ! c'est que vraiment ce ne serait pas supportable ! Et cela durerait bien longtemps ?

— Toute ta vie, mon ange adoré ! toute une vie de jalousie, d'angoisse et de torture !

— Tu crois ?... dit pour la troisième fois Angelina, tenant son front dans ses mains.

— Je crois, je vois, je suis sûre. Et tu n'as qu'à regarder maintenant dans ton cœur déchiré, pour y lire que je ne me trompe pas.

— Oui, dit Angelina, morne et les yeux fixes, je commence, en effet, à te croire.

— Et c'est pourquoi, reprit Balda, quand même je pourrais m'opposer au cours des événements, je ne le ferais pas. Tu dois à présent le comprendre. Mais nous n'avons plus, ni toi ni moi, — et toi surtout, — à nous mêler de rien. Tu es en dehors de tout. Si tu as pris une part à ce qui se passe, ç'a été toujours dans le sens du sacrifice et du dévouement. Laissons aller les choses. Tu comprends, n'est-ce pas ? tu entends ?

— Je comprends, dit Angelina, qu'il se pourrait que je ne fusse jamais heureuse qu'au prix de la vie de ma mère ou de mon amie.

— Oh ! tu exagères ! Non ! non ! ton bonheur ne coûtera pas si cher !

— Eh bien, reprit Angelina de la même voix grave et triste, laissons donc, comme tu dis, aller les choses.

XXXIV

CE QUE COUTE UNE DOT

Balda avait dit vrai ; elle non plus ne pouvait arrêter maintenant aucun des rouages dont le mouvement était parti de sa main. Elle se bornait à les surveiller, prête, selon ses habitudes félines à s'élancer d'un bond, pour finir tout par un coup soudain.

Maugiron la prit à part, un soir, pour se plaindre à elle des façons de Lucien à son endroit.

— Que M. Lucien de Sergy, lui dit-il, me marque de l'indifférence et fasse comme s'il ne me connaissait pas, peu m'importe.

Mais ce qu'il est difficile de supporter, c'est qu'il me témoigne du mépris. Ce matin, devant dix personnes, au moment où l'on montait à cheval pour une promenade dans la forêt, j'ai été forcé de lui adresser la parole (car Dieu sait si j'évite avec soin les occasions d'avoir affaire à lui); il m'a regardé fixement en face, et il a tourné le dos sans me répondre. Je voyais un sourire involontaire de tous les témoins de cette scène, et j'avais bonne envie de faire payer à quelque autre l'insolence du jeune homme. Mais je me suis contenu, de peur de faire ressortir, par un éclat, les procédés inqualifiables dont M. Lucien use à mon égard.

— Vous avez eu raison, dit Balda. Si un duel avec un ami de Lucien eût été déjà un cas grave, je n'ai pas besoin de vous rappeler que toute querelle avec Lucien lui-même serait une cause de rupture absolue.

— Eh ! c'est justement pour cela qu'il la cherche, cette querelle !

— C'est pour cela aussi que vous ne devez pas, vous, lui en laisser le moindre prétexte.

— Ainsi fais-je ; mais ce n'est pas facile, quand on se trouve en contact douze heures par jour ! Le docteur Robert est beaucoup plus sage, et je vois bien qu'il contient, autant qu'il lui est possible, l'ardeur agressive et bouillante de mon futur beau-frère ; mais il n'est pas toujours là, et je vous assure qu'il serait temps d'aviser. Ne pourriez-vous, comme maîtresse de la maison, demander à M. Lucien d'avoir un peu plus d'égards pour un de vos hôtes ?

— Êtes-vous bien sûr, dit Balda avec son sourire équivoque, que mon intervention serait efficace, et qu'elle ne produirait pas l'effet contraire à celui que vous souhaitez ?

— Vous pourriez parler au nom de M. de Sergy.

— Il faudrait que M. de Sergy m'y autorisât, me le demandât même.

— Si vous me permettez de lui en dire un mot ?

— Soit. Mais, mon cher monsieur de Maugiron, voulez-vous que je vous donne un conseil ?

— Certes !

— Eh bien, quelque délicate que soit votre position, ne vous abritez pas derrière M. de Sergy ou derrière moi ; comptez plutôt sur vous-même, sur votre prudence...

Il y avait dans l'accent de Balda une nuance de persiflage, qui n'échappa pas à Maugiron.

— Ma prudence! répéta-t-il amèrement, on l'a déjà bien éprouvée, ma prudence !

— Raison de plus! ne perdez pas le fruit de vos sacrifices. A mesure que ce jeune écervelé montrera plus d'impertinence et de bravade, redoublez de calme et de modération ; à mesure qu'il avancera, reculez.

— Reculer! reculer ! grommela Maugiron. Ah ! cela me coûte assez, je vous jure !

— Je n'en doute point ! reprit Balda du même ton moqueur, mais songez que ne pas reculer vous coûterait bien davantage : quelque chose comme deux millions !

L'entretien en resta là, et Maugiron s'en alla pensif.

Cette difficile patience que lui imposait la dure nécessité devait être, le lendemain, mise encore à une rude épreuve.

Après le déjeuner, et en attendant le départ pour une partie de pêche, fixée à trois heures de l'après-midi, les hommes allaient et venaient, causant par groupes dans les allées du jardin.

Maugiron, marchant côte à côte avec son vicomte, croisa Lucien qui, un cigare à la bouche, venait en sens opposé, s'entretenant avec un de ses amis, arrivé le matin.

— Voulez-vous bien nous prêter du feu ? dit le vicomte à Lucien.

Lucien tendit son cigare au vicomte; mais, au moment où Maugiron avançait à son tour la main, il le retira vivement avec un geste d'humeur ; puis, sur le mouvement de surprise de Maugiron :

— Pardon, Monsieur de Maugiron, dit-il, voici M. Jules d'Asly qui me dit une chose sur laquelle j'aurais à vous demander une petite explication : vous lui auriez annoncé tout à l'heure que vous alliez épouser mademoiselle de Sergy.

— Je lui ai annoncé, reprit Maugiron, que M. de Sergy avait bien voulu donner son assentiment à ce mariage. Vous savez que le fait est exact.

— Non, Monsieur, je n'en sais rien, reprit sèchement Lucien. Tant que M. de Sergy ne l'a pas annoncé publiquement et officiel-

lement, personne ne peut le savoir, personne n'a le droit de le dire,
— et vous, Monsieur, moins que personne.

— Deux choses, repartit Maugiron, prouveront cependant que
j'ai dit la vérité. La première, Monsieur de Sergy, c'est que, quand
vous me parlez sur ce ton provocant, je ne réponds pas à la provocation et je m'incline, considérant qu'il ne peut y avoir désormais
d'affaire entre vous et moi, et que, même insulté par vous, j'aurais
le devoir de ne pas relever l'insulte et de vous en laisser porter seul
la responsabilité. L'autre preuve, — que mon indiscrétion de ce
matin a eu, je le reconnais, le tort de devancer, — je vais, puisque
vous m'en pressez, demander à M. de Sergy de vouloir bien la donner
sans plus de retard ; et j'espère que la journée de demain, journée
du bal, où nous aurons de plus nombreux témoins de Paris, ne se
passera pas sans que M. de Sergy ait annoncé tout haut, et devant
tous, la nouvelle que vous voulez ignorer encore.

Maugiron salua et s'éloigna vivement.

Robert avait vu de loin cette espèce d'altercation et s'était empressé d'accourir. Il blâma Lucien de sa vivacité.

— Mais, toi, lui dit Lucien, je ne comprends pas ta patience ;
qu'espères-tu donc ? qu'attends-tu donc ?

— J'espère, dit Robert, dans des moyens qui, pour n'être pas
violents et ne pas compromettre ta vie, n'en seraient pas moins,
crois-moi, puissants et même redoutables. Et j'attends, pour obtenir
d'user de ces moyens, la crise décisive.

— Eh bien, dit Lucien, je me charge, moi, de l'avancer, cette
crise !

XXXV

LE PLAN DE LA BATAILLE

En quittant Lucien, Maugiron, très irrité, alla trouver M. de
Sergy.

Il lui conta, tout animé encore, ce qui venait de se passer.

Elle avait pour office d'aider Lucie à disposer les fleurs. — Page 280.

— Monsieur le comte, lui dit-il, permettez-moi de vous faire
observer que je ne saurais décidément rester plus longtemps dans

cette situation équivoque ; accepté par le père, repoussé par la sœur
et par le frère.

— Monsieur de Maugiron, dit fièrement M. de Sergy, le père seul
compte, je pense, d'après le droit ancien, le droit éternel, qui est le
nôtre, à nous gentilshommes.

— Pour nous, Monsieur, oui, certainement, reprit Maugiron ;
mais, en fait, la loi moderne, la loi révolutionnaire exige, vous le
savez aussi bien que moi, le consentement de la fille, il ne faut pas
même dire *avec* il faut dire *avant* le consentement du père.

— Je considère, dit M. de Sergy, non ce qui est légal, mais ce
qui est moral. Vous avez ma parole ; ma fille sera votre femme.
Si elle résiste, je vous affirme que je saurai la faire plier. Quant
à l'opposition de mon fils, je ne veux pas même m'en occuper.

— Je me fie entièrement à vous, Monsieur le comte, dit Maugiron. Mais, en attendant que j'obtienne le consentement de mademoiselle de Sergy, je pense qu'il y aurait actuellement avantage à
rendre le vôtre public et en quelque sorte officiel. Vous et madame
de Sergy vous avez pensé qu'il valait mieux procéder graduellement,
faire connaître à mademoiselle de Sergy d'abord ma demande, puis
votre acquiescement, et laisser s'écouler encore un intervalle avant
de faire connaître cet acquiescement à tous. Mais ne vous semble-t-il
pas que cet intervalle a été suffisamment long, que mademoiselle
de Sergy a eu le temps de réfléchir et de s'habituer à votre volonté,
et qu'il serait bon maintenant de la mettre en présence d'un fait
acquis, contre lequel elle hésitera sans doute à se révolter ?

— C'est mon avis, répondit M. de Sergy, et je pense que ce sera
aussi l'avis de la comtesse.

— Il avait été dit déjà entre nous, continua Maugiron, que cette
déclaration pourrait être utilement faite demain, jour du grand bal,
en présence des nouveaux invités de Paris. Voilà pourquoi j'ai pris
sur moi tout à l'heure d'annoncer — un peu par anticipation — à
M. Lucien que c'était là le moment choisi et fixé.

— Vous avez eu raison, et je ne vous démentirai pas. M. du
Plessy vous a bien assuré, n'est-ce pas ? que son oncle m'avait fait
l'honneur d'accepter mon invitation et qu'il viendrait à cette soirée ?

— Oui, Monsieur le comte. Le ministre sera forcé de repartir
dans la nuit par un train spécial ; mais il viendra sûrement.

— Eh bien, Monsieur de Maugiron, je présenterai, devant tous, mon gendre à Son Excellence.

— Merci ! fit Maugiron en serrant la main de M. de Sergy. Maintenant, je n'ai plus qu'un souci : c'est que, d'ici là, M. Lucien de Sergy n'essaye de tout remettre en question par quelque esclandre.

— Je voudrais voir qu'il s'en avisât ! s'écria M. de Sergy.

— Mais, moi, permettez ! je ne le voudrais pas ! reprit en riant Maugiron. Mieux vaut prévenir que punir. Si vous aviez la bonté de lui dire un mot, ou de demander à madame de Sergy, comme maîtresse de céans, de le lui dire de votre part ?

— Vous avez là une excellente idée ! repartit M. de Sergy ; les femmes ont la main plus légère et l'esprit plus souple que nous dans ces délicates questions. Moi, je crains ma colère, et j'irais peut-être plus loin qu'il ne faut. Allons trouver ensemble madame de Sergy, voulez-vous ? et prions-là de nous prêter sa gracieuse assistance.

La vérité est que M. de Sergy, ne craignait pas seulement sa colère. Il avait peut-être plus peur que Lucien de se trouver avec lui face à face. Il sentait qu'il ne lui serait pas facile de répondre au fier jeune homme plaidant pour sa sœur, qu'il ne s'en tirerait que par la violence, et que la violence avait ses périls. Lucien n'était plus l'adolescent qu'il pouvait envoyer pour des années en exil. Il était indépendant et maître de sa fortune. Fort de son droit, il était capable d'accepter avec son père une lutte, où, peut-être, il aurait l'opinion de son côté...

Pour toutes ces raisons, M. de Sergy préférait donc de beaucoup que Balda fût dans la circonstance son intermédiaire auprès de son fils. Sa situation même, son titre de belle-mère l'obligeaient à des ménagements que M. de Sergy ne pourrait pas garder. Et, si Lucien se tenait vis-à-vis d'elle dans les termes d'une extrême réserve, il s'était toujours imposé de rester poli et déférent pour la comtesse de Sergy, pour la femme de son père.

M. de Sergy se rendit, avec Maugiron, auprès de Balda, et tous deux la mirent au courant de la scène du jardin et des résolutions qu'ils venaient d'arrêter.

— Ainsi, dit-elle, c'est décidé ? Ce serait pour demain ?

— Oui, ma chère, reprit M. de Sergy.

Elle répéta, songeuse :

— Pour demain !

Et malgré elle, une légère pâleur se répandit sur son visage.

L'heure décisive était donc arrivée ! elle était prête sans doute ; et pourtant c'était elle qui, sans se rendre compte de ce qui l'arrêtait, avait toujours reculé, toujours ajourné ce moment terrible.

Mais elle n'était pas femme à hésiter longtemps, et, passant la main sur son front :

— Demain, soit ! dit-elle.

Elle reprit :

— Voyons, convenons bien de nos faits. Il ne s'agit plus maintenant de tergiverser ou de tâtonner ; il faut marcher vite et droit au but. Vous disiez, mon ami, que vous voudriez, me charger d'une démarche. Laquelle ?

— C'est auprès de Lucien.

Et M. de Sergy expliqua les raisons qu'il avait de ne pas faire cette démarche lui-même et les raisons qu'il avait de l'en charger.

— La mission n'est ni facile ni agréable, dit Balda, mais si vous tenez à ce que je l'accepte ?...

— J'y tiens, et je vous supplie de ne pas me refuser.

— Je vous obéirai donc. Seulement, je vous demande de me donner des instructions bien précises, dont je ne me départirai pas. Puis, si je parle à votre fils, c'est vous qui parlerez à votre fille.

— Cela, oui ! dit M. de Sergy, plus brave vis-à-vis des femmes.

— Et il faudra le faire le plus tôt possible. Écoutez. Je parlerai à Lucien demain, après le déjeuner. Jusque-là, monsieur de Maugiron fera bien de l'éviter ; il pourrait même, sous un prétexte quelconque, rester ce soir dans sa chambre. Demain soir, pendant le bal, M. de Sergy annoncera le mariage de sa fille. Puis, quand tout le monde se sera retiré, avant que Lucie ait eu le temps de voir personne, il la retiendra dans le petit salon de leur appartement, et il aura avec elle cet entretien nécessaire.

— C'est admirablement réglé ainsi ! dit M. de Sergy et vous seriez un politique de premier ordre.

— Je suis simplement, dit Balda, votre copiste et votre élève.

XXXVI

LES DERNIÈRES MANŒUVRES

Balda, à partir de cette minute, au moment de passer à l'exécution de son plan lentement conçu, savamment préparé, rassembla toutes ses facultés, sachant qu'un faux mouvement, une manœuvre manquée pouvait tout compromettre. Elle avait merveilleusement calculé et merveilleusement réussi son « bond » sur madame de Sergy. Mais, cette fois, il s'agissait de faire, en un jour, coup double ; il s'agissait d'atteindre à la fois Lucien et Lucie.

On va voir, d'ailleurs, qu'elle ne commit pas une seule faute, — sinon qu'elle ne regarda que du côté de l'ennemi.

Elle dormit peu cette nuit-là, pesant tout, ne négligeant aucun détail, songeant aux paroles qu'elle dirait et presque aux pas qu'elle ferait, tâchant de ne rien oublier et de tout prévoir.

Le matin elle vit Angelina, qui lui parut un peu pâle et mélancolique ; mais sa pensée et son attention étaient concentrées ailleurs.

Angelina, de son côté, parla peu à sa mère ; elle avait l'attitude d'une personne indifférente ou résignée.

Elle avait pour office d'aider Lucie à renouveler et à disposer, avec le jardinier-chef, les fleurs des corbeilles et des jardinières : la chose avait ce jour-là à cause du bal, plus d'importance que d'habitude. Est-ce parce qu'elles étaient trop affairées, ou parce qu'elles étaient trop préoccupées d'autre part, que les deux amies s'adressèrent à peine la parole ?

Pendant ce temps, Balda avait fait prier M. de Sergy de passer un instant chez elle. Il s'empressa de venir.

— Il importe, lui dit-elle, que nous nous entendions bien sur les termes de l'entretien que je vais avoir avec Lucien. Je ne veux ni aller au-delà ni rester en-deçà de vos intentions.

— Je m'en rapporte entièrement à vous, ma chère Balda, dit le comte : je suis sûr que vous saurez avoir autant de modération que de fermeté. Je voudrais pouvoir répondre de rester aussi maître de moi dans l'explication que j'aurai avec Lucie.

— Je crains, en effet, dit Balda, que vous ne rencontriez de sa part une certaine résistance, plus de résistance, même que vous n'en attendez peut-être.

— Que voulez-vous dire ? demanda M. de Sergy,

— Je vais m'expliquer. Vous me pardonnerez de ne pas l'avoir fait plus tôt. Vous comprendrez quelle répugnance j'avais, d'abord à dénoncer Lucie, puis à paraître m'offenser et me plaindre des jugements, ou plutôt des accusations qu'elle a pu porter contre moi. Mais je ne ne peux pas tarder plus longtemps. Il est nécessaire que vous connaissiez les raisons qu'elle aura ce soir de se montrer indocile, et qu'en même temps vous ayez entre les mains des armes pour réduire cette volonté rebelle.

— Parlez, parlez, ma chère amie ; savez-vous que vous m'inquiétez. Qu'y a-t-il donc ?

— En deux mots, — elle aime.

— Lucie ! est-ce possible ? Et qui aime-t-elle ?

— Le docteur Robert.

— Ah ! ce serait grave, en effet ! s'écria le comte. Mais en êtesvous bien sûre ?

— J'en ai là des preuves écrites.

— Des lettres ?

— Du docteur Robert ; des lettres qui sont des réponses.

— Pouvez-vous me les montrer ?

— A une condition : c'est que vous ne me demanderez pas de qui je les tiens. Sachez, d'ailleurs, qu'elles remontent à plus d'un an ; mais je ne les ai que depuis peu.

Balda ne se dissimulait pas qu'en parlant ainsi elle laissait soupçonner la pauvre Angelina ; mais il fallait aller au plus court, elle justifierait sa fille plus tard.

— Je ne vous demanderai rien, dit M. de Sergy ; mais ces lettres ! ces lettres !

— Ce ne sont que des copies ; mais en voici une qui est l'original, et c'est la plus expressive de toutes.

Balda lut à M. de Sergy cette lettre « expressive », et ensuite les passages les plus saillants des autres, qu'elle avait d'avance marqués au crayon.

Le comte entra dans une violente colère.

Il ne voyait pas, il ne voulait pas voir ce qu'il y avait de pur, de noble et d'élevé dans l'amour des deux jeunes gens.

Ce qui l'exaspérait, c'était la façon dont Lucie avait dû parler de Balda dans ses lettres, pour que les réponses de Robert fussent ce qu'elles étaient sur ce point : on voyait que Robert, tout en plaignant et en consolant Lucie, essayait plutôt de la contenir et de la modérer.

M. de Sergy se sentait blessé dans son autorité et blessé dans son orgueil. Lucie, en critiquant sa belle-mère, osait blâmer le choix qu'il avait fait ! en pleurant, en louant sa mère, elle le blâmait et l'accusait encore !

Balda fut obligée de le ramener au sang-froid et au calme ; autrement, il eût fait sur-le-champ une sortie et un scandale.

— Vous avez raison, toujours raison, lui dit-il ; ceci, en nous créant des obstacles, nous fournit aussi des armes. Il faut en user. Mes dispositions sont maintenant très modifiées ; mademoiselle de Sergy s'en apercevra ! Vous aussi, ma chère, en parlant en mon nom à Lucien, vous pouvez, vous devez être plus entière et plus altière, et prendre nettement l'offensive. Lucien est placé sur un mauvais terrain. Nous avons toujours agi, de notre côté, selon les convenances et les règles ; M. de Maugiron m'a présenté sa demande, comme je l'ai acceptée, au grand jour. Eux, pourquoi ont-ils gardé le secret ? — Oui, je sais bien, elle le dit dans ses lettres, parce que vous étiez là, parce qu'elle me craignait, parce qu'elle n'avait plus de mère. Mais ce ne sont pas là, extérieurement et pour le monde, des raisons. Lucien s'il n'a pas connu d'abord leur amour, en a été ensuite le complice ; il a favorisé son ami ; il a compromis l'honneur de sa sœur !...

— Et il le compromettrait bien davantage, interrompit Balda, en persistant à se montrer hostile à la loyale et honorable recherche de M. de Maugiron ! J'ai compris votre pensée, mon ami, et je l'exprimerai de mon mieux. Je vous réduirai Lucien à merci.

— Reste à décider ce qui serait à faire vis-à-vis du docteur Robert ?

— Rien, si vous m'en croyez, mon ami ; ne faites rien, aujourd'hui du moins. Le docteur Robert est, après tout, un homme de

haute valeur qu'on ne traite pas comme le premier venu. Que tout
se passe entre vous et vos enfants.

Le comte, se rangea selon son habitude, à l'avis de Balda, et ils
se quittèrent.

Balda avait obtenu tout ce qu'elle voulait. Elle était contente
surtout que Robert restât au château. Il était essentiel pour elle de
ne pas paraître avoir voulu un seul instant l'écarter.

Mais elle fut bien surprise quand un domestique lui remit un
billet de Robert, lui annonçant qu'à son grand regret il avait été
obligé de partir avant le jour pour prendre l'express de nuit, appelé
à Paris par une dépêche urgente. Il espérait être de retour à temps
pour le bal.

— Ma foi ! se dit Balda, du moment que ce n'est pas moi qui
l'éloigne, il vaut évidemment mieux qu'il soit absent !

Robert était parti, en effet, et il en avait prévenu Lucien. Mais
ce n'était pas pour Paris.

XXXVII

LA BATAILLE S'ENGAGE

Le temps avait été magnifique toute la matinée ; seulement la
chaleur était excessive. Vers onze heures, les nuages s'amoncelèrent
tout à coup, et un violent orage éclata.

La foudre tomba dans le parc. Tous les apprêts de la fête à l'extérieur furent détruits, renversés et brisés. Le feu d'artifice fût éteint
et noyé d'avance. Mais les salons du rez-de-chaussée étaient assez
vastes pour le bal, et il était aisé d'y concentrer la fête.

Madame de Sergy rassura les femmes, qui, à l'heure du déjeuner,
descendirent toutes désolées en se lamentant sur leurs toilettes inu-
tiles.

L'orage passa, mais le temps était gâté pour le reste de la
journée. Une pluie fine et continue mouillait les gazons et détrempait

Un mot si vous voulez bien, lui dit-elle. — Page 206.

les allées. Il fallait remiser les breaks et les chars-à-bancs et renoncer à toute promenade.

30

Après le déjeuner, les femmes se réunirent pour faire de la musique, broder et causer.

Les hommes allèrent au fumoir et à la salle de billard. On organisa aussi des tables de jeu.

Au milieu de ces indifférents et de ces désœuvrés, qui ne cherchaient qu'à distraire leur ennui et à tuer le temps, ceux dont la destinée se jouait, pendant ces heures si vides pour les autres, souffraient plus cruellement peut-être de leurs angoisses.

Pourtant, il leur fallait être, comme on dit, à la conversation, répondre à des riens, s'intéresser à des choses étrangères et insignifiantes ; ils étaient dans le monde, et ils étaient gens du monde !

M. de Sergy s'était donné l'occupation d'envoyer force télégrammes au ministre et à ses principaux invités, pour leur dire, si l'orage s'était étendu jusqu'à Paris, que la fête n'en tenait pas moins, et qu'il comptait toujours sur leur présence.

Maugiron, docile au conseil de Balda, avait prétexté, pour ne pas paraître la veille au soir et même dans la matinée, une forte migraine, qu'il était charmé, de pouvoir mettre maintenant sur le compte de l'orage. Mais son absence ne pouvait se prolonger sans éveiller les commentaires, et il était descendu pour le déjeuner.

Seulement il évitait par de savantes manœuvres, de se rencontrer avec Lucien, et, quand il le voyait venir dans une pièce il passait sans affectation dans une autre. Mais, malgré l'habitude qu'il avait de se maîtriser et de « se tenir », il ne pouvait réprimer parfois des mouvements nerveux, qu'il attribuait à un reste de malaise.

Lucie semblait la plus calme, étant la plus affermie dans la conscience de son bon droit et dans sa résolution inébranlable.

Si d'ailleurs elle savait que M. de Sergy allait présenter Maugiron comme son gendre elle ignorait que la lutte avec son père dût s'engager le soir même.

Angelina était-elle calme, elle aussi ? On l'eût dit, à voir son air de nonchalance. En tout cas, elle ne pouvait être que passive dans tous les événements qui se produiraient autour d'elle : cela allait à sa nature créole ; elle attendait.

Elle était assise dans un groupe de trois ou quatre jeunes filles, elle faisait de temps en temps un point à sa tapisserie, elle mettait de temps en temps un mot dans la conversation, mais le plus souvent elle écoutait, ou faisait semblant d'écouter.

Elle avait pourtant demandé à Lucie.

— Je ne vois pas M. le docteur Robert ?

— Lucien m'a dit, répliqua Lucie qu'il avait été obligé de partir de grand matin pour Paris, appelé en toute hâte par un de ses clients pour un cas très grave.

— Vraiment ? — Et il ne reviendra pas d'aujourd'hui ?

— Oh! si fait! ce soir peut-être.

Lucie craignait qu'Angelina ne poussât plus loin ses questions. Il avait été convenu entre lui et Lucien qu'on ne lui dirait sur le départ de Robert que ce qu'on disait à tout le monde, non par défiance, mais parce que la confidence était inutile, et parce que du reste Robert lui-même s'était fort peu expliqué.

Mais Angelina ne pressa aucunement Lucie ; elle se contenta de dire :

— Espérons donc qu'il reviendra !

Néanmoins, si Lucie l'eût attentivement observée, elle eût surpris sur ses lèvres pâles un sourire qui n'était pas sans tristesse et sans amertume.

Lucien parcourait les journaux, assis près de deux ou trois de ses amis, quand Balda, s'approchant de lui, toucha doucement du doigt son épaule. Il leva la tête.

— Un mot si vous voulez bien ? lui dit-elle.

— A vos ordres, Madame.

Il se leva, et fit quelques pas avec madame de Sergy.

— Avez-vous en ce moment quelque chose à faire ? lui demanda-t-elle.

— Mais... non... comme vous voyez, dit-il, croyant qu'elle allait le charger de quelque soin relatif à la fête.

— J'aurais, reprit-elle, à vous parler en particulier.

— A moi! fit-il, étonné et contrarié.

Jamais il n'avait eu d'entretien seul à seul avec sa belle-mère, et, dans les circonstances présentes, il ne se souciait pas d'en avoir.

— Mais... Madame la comtesse... dit-il avec embarras, je ne voudrais pas dérober à nos hôtes la maîtresse de la maison.

— Ma présence est inutile pour l'instant, reprit Balda. J'ai à vous parler de choses graves, et c'est de la part de votre père.

Lucien fronça le sourcil.

— Eh bien, dit-il, pour être franc, Madame, je vous avoue que j'aimerais mieux parler de ces choses graves directement à mon père...

— Pour être franche, Monsieur Lucien, je vous assure que je l'aimerais mieux aussi. Et si je m'écoutais, je me retirerais sur votre première parole. Mais je pense à M. de Sergy, et, permettez-moi de le dire, à vous-même ; dans votre intérêt comme dans le sien, je crois de mon devoir d'insister. Si vous persistez, vous, à refuser de m'entendre, c'est bien : personne pas même vous, n'aura de reproche à me faire, et c'est sur vous seul que retombera tout ce qui pourra résulter de ce refus.

Lucien, averti par un vague instinct, hésitait encore. Mais nous avons vu qu'il s'irritait aisément de ses propres hésitations ; il prit brusquement son parti :

— Où vous plait-il, madame, que nous ayons cet entretien ?

— Allons chez moi, dit-elle, nous sommes sûrs de n'être pas dérangés.

— Allons ! reprit-il.

Et il offrit son bras à la comtesse.

A côté de la chambre de Balda, il y avait un très petit salon, ou plutôt un boudoir, servant de passage entre la chambre et le salon commun à M. et madame de Sergy et à Lucie. Cette petite pièce, éclairée par une seule fenêtre, n'avait pour meubles qu'une causeuse pour deux personnes placée en face la fenêtre, un guéridon et deux chaises. On n'y pouvait tenir plus de trois ou quatre.

C'est dans ce petit salon que Balda amena Lucien.

Nul ne saurait dire si elle avait calculé que, pour le scabreux entretien qu'ils allaient avoir, le bouillant jeune homme allait se trouver gêné et mal à l'aise dans ces trois mètres carrés, pouvant tout au plus se lever, mais ne pouvant marcher, faire quelques pas, tromper par le mouvement son impatience et son irritation. Les nerfs déjà excités par l'orage du matin, il allait étouffer sur place, faute d'espace et d'air.

Ce qui est certain, c'est que, si Balda n'avait pas songé à lui

imposer cette contrainte physique, elle avait tout préparé pour lui
faire subir une contrainte morale bien autrement pénible et
cruelle.

Elle savait, par une redoutable expérience, combien était exas-
pérante cette sorte d'humilité doucereuse dont elle ouatait, pour ainsi
dire, ses insinuations les plus blessantes et ses coups d'épingle les
plus perfides. On ne pouvait, sous peine de paraître grossier et
brutal, s'emporter contre cette onctueuse personne ; on était retenu
et comme enchaîné dans une politesse forcée, et on souffrait peut-
être moins de l'injure qu'on supportait que de l'effort auquel on était
condamné.

Balda s'assit sur le canapé, indiqua de la main une chaise à
Lucien qui s'assit en face d'elle, et commença d'une voix calme et
lente.

— Avant tout, Monsieur Lucien, je vous prie encore une fois de
vouloir bien vous rappeler que ce n'est pas moi qui vous parle ; ce
que je vais vous dire, c'est votre père qui vous le dira. Je n'oublie
pas, je n'oublierai jamais que vis-à-vis de vous et vis-à-vis de
Lucie je ne suis qu'une étrangère, et que je n'ai à prendre aux choses
qui vous concernent aucune part directe. M. de Sergy m'ayant imposé
hier, malgré mes observations, la mission épineuse que je remplis en
ce moment, je l'ai prié, ce matin, de me préciser bien nettement ses
intentions et sa pensée. Je l'ai averti que j'en atténuerais plutôt que
je n'en exagérerais l'expression. Enfin, dans ce rôle d'intermédiaire
que j'ai accepté entre vous, j'apporterai tout ce qu'il me sera possible de modération et de conciliation. Je vous serais bien reconnaissante d'avoir la bonté de vous souvenir, de votre côté, que je
suis une femme et la femme de votre père, et que je suis absolument neutre et désintéressée dans les questions dont j'ai à vous
entretenir.

— En vérité, Madame, reprit Lucien, qui se voyait ainsi avec
dépit les mains liées d'avance, avez-vous donc à me dire des choses
si fâcheuses et si dures, que vous vous croyez obligée à tant de précautions oratoires !

— Oh ! dit Balda, je me rassure plutôt contre mes propres
craintes ; non, non, je n'ai pas, Dieu merci, de dures paroles à vous
transmettre. Mais le sujet à traiter est en lui-même si délicat !...

Elle regarda Lucien, qui cette fois garda le silence. Elle continua :

— Quand M. de Sergy est venu me trouver hier, M. de Maugiron l'accompagnait. M. de Maugiron avait cru devoir se plaindre à lui...

— De qui ? dit Lucien.

— De vous.

— Ah ! ah ! M. de Maugiron s'est plaint du fils auprès du père ?... Et qu'est-ce que le père a répondu ?

— M. de Maugiron trouvait que vous aviez manqué d'égards envers lui ; il assurait que votre attitude en sa présence était provocante et blessante...

— Et M. de Maugiron n'est pas assez grand garçon pour se faire respecter lui-même ? Qu'est-ce que M. de Sergy avait à voir dans les différends qu'il peut avoir avec moi.

— M. de Maugiron est en ce moment l'hôte de M. de Sergy.

— S'il n'était que son hôte, reprit vivement Lucien, je me contiendrais, quels que soient envers lui mes sentiments, à ne lui témoigner jamais, dans la maison de mon père, que la courtoisie qui convient. Mais M. de Maugiron prétend être autre chose, il s'est vanté de devenir bientôt le gendre de M. de Sergy.

— Je crois qu'il ne s'est pas vanté dit doucement Balda, et qu'il a véritablement la promesse de votre père.

— Fort bien ! mais comme il faut, pour devenir le gendre de mon père, qu'il devienne le mari de ma sœur, j'estime que dès lors la chose me regarde, et je fais, comme il me plaît, sentir et comprendre à ce prétendant que, s'il a le père pour, il aura contre lui le frère.

— Ah ! voilà justement ce qui est douloureux, reprit Balda ; vous vous élevez contre la volonté et l'autorité de votre père !

— Madame, dit Lucien, je laisse, moi, mon père en dehors de la question. Je veux m'en prendre, et je m'en prends uniquement à celui à qui je ne dois ni soumission ni respect, à qui je voucrais plutôt mépris et haine ; — je m'en prends à M. de Maugiron !

Balda, si elle eût été seule, eût jeté un cri de triomphe et de joie ; elle le changea en un cri de terreur et de détresse.

— Ah ! Dieu du ciel ! fit-elle en joignant ses mains au-dessus de son front, c'est ce danger, c'est ce malheur qu'il faut écarter !

— Pardon, Madame ! interrompit Lucien avec vivacité ; que vous ayez voulu intervenir entre mon père et moi, j'ai pu le comprendre ; mais, entre moi et cet homme, je n'admets l'intervention ni de vous, ni de mon père, ni de personne !

Balda voyait avec une satisfaction intime « l'ennemi » venir se placer de lui-même sur le terrain où elle l'avait appelé et voulu. Mais ce n'était pas assez ; il fallait précipiter les choses, il fallait que la journée ne se passât pas sans qu'eût lieu le choc de Lucien et de Maugiron. Lucien, d'ailleurs, elle le voyait bien, n'avait pas besoin d'être beaucoup aiguillonné.

En l'entendant repousser avec énergie toute intervention entre Maugiron et lui, elle affecta une extrême épouvante.

— Ah ! ne parlez pas ainsi ! s'écria-t-elle ; c'est surtout pour prévenir, c'est pour empêcher ce conflit terrible que je suis ici et que je vous parle au nom de votre père. Songez-y ! M. de Maugiron, — il l'a promis, — évitera toujours, avec un soin scrupuleux, tout sujet de querelle avec vous ; ce serait donc vous qui le provoqueriez ?

— Eh bien ? dit Lucien, pourquoi ne le provoquerais-je pas, je vous prie ?

— Pourquoi ? mais, malheureux ! ce serait pousser l'intrépidité jusqu'à la démence ! M. de Maugiron, provoqué par vous, aurait le choix des armes. Il choisirait le pistolet. Et vous savez quelle est son adresse et sa bravoure ?

— Vous appelez cela de la bravoure ? dit ironiquement Lucien.

— Je ne sais pas, moi ; je ne suis qu'une femme, reprit Balda ; je ne fais que répéter ce que j'ai entendu dire à M. de Sergy.

— Vraiment ? Mon père admire M. de Maugiron tant que cela !

— Je ne voudrais pas vous contredire et vous irriter, monsieur Lucien ; mais il est bien vrai que M. de Sergy ne pense pas comme vous, et qu'il a pour M. de Maugiron la plus haute estime ; autrement, lui donnerait-il sa fille ?

— De l'estime pour ce personnage ! Il croit à sa probité peut-être ?

— Sans aucun doute. La preuve en est qu'il l'a pris pour second dans une affaire où il a mis toute sa fortune, et où M. de Maugiron doit mettre toute la fortune de votre sœur.

— Que me dites-vous là ? s'écria Lucien en bondissant. Mais alors ce n'est pas seulement le bonheur de ma sœur que j'ai à protéger contre ce misérable, c'est aussi l'honneur de mon père ! Oh ! quel abîme que j'entrevois ! Pourquoi mon père n'a-t-il pas parlé ? J'aurais remis entre ses mains tout ce que je possède ; ma sœur, — ou le mari que je veux pour ma sœur et qui est riche, — lui aurait laissé toute la dot de Lucie, plutôt que de souffrir qu'il se mette à la remorque et à la merci de ce qu'un Maugiron peut appeler « une affaire » !

— Calmez-vous, au nom du ciel ! dit Balda. En tout cas, il est trop tard. M. de Sergy, à l'heure qu'il est, a engagé sa parole et sa signature.

— Ah ! je la dégagerai, moi ! s'écria Lucien, frappant du pied avec fureur.

— Vous la dégagerez ? Comment ?

— En tuant le Maugiron, — ou en étant tué par lui ; ce sera le même résultat.

— Mais, miséricorde ! c'est vous qui seriez tué !

— Eh bien, tant mieux ! Mon père ne pourra plus, je pense, avoir pour gendre et associé le meurtrier de son fils !

Lucien se leva brusquement, et, faisant un pas vers la porte :

— Adieu, madame, je crois que nous n'avons plus rien à nous dire.

Mais Balda n'avait pas encore dit tout ce qu'elle voulait. Elle se jeta à genoux, les bras étendus, en travers de la porte.

— Monsieur Lucien !... par grâce, par pitié ! attendez ! entendez-moi. — Non, certainement, je n'ai pas dit tout ce que j'avais à vous dire. Mais vous me dites, vous, des choses si terribles que j'en perds la raison et le souvenir. Écoutez ! Je ne vous parle plus de votre père, je vous parle de votre sœur. Vous vous figurez qu'en insultant M. de Maugiron, vous allez la sauver ? Vous allez la compromettre !

— Ah ! comment cela ?

— M. de Sergy sait l'amour du docteur Robert pour Lucie, et il s'est même fort courroucé que vous ayez tous trois gardé vis-à-vis de

Maugiron sauta debout, en poussant un cri sourd. — Page 244.

lui ce secret... — Ne m'interrompez pas !... — Que M. de Sergy connaisse cet amour, cela est sans danger pour la réputation de Lucie.

31

.Mais M. de Maugiron le connaît aussi ; c'est pour cette raison qu'il avait cherché querelle au docteur Robert. Si vous lui cherchiez querelle, vous, parce qu'il a demandé la main de votre sœur, il n'aurait plus qu'un intérêt, après un duel malheureux, ce serait de s'excuser, en accusant, en calomniant, si vous voulez, Lucie, M. Robert et vous-même.

— Il ferait là, cet homme si estimable, une belle infamie. Mais — c'est bon ! — si je lui cherche querelle, ce ne devra pas être, comme vous le disiez, parce qu'il a demandé la main de ma sœur. Voilà tout, soyez tranquille, je m'arrangerai pour que Lucie reste absolument en dehors du débat entre nous. — C'est tout maintenant, n'est-ce pas, madame ?

— Non ! non ! un mot encore ! Si vous persistez à vouloir défier M. de Maugiron, savez-vous à quoi vous pousserez votre père ? A tout révéler à votre sœur ! — Oui, à lui dire quelle est votre intention, quel danger vous allez braver pour elle, à quelle mort vous allez courir. Et alors, pour vous arrêter, pour vous sauver, Lucie donnera son consentement à son mariage avec M. de Maugiron. Et cependant, elle a dit, — vous le savez, — qu'elle aimerait mieux mourir... Tirez, monsieur, la conclusion de ceci.

— La conclusion ?... dit Lucien hors de lui, la conclusion, c'est que je dois devancer mon père, et ne pas attendre un jour, une .heure, pour mettre entre ce Maugiron et les miens une infranchissable barrière... Pour le coup, je crois, madame, que tous vos arguments sont épuisés.

— Oui, et mes forces !... dit d'une voix languissante Balda, laissant tomber ses bras le long de son corps. Ah ! j'ai fait tout ce j'ai pu.

— C'est la vérité, dit Lucien en sortant ; et je vous promets, si j'en ai le temps, d'en rendre témoignage à mon père.

— Qu'importe ! dit Balda, puisque je n'ai réussi à rien !...

Lucien était déjà dehors, et elle l'écoutait s'éloigner à pas précipités.

— Je crois pourtant, se dit-elle avec un sourire, que j'ai réussi à tout ! — Ce pauvre Maugiron ! Comment va-t-il se tirer de là ?

XXXVIII

LA PARTIE D'ÉCARTÉ.

Maugiron avait vu avec appréhension et surprise Lucien s'éloigner avec Balda. Inquiet, nerveux, ne sachant que faire, il était entré dans un salon du rez-de-chaussée, où quatre des invités du château, assis autour d'une table, jouaient à l'écarté.

Maugiron était joueur dans l'âme, et les cartes l'attiraient. Il paria, et perdit une vingtaine de louis.

— Ma foi ! dit le joueur pour lequel il pariait, je ne suis pas en veine, ou bien je suis un maladroit ; prenez donc ma place, monsieur de Maugiron.

Maugiron refusa d'abord ; mais il trouvait, à part lui, que son partenaire était, en effet, plus maladroit que malheureux ; il était, lui, fort habile ; il prit en main les cartes. Cela l'occuperait toujours un quart d'heure. Il gagna successivement quatre parties ; ses adversaires se relayaient, mais il les battit l'un après l'autre.

Il avait quinze cents francs en or et et en billets devant lui. Il commençait à être lui-même contrarié de son bonheur.

— J'en ai assez, et je vous rends les armes ! lui dit en riant son dernier adversaire, à la fin de la quatrième partie.

Et il fit mine de se lever.

— Oh ! monsieur, lui dit vivement Maugiron, permettez-moi, je vous en prie, de vous donner votre revanche. Ne me forcez pas à faire Charlemagne malgré moi.

— Si le cœur en dit à un de ces messieurs ? fit le joueur.

— Hé ! reprit un autre, M. de Maugiron est d'une force ! ce n'est pas amusant d'être battu !

— Messieurs insista Maugiron, je vous en supplie !...

— Je prends le jeu, dit d'une voix calme quelqu'un qui venait d'entrer.

C'était Lucien.

Le joueur décavé s'empressa de laisser sa chaise à Lucien, qui s'assit.

Maugiron le regardait, muet, pâle et interdit.

— J'ai trop de chance .. balbutia-t-il, je ne voudrais pas...

— Comment? dit Lucien, je vous ai entendu offrir à ces messieurs leur revanche ?

— Oui, à eux ; mais j'ai encore un peu mal à la tête, et je...

— Et vous refusez de jouer avec moi, monsieur de Maugiron ?

— Non pas, non, certainement! dit Maugiron, se résignant.

— Qu'avez-vous là de gain ? dit Lucien. Quinze cents francs. Je les fais.

Il tira trois billets de cinq cents francs de son carnet, et les posa sur la table.

Ils jouèrent. Maugiron gagna la partie.

— Je tiens les trois mille francs, dit tranquillement Lucien.

La sueur coulait du front de Maugiron. Toute son habileté, il la mettait à tâcher de perdre. Mais la fortune terrible l'accablait d'une chance infernale. Il avait beau écarter ses atouts, il lui en revenait d'autres.

Il gagna la seconde partie.

— Je tiens les six mille francs, dit Lucien impassible.

Maugiron avait un nuage devant les yeux. Les deux joueurs ne prononçaient que les paroles nécessaires au jeu. Les assistants, attentifs et haletants, gardaient le silence. Il y avait dans l'air on ne savait quelle anxiété. On sentait que ce qui se jouait là n'était pas une simple partie de cartes.

Son effroyable chance ne voulait pas lâcher Maugiron. Il avait réussi, dans cette troisième partie, à tricher pour perdre ; et Lucien avait trois points. Mais il en avait quatre.

C'était à Maugiron de faire.

Il donnait les cartes et retourna le roi.

Alors Lucien posa ses deux coudes sur la table, son menton dans ses mains, et, regardant fixement Maugiron éperdu :

— Monsieur de Maugiron, lui dit-il, sans élever la voix et du ton le plus simple, on disait que vous étiez un grec, je n'avais pas voulu le croire ; je vois maintenant que vous en êtes un, mais je ne souffrirai pas que vous le soyez dans cette maison.

Et, sans se lever, il lui jeta les cartes à la figure.

Maugiron sauta debout, en poussant un cri sourd.

Il passa ses mains sur son visage. Quand il les écarta, ses yeux sortaient de leur orbite ; il était livide.

Il y eut un moment d'affreux silence.

Maugiron reprit, enfin, d'une voix étranglée :

— Monsieur.., vous m'avez fait là... une effroyable insulte.

— En effet !... dit avec un sourire moqueur Lucien toujours assis.

— Cette injure... elle veut du sang.

— Je suis tout prêt à vous en rendre raison, dit Lucien sur le même ton de conversation tranquille.

— Je me battrais au pistolet... continua Maugiron.

— Bien entendu !

— Je me battrais au pistolet, répéta Maugiron ; et tout autre que vous ne serait pas vivant dans douze heures !

— En vérité ! fit Lucien, tout autre que moi !... Mais moi ?...

— Vous, monsieur, vous me ferez des excuses.

— Oh ! je ne crois pas !

— Je suis sûr que si !

— Permettez ! je suis sûr que non !

— Et ma certitude est telle, poursuivit Maugiron dont la voix se raffermissait peu à peu, que je demande que ce qui vient de se passer ici ne sorte pas d'ici. Ces quatre messieurs, — dont un seul m'est personnellement connu. — voudront bien être nos témoins.

— J'accepte très volontiers pour témoins, dit Lucien, ces messieurs qui tous sont mes amis.

— Je n'ai pas besoin de leur recommander le secret, reprit Maugiron. Et je les prie de ne pas s'étonner, si, pour la raison que j'ai dite, me considérant comme l'hôte du seul M. de Sergy, je ne sors pas sur-le-champ du château. Je n'y passerai pas la nuit ; mais, pour que rien ne s'ébruite, j'y passerai la soirée.

— Cela vous regarde, monsieur ! dit dédaigneusement Lucien en se levant. Faites, ce soir, tout ce qu'il vous plaira. Je ne tiens, moi, qu'à une seule chose, c'est à me battre avec vous demain matin.

— Nous verrons si vous vous battrez !

— Vous verrez !

XXXIX

OU MAUGIRON NE RETROUVE PLUS SA FIDÈLE ALLIÉE.

Maxime d'Angenne, celui des assistants que connaissait Maugiron, dit un mot tout bas à son voisin, qui consentit à assister Maugiron avec lui. Les deux autres personnes présentes seraient, cela allait de soi, les témoins de Lucien.

Comme Maugiron, affectant un air d'insouciance, se dirigeait vers la porte :

— Vous n'avez pas d'instructions à nous laisser ? lui demanda Maxime d'Angenne.

— Je me battrais au pistolet, voilà tout, dit en se retournant Maugiron. Pour ce qui est du reste !...

Il sortit, en faisant de la main un geste qui voulait évidemment signifier : Arrangez comme il vous plaira toutes les conditions d'un duel qui n'aura pas lieu, cela m'est fort égal !

Il n'avait qu'une idée en tête : chercher et trouver Balda.

Mais Lucien resta, et, s'adressant d'un ton grave aux témoins :

— Moi, messieurs, dit-il, je prends beaucoup plus au sérieux que ne paraît le faire M. de Maugiron la rencontre convenue entre nous. Mon adversaire, comme c'était son droit, a eu le choix des armes, et vous laisse à régler les autres détails. Je crois pouvoir me permettre de vous dire à mon tour dans quelles conditions j'entendrais ce duel. Je demande que les adversaires soient placés à vingt-cinq pas de distance, avec faculté de s'avancer chacun de cinq pas ; on tirerait à volonté. L'affaire pourrait avoir lieu demain matin à six heures. Le bal se prolongera peut-être jusqu'à quatre heures ; le train spécial est commandé pour trois heures, mais l'express régulier ne passe à la station que vers quatre heures et demie. A six heures, tout le monde reposera, maîtres et gens. Il y a, tout près du château, là, derrière ces arbres, l'emplacement, aujourd'hui vide, des anciens communs, qui serait un endroit très bien disposé. Maintenant, vous ayant donné ces indications, je vous laisse.

— De quels pistolets se servirait-on ? demanda Maxime.

— J'ai là-haut, dit Lucien des pistolets anglais que j'ai achetés, l'an dernier, en Amérique, et je vous donne ma parole d'honneur que je m'en suis jamais servi. Mais je suppose que M. de Maugiron a les siens...

— Oh ! il les aurait apportés ici !... se récria Maxime.

— Ma foi ! reprit Lucien en souriant, je me figure qu'il ne les quitte pas plus que mon ami le docteur Robert ne quitte sa trousse. Mais cette question le regarde. Au revoir, messieurs.

Lucien quitta le petit salon, et rentra dans le grand.

L'altercation avait été aussi rapide qu'imprévue, et ni Lucien ni Maugiron n'avaient un seul instant élevé la voix, Maugiron même l'avait baissée. Personne, parmi les invités du château, ne se doutait donc de ce qui venait de se passer à deux pas d'eux.

Maugiron n'avait pas tardé à apercevoir Balda ; mais elle causait dans un groupe, et il dut attendre, non sans impatience, qu'elle fût seule.

Au bout de quelques minutes, elle se leva, et passa dans une autre pièce où il la rejoignit.

— Vous avez l'air d'une âme en peine, lui dit-elle. Y a-t-il donc du nouveau ?

— Oui, du nouveau, — et du terrible. M. Lucien de Sergy vient de me souffleter publiquement.

— Grand Dieu !... Comment se fait-il ?... qu'est-il arrivé ?

— Il a pris un prétexte : une partie d'écarté. Il m'a jeté les cartes à la figure. Nous devons nous battre au pistolet.

— Ah ! malheur ! s'écria Balda. Je vous avais tant recommandé de l'éviter.

— Est-ce qu'on évite un homme qui vous cherche, quand on est sous le même toit ? Il m'aurait trouvé ce soir, demain ; il m'aurait trouvé toujours. Mais — pardon, madame, — la question n'est pas l'insulte ; c'est le duel qu'elle peut amener.

— Comment l'empêcher ? dit Balda, qui cachait son visage dans ses mains et semblait atterrée.

— Vous dites ?... demanda Maugiron surpris.

— Je dis : Comment l'empêcher ? répéta-t-elle.

— Ah ! s'écria Maugiron stupéfait, j'attendais de vous, de votre énergie, un autre mot, je l'avoue.

— Quel mot donc ?

— Je pensais que tout d'abord vous alliez dire : Ce duel, *il faut*
l'empêcher ! il faut l'empêcher à tout prix !

— Hé ! sans doute, il faut l'empêcher ! Mais le moyen ? Le voyez-
vous ?

Maugiron serra les poings, fronça les sourcils ; ses yeux s'injec-
tèrent de sang ; il devint effrayant.

— Madame de Sergy ! dit-il entre ses dents, vous avez pu arrêter
ma main quand j'étais l'insulteur ; mais cette fois je suis l'insulté !
Et vous ne me demanderez pas, je suppose, de présenter mes excuses
pour le soufflet que j'ai reçu ! Ecoutez-moi, et retenez bien ceci : si on
laisse aller ce duel jusqu'au bout, demain, à pareille heure, M. de
Sergy n'aura plus de fils.

— Monsieur de Maugiron, reprit Balda le regardant en face, je
n'ai pas, je pense, besoin de vous dire, moi, que, si vous tuez ou si
seulement vous blessez Lucien de Sergy, vous n'épouserez jamais
Lucie de Sergy ; et vous êtes ruiné, et même je crois déshonoré !

Maugiron poussa un cri de véritable désespoir.

— Ah ! je le sais bien ! tous *nos* projets sont renversés, détruits !

Et, plus doucement, il reprit :

— C'est pourquoi, chère madame, il faut aviser, chercher, —
chercher ensemble...

— Chercher ensemble, à la bonne heure ! dit Balda, vous voilà
plus raisonnable.

— Voyons, reprit Maugiron, M. de Sergy ne peut-il intervenir ?

— Inutile ! Lucien n'acceptera pas l'intervention.

— Mais mademoiselle Lucie ?... En la prenant par la terreur ?...
Vous avez déjà songé à ce moyen, vous vous le rappelez ?

— Oui, dit Balda, qui semblait profondément réfléchir, oui,
c'est la meilleure, et, probablement, la seule chance qui reste.

Maugiron était dans une mortelle inquiétude. Il sentait vaguement que Balda n'était plus la même. Est-ce que par hasard il
n'aurait été que son instrument ? Est-ce qu'elle ne l'aurait amené à
cette minute suprême que pour l'abandonner, le laissant la débarrasser de Lucien ? Mais quoi ! Lucien tué, sa mort ne profiterait pas
à Balda, puisque sa sœur vivrait et serait son héritière !

Lucien l'arrêta au moment où il mettait le pied sur la première marche... — Page 251.

Maugiron avait beau se donner ces raisons à lui-même, il était maintenant en défiance.

Il en témoigna d'autant plus de confiance à Balda, sauf à surveiller et à contrôler ses faits et ses dires.

— Je m'en rapporte entièrement à vous, lui dit-il ; je sais qu'en même temps qu'une tête charmante, vous êtes une forte tête. Je crois, comme vous, que mademoiselle Lucie peut seule arrêter cette furie insensée de son frère. Mais, voyons, comment allons-nous procéder ? Ne jugez-vous pas utile de la prévenir tout de suite ?

— Tout de suite, non ; ce serait imprudent.

— Ah !... Pourquoi ? demanda Maugiron.

— Pour une raison fort simple. Si Lucie est avertie avant le dernier moment, elle aura le temps de voir et de consulter Lucien. Il faut la prendre par surprise, l'étourdir, la terrifier, lui dire à brûle-pourpoint que son frère est perdu si elle ne le désarme pas en vous acceptant sur-le-champ comme mari. Pour empêcher Lucien de se sacrifier, elle se sacrifiera. Mais si vous leur donnez le temps de s'entendre, Lucien la rassurera, il lui persuadera qu'il n'y a pas de danger réel, et nous n'aurons plus d'action sur elle.

— C'est juste, dit Maugiron frappé de l'argument. Cependant, il ne faudrait pas trop tarder non plus. Quand lui parlerait-on ?

— M. de Sergy doit, comme vous savez, avoir une explication suprême avec Lucie, aussitôt après le bal. A cette heure-là, on la tiendra seule et en dehors de toute influence, il y aura chance de lui arracher, par peur ou persuasion, ce consentement difficile.

— Mais M. de Sergy lui-même, ne me conseillez-vous pas de le mettre au courant de ce qui se passe ?

— Faites là-dessus comme il vous plaira, repartit Balda ; mais, à votre place, je garderais encore le silence avec lui. Autrement, vous allez le placer dans une situation bien délicate et bien ardue. Pourrait-il présenter comme son gendre ce soir, l'homme qui doit se battre avec son fils demain matin ?

— C'est vrai, dit Maugiron pensif.

— Laissez plutôt M. de Sergy s'engager d'abord, et ne lui apprenez la provocation de Lucien qu'après. Nous en aurons bien plus de force pour agir sur Lucie, et, par elle, sur son frère.

Le point de vue de Balda avait une apparence spécieuse que Maugiron ne pouvait contester. Il n'était pourtant convaincu qu'à moitié, et il gardait certains doutes ; mais il n'en fut pas moins con-

venu entre Balda et lui, qu'on laisserait M. de Sergy ignorer tout jusqu'après la présentation.

Balda continuait ainsi de tenir dans sa main tous les fils qu'elle
avait si artistement préparés.

Elle se croyait maintenant sûre du succès.

XI.

AGGRAVATION.

Il pouvait être cinq heures quand Lucien, par la fenêtre ouverte
du salon, vit Robert traverser la terrasse, se dirigeant vers le château.

Le temps s'était un peu éclairci. Lucien sortit et alla à la rencontre de son ami.

Il n'attendait pas si tôt son retour, et, dans cette crise grave de
sa vie, il fut heureux de le revoir.

Robert, cependant, paraissait soucieux, et marchait la tête
baissée comme un homme préoccupé.

Lucien l'arrêta au moment où il mettait le pied sur la première
marche du perron.

— Restons dehors, lui dit-il, nous avons à causer seuls. Quelles
nouvelles as-tu ?

— Mauvaises ! dit Robert, en secouant tristement la tête. Je
t'avais fait espérer que je rapporterais contre Maugiron des armes et
des preuves invincibles.

— Eh bien ?

— Eh bien, je n'ai pu réussir. Ces preuves, ces armes existent ;
mais la personne qui les a dans les mains n'a pu se résoudre à me
les remettre. Elle a eu des scrupules, presque des remords. Maugiron
ignore que cette personne a conservé par devers elle ces pièces acca-
blantes pour lui, qu'il croit anéanties. — « Il serait trop cruel et trop
affreux d'en faire usage, m'a-t-on dit, dès qu'il ne s'agit pas de parer
à quelque extrémité urgente et terrible ; or, le mariage de mademoi-

selle Lucie est loin d'être fait, et il faut espérer qu'il y a des moyens de l'empêcher autres que cette dénonciation, qui, si elle n'avait le caractère d'un grand service et d'une bonne action, prendrait celui d'une trahison et d'une vengeance. » J'ai essayé de combattre ces raisons, qu'au fond cependant je ne pouvais m'empêcher de trouver assez justes, mais je n'ai pu y parvenir. Je reviens les mains vides. Il faut chercher d'autres moyens de confondre notre ennemi.

— Alors, dit Lucien en souriant, je vois que j'ai bien fait.

— Quoi donc? qu'est-ce que tu as fait? reprit Robert.

— Madame de Sergy m'avait irrité, exaspéré. J'ai soufflé son Maugiron.

— Lucien !... Oh ! tu n'as pas fait cela ! s'écria Robert avec épouvante.

— Je l'ai fait et ne m'en repens pas ; je le ferais encore !

— Mais malheureux ! alors ?

— Alors, nous nous battons demain matin.

— Au pistolet ?

— Au pistolet.

Robert ouvrit la bouche comme pour un cri de désespoir; mais il s'arrêta, ne voulant pas effrayer Lucien.

— Je devine ce que tu allais dire, reprit Lucien. Je suis un homme mort, n'est-ce pas ?

— Non, certes ! mais..

— Dans tous les cas, que je survive ou non, Lucie sera libre.

XLI

LE BAL

Le soir de la brillante fête, derrière laquelle se préparait le drame terrible, fit aux acteurs de ce drame l'effet d'un rêve.

Chose singulière, la soirée leur parut d'une longueur effrayante ; les heures se traînaient et n'en finissaient pas.

Le ministre avait fait dire qu'il n'arriverait qu'assez tard et qu'on se mit à table sans l'attendre. Mais on l'attendit, et le dîner ne commença qu'à huit heures et demie.

Il était dix heures et demie quand on passa au salon.

Ce fut seulement à ce moment-là que M. de Sergy annonça, comme il l'avait promis, le mariage de sa fille.

Il fit signe à Maugiron, qui vint aussitôt à lui, et le conduisant au ministre :

— Votre Excellence, dit-il, me permettra-t-elle de lui présenter M. le marquis de Maugiron qui, sous peu, sera mon gendre.

Le ministre serra la main de Maugiron, en le félicitant, comme il convenait, et la chose fut faite.

La foule s'était écartée par discrétion du groupe où se trouvait le ministre, et très peu d'intimes, une quinzaine au plus, assistaient à la présentation. Madame de Sergy était là, Lucie se tenait dans un autre salon.

La nouvelle ne se répandit pas moins sur-le-champ dans toute la fête, portée par ceux qui avaient entendu M. de Sergy.

Lucie tressaillit quand elle entendit chuchoter le fatal on-dit non loin d'elle. Mais ce ne fut que l'affaire d'un instant ; la vaillante fille se remit aussitôt.

A onze heures, on commença à danser. Lucie ne fut pas de toutes les danses, mais elle en dansa quelques-unes. Elle et Angelina, toutes deux vêtues de blanc, étaient comme deux apparitions diaphanes, qui firent à tous ceux qui les virent ce soir-là une impression étrange.

A un moment, elles se rencontrèrent et se regardèrent réciproquement.

— Tu es pâle, ma chérie ! dit Lucie à Angelina.

— Tu pourrais, je crois, dire : Nous sommes pâles ! reprit Angelina, en secouant la tête avec mélancolie.

Un des témoins de Lucien vint lui apprendre que son père avait présenté Maugiron comme son futur gendre.

— M. de Sergy, dit tout bas Robert, à Lucien ignore évidemment ta provocation et le duel de demain matin ?

— Evidemment, reprit Lucien. On espère peut-être par là me retenir et me paralyser. On ne fait que m'exciter et m'exaspérer encore.

— Tient-on tant que cela à ne pas t'exaspérer ? reprit Robert.

— M. de Maugiron ? Oh ! sans doute, il y tient.

— Je ne parlais pas de M. de Maugiron, dit Robert, qui suivait de loin, autant qu'il lui était possible, tous les mouvements de Balda.

Il vit Maugiron lui dire quelques mots à l'oreille ; elle alla ensuite parler à M. de Sergy.

Elle lui annonçait, à ce moment seulement, le duel qui menaçait entre son fils et celui qu'il venait de nommer son gendre.

M. de Sergy parut avoir un vif mouvement de colère. Mais Balda s'empressa d'ajouter quelques mots qui semblèrent le calmer en le rassurant.

Si bien que Maugiron qui, lui aussi, les observait, conçut quelque défiance, et quand Balda se fut éloignée s'approcha à son tour de M. de Sergy.

— Madame de Sergy, lui dit-il tout bas, vient de vous apprendre, n'est-ce pas, l'agression inouïe de M. Lucien de Sergy, et l'affreuse alternative où je me trouve placé.

— Oui, reprit M. de Sergy, mais soyez tranquille, nous y mettrons bon ordre.

— Vous savez, ajouta Maugiron, que ce serait pour demain matin.

— Dès cette nuit, interrompit M. de Sergy, j'aurai avec mademoiselle de Sergy une explication, devenue plus urgente et plus nécessaire que jamais. Madame de Sergy et moi, nous agirons, et avec toute l'énergie que réclame la circonstance. Ne craignez rien ! ce que l'insolente rébellion de monsieur mon fils a dirigé contre vous, tournera en votre faveur.

En ce moment ils furent interrompus ; Maugiron remercia M. de Sergy et s'éloigna satisfait.

Il n'avait pourtant pas eu le temps de lui préciser l'heure à laquelle devait avoir lieu le duel ; mais il pensa que madame de Sergy n'avait pas omis ce détail important.

Nous devons dire tout de suite qu'en cela il se trompait.

Il y eut souper à une heure et demie.

Puis le ministre, et ceux des invités qui profitaient avec lui du train spécial pour retourner à Paris, partirent un peu après trois

heures. La foule dès lors fut très diminuée, et le bal fut plus lan-
guissant.

Maugiron, ainsi qu'il l'avait annoncé, avait bien pu passer la
soirée au château, mais il eût été contre toutes les convenances qu'il
y restât à coucher, et qu'il sortît de sa chambre pour aller se battre
avec le fils de la maison.

Il y avait dans le village un hôtel d'une certaine importance,
Maugiron y avait fait retenir une chambre et transporter ses effets
par son domestique.

Il prévint Balda de ces dispositions.

— Je quitterai le château à quatre heures, avec les invités, lui
dit-il. C'est donc à l'hôtel que vous aurez à envoyer pour me tenir
au courant de tout ce que vous aurez fait. Songez que le combat doit
avoir lieu à six heures. Bien que le rendez-vous soit à deux pas,
sur la pelouse des anciennes écuries, je serai obligé de partir de
l'hôtel à cinq heures et demie. Il faut donc que, de toute nécessité,
votre message m'arrive avant cette heure-là.

— Très bien ! dit Balda.

— Permettez-moi d'insister sur ce point essentiel de l'heure, dit
encore Maugiron. Remarquez bien qu'ici le moindre retard serait funeste. J'attendrai jusqu'à cinq heures et demie ; mais je ne pourrai
attendre une minute de plus. Ne vous dites pas qu'il serait temps
encore d'arrêter l'affaire sur le terrain même ; ce serait beaucoup plus
difficile, pour ne pas dire impossible.

— J'ai compris, fit Balda.

— Je me suis pourtant dit, continua Maugiron, qu'il serait bon
peut-être que, pour plus de sûreté, M. de Sergy accompagnât son fils
sur le lieu du rendez-vous, soit que M. Lucien fît lui-même les excuses, soit que, pour faciliter la chose, M. de Sergy eût la bonté de
les présenter pour lui en sa présence, ce que j'accepterais, je n'ai pas
besoin de vous le dire. Mais, même en ce cas, je devrais, avant cinq
heures et demie, être averti par vous à l'hôtel. Avant cinq heures
et demie, vous entendez bien.

— Oui, oui, certainement, répliqua Balda.

— Ah ! c'est que je tiens, poursuivit obstinément Maugiron, à
bien vous mettre dans l'esprit que, quittant l'hôtel sans nouvelles de
vous, arrivant sur le terrain sans y trouver M. de Sergy, ne recevant

pas d'excuses, — alors... alors je ne ménage plus rien ; et je ne me
contente pas de blesser Lucien, je le tue. Je me venge.

— Entendu ! dit Balda.

XLII

LE PÈRE ET LA FILLE

Les salons étaient à peu près vides ; les invités de Paris étaient
partis tous, les hôtes du château étaient pour la plupart remontés
chez eux ; Lucien et Robert avaient disparu ; Maugiron s'était retiré
aussitôt après avoir parlé à Balda.

M. de Sergy s'approcha de Lucie, qui s'apprêtait à quitter le
salon.

— Lucie, lui dit-il, je vous prie de vouloir bien m'attendre dans
le petit salon du premier : je vous rejoins dans peu d'instants. J'ai à
vous parler d'une chose qui ne peut souffrir aucun retard.

Lucie tressaillit, mais elle répondit avec fermeté :

— Je suis à vos ordres, mon père.

Quelques minutes après, le père et la fille étaient en présence :
le père affectant la gravité jusqu'à la roideur ; la fille, pâle, mais
calme et résolue.

Les bougies de deux candélabres continuaient à brûler sur la
cheminée ; cependant la lueur vague de l'aube commençait à
blanchir dans le ciel, et ces deux clartés en se mêlant formaient une
sorte de lumière pâle et incertaine qui prêtait on ne sait quoi d'étrange
à la réalité.

M. de Sergy invita du geste Lucie à s'asseoir sur le canapé. Il
rapprocha pour lui-même un fauteuil ; mais, avant de s'asseoir, il
lui dit, appuyant la main sur le dossier :

— Ma fille, vous savez que j'ai présenté tout à l'heure au ministre et à nos amis M. le marquis de Maugiron comme mon futur
gendre.

Il s'élança sur sa fille. — Page 259.

— On me l'a dit, mon père, repartit Lucie, et j'en ai été profondément affligée.

33

— Pour quelles raisons, je vous prie ?

— D'abord, parce que vous avez annoncé publiquement une détermination si grave pour moi, sans penser même à m'en prévenir.

— Le père n'a pas besoin de prévenir ses enfants des déterminations qu'il prend dans leur intérêt, et dont il ne répond qu'à sa propre conscience. Si vous n'avez que cette raison ?...

— J'en ai une autre plus sérieuse encore : c'est que je me verrai obligée, à ma grande douleur, de vous faire manquer à votre parole.

— Je n'ai jamais manqué à ma parole ! s'écria M. de Sergy.

— Pour ce qui dépend de vous, j'en suis sûre ; mais là où vous avez engagé, malgré elle, une volonté qui n'est pas la vôtre...

— Quand cette volonté est celle de ma fille, interrompit M. de Sergy, je la considère comme étant mienne, et j'avais le droit de l'engager. Me contesteriez-vous ce droit ?

— Je vous ai déjà respectueusement averti, mon père, que je ne serai jamais la femme de M. de Maugiron, que je méprise et que j'abhorre. Je persiste, et je persisterai jusqu'au bout dans mon invincible refus.

— Malheureuse ! s'écria M. de Sergy, dont la figure s'empourpra de colère, je n'ai qu'un mot à dire pour l'humilier et la réduire à néant, cette résistance impie.

— Quel est donc ce mot, mon père ?

— C'est que je sais, fille rebelle, où cette résistance a sa source. Si vous ne tenez pas l'engagement que j'ai pris pour vous, c'est peut-être, dites-moi, que vous en avez pris un vous-même ?

— Peut-être, répondit fièrement Lucie.

— Vraiment ? et oseriez-vous me dire avec qui ?

Lucie se leva et, les yeux baissés, d'un ton respectueux et grave :

— C'est avec M. le docteur Robert, dit-elle.

M. de Sergy poussa un cri de fureur.

— Ah ! elle l'avoue ! fit-il ; c'est le comble de l'audace ! Voilà où en viennent les filles de noblesse à présent ! Voilà comme elles respectent leur honneur !

— Mon honneur est pur et intact ! et doit être respecté de tous et même de mon père !

— Et votre père doit-il respecter aussi l'abominable engagement dont vous osez faire parade?

— Mon père a le droit de dire : non, à cet engagement, comme
j'ai le droit, — dont j'use, — de dire : non, au sien.

M. de Sergy était hors de lui. Accoutumé à faire plier tout,
hommes et choses, devant son despotisme, il voyait, avec une rage
qui touchait au délire, une jeune fille — sa fille! — lui tenir tête avec
cette énergie.

Lucie, agitée d'un tremblement intérieur, se tenait debout par
un héroïque effort de volonté. Lui, il était violent ; elle était forte.

— C'est effroyable! s'écria-t-il. Vous invoquez la loi humaine,
la loi sacrilège, contre la loi divine, contre l'autorité paternelle ! Ah !
vous êtes bien digne de cet odieux révolutionnaire dont vous êtes
affolée ! Mais, écoutez. Avant de pouvoir vous passer de mon consentement, vous avez sept ans à attendre, sept ans !... vous entendez !
Et vous pensez bien, n'est-ce pas, que je ne vous en épargnerai pas
un jour, pas une heure...

— Pour n'avoir pas à souffrir toute ma vie, dit Lucie éperdue,
j'aime mieux attendre sept ans, et plus encore ; j'aimerais mieux, je
vous l'ai déjà dit, mourir tout de suite !

— Prenez garde! cria M. de Sergy, étendant le poing, vous ne
savez pas ce que deviennent les filles rebelles !

— Je sais, répliqua Lucie avec égarement, ce que deviennent les
femmes malheureuses : elles meurent!

Sur ce cri terrible, arraché à Lucie sans quelle en eût presque
conscience, M. de Sergy eut devant les yeux un nuage de sang à
travers lequel il revit sa femme morte ; et, comme aveuglé de furie,
il s'élança sur sa fille, les yeux pleins d'éclairs, le bras levé, comme
s'il allait l'écraser.

Lucie tomba sur un genou, effarée et palpitante, les bras pendants, la tête en arrière.

Soudain la porte s'ouvrit. Balda, d'un bond, fut entre le père et
la fille. Des deux mains, elle retint le bras de M. de Sergy.

— Monsieur le comte !... cria-t-elle.

M. de Sergy s'arrêta.

XLIII

LE GRAND JEU DE BALDA

Lucie demeura un instant anéantie, comme si elle eût reçu le coup dont l'avait menacée son père.

Balda, avec une feinte sollicitude, l'aida à se relever et à s'asseoir.

Elle voyait Lucie déjà atteinte et affaiblie par tant d'émotions, elle jugea le moment venu de lui porter le dernier coup. C'est ainsi qu'elle avait procédé avec Madame de Sergy.

— Remettez-vous, dit-elle à Lucie, reprenez vos forces. Hélas ! vous en avez besoin. M. de Sergy ne vous a pas dit, il n'a pas eu encore le temps de vous dire ce qui presse le plus : à quel danger terrible, en refusant ce mariage, vous exposez votre frère.

— Mon frère !... s'écria Lucie ; Lucien en danger ! Je ne comprends pas.

— Pour rendre ce mariage impossible, il a gravement insulté M. de Maugiron. Ils doivent se battre.

— Se battre ! Dieu ! et quand cela ?

— Ce matin ; tout à l'heure, reprit Balda. Ils se battent au pistolet, ajouta-t-elle, implacable ; et M. de Maugiron est sûr de son coup au pistolet ; il a déjà tué deux hommes.

Lucie jeta un cri d'épouvante.

— Ah !... Et ce serait pour moi ? Je ne veux pas ! je ne veux pas qu'il se batte pour moi ! qu'il soit tué pour moi ! Qu'est-ce qu'il faut faire pour empêcher ce duel ?

— Ce qu'il faut faire, Lucie ? votre devoir ! dit M. de Sergy, qui pendant ce temps s'était remis et calmé lui-même. Il faut déclarer à votre frère que vous consentez à être la femme de M. de Maugiron.

— La femme de... Jamais ! s'écria Lucie.

— C'est bien ! alors, vous laissez mourir votre frère.

— Non ! non !... c'est à moi de mourir ! s'écria Lucie brisée.

Balda jugea utile de souligner ce cri de désespoir.

— Mourir! que parlez-vous de mourir? personne ne mourra, Dieu merci!

— Vous consentez? demanda le comte.

— Je ne veux pas que Lucien meure! s'écria Lucie, cachant sa tête dans le coussin du canapé.

Tout à coup elle se releva.

— Je veux voir Lucien! dit-elle.

— C'est inutile! reprit vivement Balda, ce serait même périlleux! Votre frère verrait que vous lui faites un sacrifice, et il ne l'accepterait pas! Il suffira qu'on lui affirme que vous consentez.

— Je veux le voir! insista Lucie; je suis sûre qu'au contraire il n'en voudra croire que moi. Je veux lui parler moi-même.

Elle se leva et fit quelques pas toute chancelante.

— Il doit être dans sa chambre. J'y vais.

— Non! dit Balda; il vaut mieux le faire appeler.

— M. de Sergy tira le cordon de la sonnette. Un domestique entra. Balda prit la parole.

— Allez dire à M. Lucien que son père désire lui parler sur-le-champ.

— Son père et sa sœur, ajouta Lucie.

— M. Lucien n'est pas dans sa chambre, répondit le domestique. Il y est rentré pour changer d'habits, mais je viens de le voir sortir.

— Ah! j'y vais moi-même, dit Lucie.

Et, se dégageant de Balda qui voulait la retenir, elle sortit du salon, traversa le couloir, alla à la chambre de Lucien qui touchait à la sienne.

Le porte était ouverte. La chambre était vide.

— Vous voyez bien! dit Balda qui avait suivi Lucie.

Lucie, sans lui répondre rentra dans le salon, et s'adressant au domestique, en mots entrecoupés:

— Allez.., allez... à la chambre du docteur Robert... Il doit y être.

— Non, Mademoiselle; M. le docteur Robert était avec M. le vicomte, quand je les ai vus sortir du château, il y a dix minutes.

Lucie, pâle, les yeux égarés, fut prise d'un tremblement nerveux:
— Mon frère! balbutia-t-elle.

— Allez ! dit en hâte Balda au domestique, qui sortit.

Lucie répéta d'une voix étranglée :

— Mon frère ! ... Il est tué ! tué pour moi ! tué par moi !

Puis elle s'affaissa sur les genoux, la tête basse, les mains touchant à terre.

— Elle perd connaissance ! s'écria Balda.

— Appelons du secours, dit M. de Sergy, étendant le bras vers la sonnette.

— Non ! non ! reprit vivement Balda ; pas de scandale ! pas de bruit ! N'appelons personne. Aidez-moi seulement à la porter dans sa chambre.

— M. de Sergy prit sa fille sous les bras. Balda tint les pieds, et ils portèrent Lucie évanouie dans sa chambre qui était contiguë au salon.

Ils la posèrent tout de suite sur son lit.

Balda avait eu le temps de rentrer dans sa chambre et de changer de robe ; mais Lucie avait toujours sa toilette de bal ; et rien n'était navrant comme le contraste de cette figure de mourante dans ces habits de fête.

— Laissez-nous maintenant, dit Balda au comte ; elle se ranimera plus vite quand je l'aurais déshabillée.

— Ne voulez-vous pas, Balda, que je vous envoie sa femme de chambre ?

— Encore une fois, n'en faites rien ! dit Balda ; évitons les commentaires des domestiques. Je n'ai pas besoin d'aide.

— Balda, un dernier mot, reprit M. de Sergy. Mon fils est sorti avec le docteur Robert ; ce n'est pas déjà pour ce duel, dites ?

— Non, reprit Balda. Quelle heure est-il ?

— Cinq heures un quart.

— Le duel est pour plus tard.

— Vous êtes sûre ?

— Oui, pour plus tard, — je vous en réponds. — Mais elle ne rouvre toujours pas les yeux. Laissez-nous, je vous en prie !

M. de Sergy jeta un regard sur sa fille toujours sans connaissance, secoua la tête, et quitta la chambre.

Il faisait maintenant grand jour.

Balda, active, commença à délacer Lucie.

Tout à coup elle sentit instinctivement la présence de quelqu'un ; elle leva les yeux et demeura saisie.

C'était Angelina qui venait d'entrer sans bruit.

Elle était en peignoir du matin, plus blanche que sa robe blanche, l'air triste mais calme.

— Veux-tu que je t'aide, mère ? dit-elle doucement.

Balda n'avait pas prévu la présence de sa fille. Elle fut un instant interdite, rassemblant ses idées :

— Te voilà ?... dit-elle à Angelina sans trop savoir ce qu'elle disait. Je croyais que tu étais dans ta chambre, dormant. Je t'avais dit de rentrer chez toi.

— C'est vrai, reprit Angelina, mais j'avais entendu M. de Sergy dire à Lucie d'aller l'attendre dans le salon du premier. J'étais inquiète pour elle ; inquiète aussi pour toi. Je n'ai pas pu m'endormir ; le bruit des voix me tenait éveillée, et même effrayée. Je me suis levée, et je suis venue.

Elle regarda Lucie avec attendrissement.

— Ma pauvre Lucie !... Vite, achevons de la déshabiller.

Balda prit son parti.

— Allons ! c'est cela ; aide-moi, dit-elle.

Quand Lucie fut débarrassée de ses vêtements, elle respira librement, et parut revenir un peu à elle.

Balda lui frotta les tempes, tandis qu'Angelina lui faisait respirer des sels.

Elle rouvrit les yeux, vit Angelina et lui sourit, puis balbutia :

— Lucien ?...

— Rassurez-vous, ma chère Lucie, il n'y a pas pour lui de danger immédiat, lui dit Balda.

Elle jeta les yeux sur la pendule, qui marquait cinq heures et demie, et pensa qu'en ce moment même sans doute Maugiron quittait l'hôtel, impatienté d'attendre.

— Le duel est pour plus tard, ajouta-t-elle.

Lucie répéta d'une voix indistincte :

— Pour plus tard !...

Puis elle retomba dans sa torpeur. Sa force était évidemment brisée.

Balda, alors, d'un ton bref, dit à Angelina, en lui mettant dans les mains un linge et un flacon :

— Tiens, continue à lui frotter les tempes.

Elle alla à un guéridon placé vis-à-vis du lit.

Il y avait sur ce guéridon le plateau d'un verre d'eau en cristal.

Balda jeta un rapide coup d'œil derrière elle ; Angelina, penchée sur Lucie, lui tournait le dos.

Seulement, Balda ne remarqua pas que, dans un miroir placé dans l'angle du lit, Angelina pouvait, sans se retourner, suivre tous ses mouvements.

Angelina vit sa mère verser d'une main qui tremblait un peu de l'eau dans le verre.

Balda ôta le couvercle du sucrier ; mais elle ne toucha pas au sucre.

D'un geste rapide, elle fouilla dans la poche de sa robe de chambre, en retira deux morceaux de sucre, et les mit dans le verre d'eau.

Elle prit ensuite sur le plateau un flacon d'eau de fleur d'oranger, et en jeta quelques gouttes dans le verre.

Elle revint alors vers le lit de Lucie, tenant le verre d'eau de la main gauche, et, de la droite, tournant la cuiller pour remuer et faire fondre le sucre.

Angelina n'avait pas cessé de frotter le front et les tempes de Lucie.

— Elle va un peu mieux, je crois, dit Balda.

— Tu crois ? dit Angelina.

— Elle va peut-être dormir. Tu pourrais maintenant le retirer.

— Je m'en irai quand tu t'en iras, dit Angelina.

Balda, tenant toujours le verre, écarta doucement sa fille de la main, pour s'approcher du chevet du lit.

Elle passa sa main gauche sous l'oreiller, afin de soulever la tête de Lucie. Pour ce mouvement, le verre d'eau l'embarrassait dans sa main droite.

— Laisse que je tienne le verre, lui dit tranquillement Angelina.

— Non ! reprit brusquement Balda.

Halda, pâle, les mains crispées, se plaça tout contre la fenêtre. — Page 268.

— Veux-tu alors que je la fasse boire? dit Angelina du même ton.

Balda se retourna vivement vers sa fille, interrogeant d'un coup d'œil inquiet son visage.

Angelina arrêtait sur elle un regard fixe, mais absolument calme.

Il y eut entre la mère et la fille une seconde de silence.

Et, du même accent bref et amer, Balda lui répondit :

— Non !

Puis, raffermissant sa main, elle approcha le verre de la bouche de Lucie :

— Buvez, Lucie, dit-elle.

Lucie entr'ouvrit les yeux, et, trouvant cette eau fraîche sous ses lèvres altérées, elle but avidement.

Balda replaça sa tête sur l'oreiller. Angelina avança la main pour reprendre le verre à sa mère ; mais Balda retira la sienne, et mit le verre, au fond duquel il restait un peu d'eau et de sucre, sur la table de nuit.

— Elle va mieux ! dit-elle pour la seconde fois. Je crois maintenant qu'il faut la laisser se reposer.

— Laissons-la, dit Angelina.

Elle ajouta seulement :

— Attends ! je vais l'embrasser.

Et, se penchant sur Lucie :

— Lucie ! appela-t-elle, Lucie !... C'est moi, m'entends-tu ?

Lucie souleva avec peine ses paupières, et murmura :

— Ah !... c'est toi ?...

— Oui, moi. Tu me reconnais, n'est-ce pas ?

— Angelina !...

— C'est cela ! — Eh bien, je t'en prie, Lucie, dis-moi : Adieu, ma petite Angelina ! — Je t'en prie.

— Adieu... ma petite... Angelina, répéta machinalement Lucie.

— Tu la fatigues ! dit Balda.

Angelina mit un baiser longuement appuyé sur le front de Lucie.

— C'est fini ! dit-elle à sa mère ; viens-t'en, si tu veux, maintenant.

Balda, sans répondre à Angelina, alla fermer les rideaux de la fenêtre, et, prenant la main de sa fille, quitta la chambre de Lucie avec elle.

Quand elles furent dehors, elle retira la clef de la serrure et la mit dans sa poche.

— Il ne faut pas qu'on la dérange, dit-elle à Angelina.

Elles étaient dans le petit salon où s'était passée la scène entre M. de Sergy et sa fille.

La pendule marquait six heures moins un quart.

Balda se tourna vers sa fille avec une certaine angoisse.

Angelina, qui était si questionneuse, et qu'elle avait toujours trouvée si passionnée pour son amie, allait certainement lui demander des explications sur tout ce qui s'était passé. Elle devait avoir entendu et peut-être écouté l'altercation entre le père et la fille, avoir saisi au moins quelques mots sur le duel de Lucien ; elle allait donc s'informer, interroger sa mère ; et Balda se demandait quelles réponses elle allait lui faire, et surtout comment elle pourrait abréger ces réponses ; car les minutes devenaient suprêmes.

Mais Angelina ne fit à sa mère aucune question. Elle était sérieuse et elle semblait accablée, mais nullement anxieuse.

— Tu as l'air bien fatiguée, mon enfant ! dit Balda.

— Oh ! oui ! répliqua Angelina, extrêmement fatiguée.

— Eh bien, tu vas rentrer chez toi maintenant, te coucher, essayer de dormir.

— Je vais essayer, dit Angelina. Et toi ?

— Oh ! moi, j'ai encore à faire, je dois aller retrouver M. de Sergy, donner des ordres. Je te rejoindrai tout à l'heure. Va, va, ma fille.

— Tu ne m'embrasses pas ? dit Angelina ; pourquoi ne m'embrasses-tu pas ?

— Mais si fait ! reprit Balda avec trouble. Seulement, puisque j'allais te rejoindre...

Angelina avança son front, d'un mouvement ingénu, comme lorsqu'elle était petite fille.

Balda mit un baiser sur ce doux front, et, sentant sa fille si près d'elle, elle la prit, l'attira, la serra d'une étreinte ardente sur sa poitrine.

— Chère ! chère Angelina, fit-elle. Je t'aime !... Ma fille ! souviens-toi toujours, entends-tu, que je t'aime !

— Oh ! oui, par exemple, tu m'aimes ! dit Angelina, d'un accent singulier et profond.

Elle se dégagea doucement, et fit à sa mère, en souriant, un petit signe de la tête.

— A tout à l'heure, dit Balda.

Angelina sortit du salon. Balda, tendant l'oreille, l'entendit refermer la porte de sa chambre.

Elle regarda à la pendule. Il était six heures moins dix minutes.

Balda, à pas rapides et souples, entra dans sa chambre, prit sa montre, dont elle passa, tout en marchant, la chaîne autour de son cou, descendit presque en courant l'escalier, et, traversant deux ou trois pièces du rez-de-chaussée, entra dans le petit salon qui, la veille, avait vu la partie d'écarté et la provocation de Lucien.

On se rappelle que de là Lucien avait indiqué à ses témoins le bouquet d'arbres qui cachait le terrain où le duel devait avoir lieu. C'était la pièce du château la plus rapprochée et celle d'où Balda pouvait entendre quelque chose.

La haute fenêtre avait été fermée, de peur de la pluie. Balda l'ouvrit à deux battants.

L'air frais du matin entra dans le salon, avec le chant des oiseaux. Le ciel était gris, mais l'air était doux, et il ne pleuvait pas.

Tout dormait au château ; au dedans et aux alentours, pas un bruit.

Balda, pâle, les mains crispées, une flamme dans ses grands yeux bruns, se plaça tout contre la fenêtre, à demi perdue dans les plis tombants du rideau vert, prit dans la main droite sa montre, et, la tête penchée en avant, écouta.

Il était cinq minutes avant six heures. Balda regardait l'aiguille s'avancer lentement sur les minutes.

Quand l'aiguille s'arrêta sur l'heure, Balda ne put y tenir, elle se dégagea, sans y prendre garde, du rideau, et, saisissant le balcon de la main gauche, avança la tête pour écouter.

Une, deux, trois, quatre minutes... A six heures cinq minutes, le bruit lointain, mais distinct, d'une détonation d'arme à feu se fit entendre derrière les arbres.

Balda, laissant sa montre, se pencha des deux mains hors de la fenêtre.

Une minute s'écoula.

— Rien ! un seul coup ! murmura Balda ; Maugiron seul a tiré. Lucien est mort.

Elle tremblait de tous ses membres.

Elle marcha à reculons et vint tomber sur un fauteuil, la tête sur la poitrine, les tempes inondées d'une sueur froide.

Elle se disait :

— *Il* est mort. Et *elle*, là-haut, se meurt. Tout a réussi. J'ai gagné la double partie. — C'est superbe. C'est terrible... — Bah ! ma fille sera riche, heureuse. Je la fais adopter par le comte. Elle épouse Robert. — Un duel, un suicide, — je ne suis pour rien là dedans, moi ! Angelina seule peut me soupçonner. Mais moi, qu'est-ce que ça fait ? j'ai fini, je suis prête. Pour un rien, je la délivre de moi. Je suivrai Lucie — par le même chemin.

Ces pensées, confusément, fiévreusement, s'agitaient dans sa tête.

Tout à coup la porte s'ouvrit.

Robert entra, grave et sévère.

<hr />

XLIV

LE PASSÉ QUI REVIENT

Quand Balda vit Robert, la première idée qui lui vint subitement à l'esprit fut :

— Lucien a été tué sur le coup ! autrement le docteur serait auprès de lui.

Puis elle se demanda, non sans effroi :

— Qu'est-ce qu'il vient faire auprès de moi ?

Et, se maîtrisant aussitôt, elle fit tout haut, avec son audace habituelle, la question qu'elle se posait tout bas :

— Monsieur le docteur Robert !... debout déjà !... s'écria-t-elle, qu'est-il donc arrivé ?

— Ce qui est arrivé ? répéta Robert ; l'ignorez-vous donc Madame ?

— Sans doute, puisque je le demande.

— Il est arrivé... un duel.

— Entre qui ?

— Entre Lucien et M. de Maugiron. Inutile de feindre l'étonnement avec moi, Madame. Vous savez que ce duel a eu lieu, puisque, c'est vous qui avez voulu qu'il eût lieu.

— Moi ! reprit Balda.

— Oui, vous, répéta Robert, et c'est sur vous, sur vous seule, que doivent en retomber les conséquences.

— Voilà une étrange accusation, Monsieur ! reprit Balda en pâlissant, une accusation qui, de votre part, me surprend et me navre. Dans ce duel, quel a été le provocateur ? Assurément, ce n'est pas M. de Maugiron !

— C'est Lucien.

— Eh bien, quelle influence ai-je pu exercer sur Lucien ? Vous voyez bien que l'accusation tombe d'elle-même.

— Il y a plusieurs sortes d'influences, Madame : l'influence directe, par le conseil, par l'insinuation, par la persuasion ; et l'influence indirecte, par le défi, par la menace, par l'exaspération. C'est votre coutume, Madame, de vous servir des voies obliques et détournées.

Balda se leva.

— Assez, Monsieur ! dit-elle ; je n'en entendrai pas davantage. Vous semblez vouloir me parler en ennemi ; mais je ne vous accepte pas pour tel. Je me retire.

— Veuillez rester, Madame, dit Robert avec fermeté ; il importe qu'il y ait entre nous une explication, que j'ai jusqu'ici retardée, mais dont le moment est venu, et qui est maintenant nécessaire.

— Soit, dit Balda ; mais cet entretien, remettons-le, je vous prie, à un autre moment de la journée.

— Il est essentiel, Madame, que nous l'ayons tout de suite, — et cela dans votre intérêt même, — avant que vous ayez revu M. de Sergy.

— Mais, Monsieur, je vous ferai remarquer que vous m'avez mis dans l'âme une mortelle inquiétude. Ce duel, préparé selon vous par moi, — s'il a eu lieu, quelle en a été l'issue ?

— Vous le saurez. Vous ne le saurez que trop tôt. En tout cas, il n'y a plus rien à faire. Mais ne vous empressez pas tant d'apprendre si vos terribles visées ont réussi ou non.

— Encore ! fit Balda se redressant avec hauteur. Savez-vous, Monsieur, que pour prononcer contre une femme de si graves paroles, il faut avoir dans la main, pour la confondre, des preuves irrécusables. Avez-vous de ces preuves ?

— Je n'en ai aucune, dit Robert.

— Vraiment ! reprit Balda triomphante. Et vous osez !...

— Je n'ai pas de preuves, dit Robert ; mais j'ai des précédents, j'ai des inductions, qui équivalent pour moi à des certitudes.

— Des inductions ! s'écria Balda ; pour un homme d'honneur tel que vous, Monsieur le docteur Robert, de simples inductions ne sauraient justifier une accusation sérieuse ; il faudrait des faits.

— J'ai des faits, reprit Robert. J'en ai un surtout, plus accablant que la plus accablante des preuves.

— De qui le tenez-vous ? demanda Balda, qui pensa pour la première fois à une trahison possible de Maugiron.

— Je le tiens de moi-même.

— Et c'est un fait récent ?

— Il remonte à près de deux années. Oui, il s'est passé il y aura deux ans le 13 octobre.

— Le 13 octobre ! reprit Balda, qui se sentit pâlir.

— Dans ce temps-là, continua Robert, mon cabinet de consultations gratuites était encore à Montmartre ; seulement je devais le quitter deux jours après, et c'est ce qui a fixé cette date du 13 octobre dans ma mémoire. Après quatre ou cinq consultations données à de pauvres gens, une femme fut introduite dans mon cabinet, une femme habillée de noir ; un de ces costumes calculés qui ne disent rien, ni l'âge, ni la fortune, ni la position sociale. Une voilette épaisse couvrait son visage. Impossible de distinguer un seul trait.

— Voilà qui débute comme un roman ! dit Balda avec un sourire ironique.

— Et qui finit comme une tragédie, reprit Robert. Cette femme
s'assit, sans lever son voile, et me dit : « Ce n'est pas une consultation pour moi que je viens vous demander, Monsieur le docteur,
c'est une question que je viens vous faire au sujet de ma mère, gravement malade depuis près d'un an, mais non pas alitée, et qui
même, pour le moment, ne subit pas de crise. Seulement, son médecin habituel est absent, je ne pourrais vous introduire, sans l'in-
quiéter, auprès d'elle ; et il s'agit pourtant de savoir si elle est en
état de supporter un coup affreux, une douleur terrible. » Alors cette
femme, sans hésitation, me décrivit les symptômes et les progrès
de la maladie, avec une précision, une netteté qu'eût enviées un
vieux praticien.

— Vous vous rappelez tous ces détails ? dit Balda.

— J'en ai été trop frappé pour en oublier rien. La maladie décrite était une hypertrophie du cœur ou un anévrisme, développé
par les chagrins et les peines. Cela peut se prolonger pendant des
années avec beaucoup de soins et de ménagements ; mais aussi une
secousse subite et violente peut amener une catastrophe immédiate
et foudroyante. La femme termina en me disant qu'elle avait reçu le
matin même, d'outre-mer, une lettre qui lui apprenait la mort de son
frère. Il y avait un intérêt pécuniaire assez grave à faire connaître à
sa mère la funeste nouvelle, mais pouvait-on le risquer sans danger
pour la malade ?

— La question était inutile, ce me semble, dit Balda, car la réponse ne pouvait être douteuse.

— Le danger était évident, en effet, dit Robert ; mais dans
quelle mesure existait-il ? C'est là ce qu'on ne savait pas au juste, et
ce qu'on tenait sans doute à savoir. Ma réponse fut catégorique : —
Dans l'état où se trouve la malade, une émotion si violente, non seulement peut, mais doit infailliblement la tuer. Lui annoncer brusquement la mort d'un fils qu'elle aime, dont elle est séparée depuis
des années, et dont elle attend le retour, serait, suivant moi, un véritable assassinat. — La femme voilée déclara qu'elle n'hésitait plus,
qu'à tout prix elle allait tenir secrète à sa mère la nouvelle de mort,
et se retira en me remerciant.

J'avais baissé vivement la tête; la balle a seulement effleuré mes cheveux et a été
briser derrière moi la glace. — Page 279.

— Et ensuite? dit Balda.
— Ensuite, reprit Robert, le soir même de ce jour, 13 octobre,

dans un hôtel du faubourg Saint-Honoré, une pauvre mère malade de la maladie si bien décrite par la femme voilée, et qui attendait le retour prochain de son fils, apprenait vraisemblablement la fausse nouvelle de sa mort, et tombait foudroyée.

— Vraisemblablement ! répéta Balda d'un ton moqueur. Ah ! ce sont donc là des « inductions » ! Qui vous assure qu'il y eût quelque rapport entre la morte du soir et la femme voilée du matin ?

— C'est que j'ai reconnu depuis la femme.

— Vous n'aviez pas vu son visage.

— Je l'ai reconnue à la voix.

Balda rassembla tout ce qu'elle pouvait avoir de présence d'esprit, de sang-froid et d'énergie ; car elle sentait qu'elle perdait du terrain, et elle voulait garder du moins celui qu'elle pouvait défendre.

— Monsieur, dit-elle à Robert, je ne perdrai pas le temps à vous demander quelle est cette personne que vous avez cru reconnaître : il est bien évident que, dans votre pensée, ce serait moi.

— C'est vous, en effet, Madame, dit Robert.

— Fort bien ! Mais, voyez ; tout cela, en fin de compte, ne repose que sur des conjectures, des rapprochements, des hypothèses. Il y a là deux faits connus et certains : la visite que vous a faite cette femme voilée, et la mort subite de Madame de Sergy, le même jour. Tout le reste n'est que suppositions. Vous supposez que cette femme inconnue, dont vous n'avez pas vu le visage, mais dont vous croyez vous rappeler la voix, pourrait bien être moi. Et si c'était une autre ? Vous supposez que Madame de Sergy a été tuée par le coup inattendu d'une fausse nouvelle, comme qui dirait la mort de son fils. Et si Madame de Sergy est morte tout naturellement de la maladie mortelle que le médecin légal a constatée ? En vérité, Monsieur, tout ceci fait plus d'honneur à votre imagination qu'à votre réflexion, et, permettez-moi d'ajouter, qu'à votre esprit de justice. On ne bâtit pas une si effroyable accusation sur des peut-être. Voyons, vous seriez juré, on soumettrait un cas semblable à votre verdict, pourriez-vous me condamner ?

— Je ne pourrais assurément pas, dit Robert.

— Je vais plus loin : vous seriez juge d'instruction, on vous apporterait les « inductions » possibles, ou, si vous voulez, probables, que vous venez d'échafauder, croiriez-vous pouvoir me mettre en accusation ?

— Madame, reprit Robert, le juré, le juge d'instruction ont besoin de preuves matérielles, et même les preuves matérielles peuvent être souvent trompeuses. Mais il ne s'agissait pour moi ni de vous condamner, ni de vous accuser. Je reconnais que, non seulement devant M. de Sergy, mais devant n'importe qui, vous auriez eu raison de mes accusations, et il eût été téméraire et inutile de les formuler. J'ai donc laissé le passé dormir dans la tombe de Madame de Sergy.

— C'est heureux ! dit Balda essayant de sourire avec dédain ; c'est heureux, et j'ajoute : c'est sage.

— Oh ! attendez, madame ! reprit Robert. En dehors maintenant de toute action judiciaire et de toute sanction pénale, — sans vouloir sonder les mobiles et les causes qui, toujours et forcément, contiennent, suivant moi, des circonstances atténuantes, — parlant de conscience à conscience,— et la vôtre ne démentira pas la mienne, — je vous déclare et vous affirme coupable de la mort de madame de Sergy.

Balda, terrifiée, ne put répondre que par un rire nerveux.

— Oui, riez tout haut ! dit Robert, je suis bien sûr qu'en vous-même vous frémissez !

Il fit une pause et reprit :

— Ne pouvant rien prouver, je ne pouvais rien faire. Mais je devinais trop les motifs qui vous avaient déterminée au crime contre celle qui n'était plus, pour ne pas surveiller au moins vos desseins, et jusqu'à vos pensées, contre ceux qui restaient encore.

Balda, en apparence immobile et impassible, mais intérieurement bouleversée, se disait :

— Jamais cet homme-là ne voudra croire tout à l'heure au suicide de Lucie !

Robert poursuivit :

— Dites encore que mes préventions et mes soupçons ne reposaient que sur des hypothèses ; mais, pour moi, ce que vous aviez fait jetait une lumière sinistre sur ce que vous pouviez faire. Après la mère, c'étaient les enfants qui gênaient vos vues ambitieuses ou cupides, et que vous deviez vouloir perdre.

— Quand je pense, reprit amèrement Balda, que c'est l'homme

le plus honnête et le plus pur que je connaisse qui est capable de prévoir, ou plutôt de rêver des perversités pareilles !

— C'est comme si vous disiez, madame, qu'il faut ne pas être sain pour diagnostiquer les maladies. J'ai deviné vos projets, vous dis-je ! et, si je n'ai pas toujours compris vos moyens, j'ai toujours suivi vos manœuvres. Et je n'ai pas attendu l'événement pour être convaincu que vous prépariez et que vous amèneriez un duel entre Lucien et M. de Maugiron.

— Pourquoi donc alors, dit Balda, ai-je empêché le duel entre M. de Maugiron et vous? Car, je ne sais pas si vous vous en doutez, mais c'est moi qui ai empêché ce duel.

— Permettez-moi de ne pas vous en savoir gré, reprit Robert ; je crois que je serais sorti de ce duel sain et sauf. En tout cas, si ma mort eût poussé Lucie à quelque résolution extrême, vous n'eussiez encore atteint par là votre but qu'à moitié. C'est donc Lucien que vous deviez viser d'abord, et c'est Lucien que je devais m'efforcer de préserver. Ah ! la tâche était rude et vous êtes un redoutable adversaire ! Dans cette lutte du bien et du mal, vous avez déployé une puissance inouïe de ruse et d'audace, et je me dis avec effroi que j'aurais eu le dessous peut-être, si vous aviez été secondée par vos auxiliaires comme j'ai été secondé par les miens.

— Il pense donc qu'il a le dessus ? se dit Balda avec anxiété.

Elle reprit tout haut :

— Vous parlez par énigmes ; mais n'espérez pas m'intimider ou me surprendre avec vos airs mystérieux. Ce duel que, selon vous, j'ai si habilement préparé, je vois qu'il n'a pas même eu lieu.

— Il a eu lieu, madame. J'ai quitté le terrain pour venir vous trouver.

— Qu'aviez-vous à faire à moi ?

— J'avais à vous confronter d'abord avec vos actions passées, et c'est ce que je viens de faire. J'avais à vous prouver que je sais ce que vous êtes et où vous allez. Le moment est venu où la guerre, commencée secrètement et sourdement entre vous et moi, doit se continuer ou se terminer au grand jour.

— Quand il vous plaira de vous expliquer, monsieur !... dit Balda au comble de l'inquiétude.

— Je m'explique, dit Robert. Voici ce qui vient de se passer.

XLV

LES DEUX DUELS.

Balda, le cou tendu, rapprocha son fauteuil. Robert reprit :

— Lorsque je suis revenu hier dans l'après-midi, j'ai appris avec consternation, de la bouche de Lucien, que, malgré mes supplications, exaspéré pas vos défis et vos piqûres d'épingle, il avait insulté et provoqué M. de Maugiron, et qu'il se battait avec lui le lendemain matin, à six heures, au pistolet. Lucien était un homme mort !

Mais, après le premier moment de stupeur et d'épouvante, une idée heureuse me vint à l'esprit, et je me dis qu'il y avait peut-être moyen de tirer le salut de l'excès même du danger.

Sur-le-champ, j'adressai un télégramme à Mantes, à la personne de chez qui je venais. Une heure après, je recevais la réponse. La personne à qui j'avais écrit me disait qu'elle arriverait par le train de nuit qui passe à la station à cinq heures moins un quart du matin ; elle me priait d'aller l'attendre à la gare.

Le bal à peine terminé, je suis sorti du château, ce matin, à quatre heures et demie. Lucien a voulu m'accompagner jusqu'à la gare, mais il m'a quitté pour aller retenir une chambre à une ferme voisine, dont sa sœur est la propriétaire. J'y ai conduit la personne que j'attendais, et j'ai pu obtenir d'elle une communication que, malgré toutes mes instances, elle m'avait refusée hier.

Après avoir échangé quelques mots avec Lucien, et muni de cette pièce importante, je me suis rendu alors à l'hôtel ; et j'ai été frapper à la porte de la chambre de M. de Maugiron.

Il était en ce moment cinq heures dix minutes à ma montre.

M. de Maugiron était levé, ou plutôt il ne s'était pas couché, et il paraissait attendre. Mais assurément ce n'était pas moi qu'il attendait.

— Vous êtes surpris de me voir, monsieur, lui ai-je dit ; je viens au sujet du duel de tout à l'heure.

— Vous n'êtes pas témoin, que je sache, monsieur, répliqua-t-il ; vous serez pourtant libre d'être sur le terrain comme chirurgien ; mais je vous préviens que, si M. Lucien de Sergy ne se décide pas à me faire des excuses, votre présence sera parfaitement inutile.

— Oui, je sais, monsieur, ai-je répondu, vous avez l'habitude, dans vos duels au pistolet, de tuer net l'adversaire que vous avez condamné ; mais je suis ici précisément pour vous faire, cette fois, modifier vos habitudes.

— Êtes-vous fou, monsieur, pour me parler ainsi ?

— Non ; c'est vous qui seriez fou de ne pas m'obéir. J'ai dans les mains, contre vous, une arme plus mortelle, s'il est possible, que votre pistolet.

— Quelle arme ?

— Une lettre de change.

— Je ne comprends pas. Une lettre de change impayée ? Une lettre de change signée par moi ?

— Endossée simplement par vous, mais signée par madame Marousset. Seulement, la signature est fausse.

Sur ce mot, M. de Maugiron, furieux, s'est approché de moi, et, grinçant des dents, m'a dit : — Vous mentez !

Mais moi, j'étais paisible comme je le suis en ce moment, et j'ai répondu avec calme :

— Oh ! monsieur, vous croyez en effet que cette pièce, qui vous enverrait au bagne, — est détruite. Mais je vais vous renseigner là-dessus, étant bien renseigné moi-même. Lorsque vous avez pensé que madame Marousset était en votre pouvoir, vous avez signé de son nom cette lettre de change. Elle était à six semaines, et la somme était assez ronde, ma foi ! Quarante mille francs ! Vous faites grand, vous aussi. Le jour de l'échéance arrivé, vous avez joué une scène de désespoir, et madame Marousset a trouvé les quarante mille francs. Elle ne savait pas que la lettre de change allait être présentée à elle-même. Quand elle l'a vue, elle a commencé à comprendre ce que vous êtes. Elle a payé néanmoins ; et, lorsque vous êtes venu jouer ensuite la scène du remords, elle vous a dit, elle vous a affirmé qu'elle avait jeté la lettre de change au feu. Son premier mouvement avait été réellement de le faire, mais elle avait réfléchi :

puisqu'elle avait laissé son honneur dans les mains d'un homme tel que vous, n'était-il pas utile et bon qu'elle tînt aussi le vôtre? Le fait est qu'elle a gardé la lettre de change. — Vous voyez, monsieur, que mon arme vaut bien la vôtre.

M. de Maugiron m'avait écouté, je dois le reconnaître, avec plus de sang-froid; et quand j'ai eu fini, il m'a dit : — Je suis obligé, monsieur, de répéter que vous mentez. Avez-vous donc pensé que je vous croirais sur parole, et que, par la peur d'une pièce qui n'existe pas, et qui est censée être dans un tiroir, quai Voltaire, je vais ménager la vie du jeune M. Lucien ? Si tel est votre espoir, il est naïf, et j'ai le regret de vous apprendre qu'il sera trompé.

— La lettre de change, ai-je dit, n'est pas dans un tiroir, quai Voltaire ; elle est là, dans la poche de ma redingote ; et si vous voulez la voir ?...

— Oui, je voudrais bien la voir !

Il y avait au milieu de la chambre une grande table carrée ; j'ai passé derrière cette table, la mettant entre M. de Maugiron et moi, et j'ai tiré de ma poche de côté un papier timbré un peu jauni que j'ai déployé.

A peine l'avait-il vu, M. de Maugiron a bondi sur moi pour me l'arracher. Mais je m'attendais à ce mouvement. Grâce à la table, j'ai eu le temps de remettre le papier dans ma poche ; j'ai reçu M. de Maugiron le bras tendu ; et, comme je suis plus robuste que lui, je l'ai saisi par le poignet, et je l'ai rejeté violemment en arrière.

Hors de lui, il s'est précipité vers le lit, a pris sous le traversin un revolver, et, me visant :

— Ce papier ! ou je vous tue !

— Non !

Il a tiré. Mais j'avais vivement baissé la tête ; la balle a seulement effleuré mes cheveux et a été briser derrière moi la glace de la cheminée.

— S'il vous avait tué, le misérable ! s'écria Balda, frémissant à l'idée que l'homme qui était la vie d'Angelina aurait pu mourir.

— Il n'y avait pas de danger, madame, reprit tranquillement Robert. Avant que M. de Maugiron eût eu le temps de se reconnaître, je m'étais élancé vers lui, et je lui avais arraché le revolver. J'étais décidément plus vigoureux que lui !

Je tenais l'arme dans la main, quand le garçon de l'hôtel est entré, tout effaré du bruit de la détonation.

— Ce n'est rien, lui ai-je dit ; en prenant ce revolver, j'ai fait étourdiment partir le coup ; mettez la glace cassée sur la note.

Le garçon parti, j'ai regardé fixement M. de Maugiron qui, pâle comme un mort, était tombé assis sur une chaise.

Après une minute de silence, il me dit d'une voix faible et avec un sourire amer :

— Vous pensez, n'est-ce pas, monsieur, que décidément je suis un assassin ?

— Pour ce fait-ci ? non, monsieur. Je pense que, vous voyant perdu, vous avez eu un accès de fureur et de délire, et que vous n'avez plus su ce que vous faisiez. Vous seriez bien plutôt un assassin en tuant Lucien tout à l'heure. Mais je suis ici pour empêcher ce meurtre, ou, si vous voulez, ce duel.

J'avais toujours à la main le revolver de poche, et je jouais négligemment avec.

— Je suis à votre merci, a répliqué M. de Maugiron entièrement abattu. Ce duel, cependant, laissez-moi vous dire que, même en dehors de votre intervention, j'ai toujours espéré qu'il n'aurait pas lieu. M. Lucien de Sergy et ses témoins vous attesteront que je n'ai cessé de le leur déclarer.

— Oui, mais vous attendiez que Lucien vous ferait des excuses ?

M. de Maugiron a tiré sa montre.

— Je ne puis dire que je l'attende encore. J'avais donné jusqu'à cinq heures et demie. Mais il n'y a plus que trois minutes de délai, et je commence à croire que ceux sur qui je comptais me fausseront parole.

Il s'est levé, s'est approché de la fenêtre de sa chambre, d'où l'on voit assez loin sur la route du château, et, tambourinant sur le carreau, il a repris entre ses dents :

— Je commence même à me dire que ceux sur qui je comptais m'ont trahi. Non ! trahir est un mot trop faible ! On ne m'a pas seulement trahi, on m'a joué !

Voilà là-bas, dit-il, un méchant petit bouleau..... — Page 285.

— De qui parlez-vous donc ?

— Je parle de madame de Sergy ! a-t-il crié avec rage. Et, re-

gardant de nouveau à sa montre : — Il est cinq heures et demie.
Allons ! je vois clairement que j'ai été un niais et une dupe. Je vois
ce que cette femme voulait de moi.

— Que voulait-elle ?

— Elle voulait... elle voulait, pardieu ! que je lui tue Lucien ! —
S'adressant à Balda, Robert ajouta :

— L'accusation dont vous vous êtes tant indignée, madame, je
vous prie de remarquer ici qu'elle ne vient pas de moi seul.

Balda, sombre, fit de la main un geste comme pour prier Robert
de continuer. Il continua :

— M. de Maugiron a fait alors quelques pas de long en large
dans la chambre ; puis, s'arrêtant devant moi :

— Maintenant, c'est entre vous et moi, a-t-il dit, que tout doit
se terminer et se régler. Encore une fois, je suis dans vos mains.
Dictez donc vos conditions.

— Il y en a deux, ai-je dit. La première est que ce duel n'aura
pas lieu ; et cela, sans que pourtant M. Lucien de Sergy ait à vous
faire des excuses. La seconde est que vous renoncerez à jamais à
tout projet de mariage entre mademoiselle de Sergy et vous.

— Et, ces conditions remplies, vous me rendrez cette lettre de
change de malheur ?

— Je pense que madame Maroussel, à qui elle appartient, vous
la rendra.

— Oh ! Octavie ! s'est écrié M. de Maugiron, en se frappant sur
le front ; quand je pense qu'elle aussi, elle m'a livré !

J'ai répliqué, — et je tiens à redire ici ce que j'ai répliqué :

— N'accusez pas cette noble et digne femme, monsieur de Maugiron ! Je savais qu'elle avait contre vous une arme terrible ; mais il
n'y a pas une heure que je sais quelle est cette arme. Hier encore,
elle a refusé obstinément de me la remettre. C'est seulement en présence de l'effroyable catastrophe qui devait sortir de ce duel, qu'elle
m'a tout à l'heure apporté de quoi vous lier les mains et sauver mon
ami.

— Oui, mais moi, elle me perd !

— Lequel, d'elle ou de vous, est coupable envers l'autre ? Les
deux conditions que j'ai dites remplies, elle ne voudra plus rien avoir

de commun avec vous, et elle vous restituera cette fatale et bienheu-
reuse pièce ; fiez-vous à sa générosité.

— Allons, soit ! a dit M. de Maugiron. Seulement, bien que je
n'aie pas, moi, de conditions à vous faire, j'ai des concessions à vous
demander. Dites, si vous voulez, à madame de Sergy, qui est sans
doute votre ennemie comme elle est la mienne, quel moyen vous
avez eu de me réduire à merci ; je tiens peu à son estime, et elle vaut
encore moins que moi ! Mais je vous prie de ne révéler rien à M. de
Sergy que dans le cas où je manquerais à mes engagements, et où,
après avoir renoncé à la main de mademoiselle Lucie, je reviendrais
sur ma renonciation.

— Je vous accorde cela, monsieur, ai-je dit ; mais qu'il soit entendu que je ne me dessaisirai de la lettre de change que quand je
serai sûr de l'accomplissement de votre parole.

— Par exemple, a-t-il repris, quand mademoiselle de Sergy sera
mariée à un autre que moi ? Bien ! j'attendrai jusque là. Mais ne me
refusez pas l'autre requête que j'ai à vous adresser.

— Qu'est-ce que c'est ?

— Vous avez dit tout à l'heure que ce duel n'aurait pas lieu. Il
faut qu'il ait lieu, monsieur. Accordez-moi de ne pas reculer. Songez
que j'ai été traité de grec et souffleté par M. Lucien. Il savait pourtant
bien, et vous savez aussi, que je ne trichais point ! Je ne suis pas un
lâche, monsieur ; et je ne peux pas, je ne veux pas passer pour l'être !
Je joue trop facilement, trop cruellement, avec la vie des autres, et je
viens de vous en donner l'abominable preuve ; mais cela m'est égal
aussi de jouer ma propre vie. Il m'est, maintenant surtout, plus
qu'indifférent de mourir : mais trouvez bon que je tienne encore à ne
pas mourir déshonoré. Laissez ce duel suivre son cours, monsieur,
je vous en supplie ! Vous êtes sûr que M. Lucien de Sergy en sortira
sain et sauf, puisque, si je lui prenais une seule goutte de sang,
vous me prendriez plus que ma vie. Mais enfin, puisque je n'ai pas
peur, je vous en prie, je vous en conjure, permettez-moi de ne pas
paraître avoir peur.

J'ai hésité un instant ; mais son accent était si sincère, il y avait
dans son regard une telle angoisse, que j'ai eu pitié de ce malheureux.

— Je consens, ai-je dit.

— Ah ! merci ! s'est-il écrié avec transport. Il est l'heure d'aller sur le terrain. Allons-y chacun de notre côté. Veuillez ne rien dire à M. Lucien de ce qui vient de se passer entre nous, et laissez-moi faire.

Balda écoutait muette, immobile, l'œil fixe, les lèvres serrées, contemplant son dessein sinistre écroulé à moitié ; moins épouvantée peut-être de ce qu'elle en avait manqué, que de ce qu'elle en avait réussi.

Elle jetait de temps en temps à la dérobée un regard anxieux sur Robert, qui, tout entier à la joie d'avoir sauvé Lucien, semblait ne pas penser à Lucie.

Après une pause, Robert, qui s'étonnait un peu de ce morne silence, continua :

— Vous aurez peut-être maintenant, madame, quelque curiosité de savoir comment s'est passé ce duel. Je ne dirai pas que M. de Maugiron s'y est relevé, son passé pèse sur lui trop lourdement pour cela ; mais enfin vous allez voir qu'il s'est bien tiré, cette fois, de la passe difficile et périlleuse où il était engagé.

Au moment de sortir avec moi de l'auberge, il m'a prié de prendre les devants, ayant, m'a-t-il dit, une lettre à écrire.

Il était six heures juste quand je suis arrivé sur le terrain. Lucien et les quatre témoins étaient déjà là.

M. de Maugiron, qui avait pris un sentier de traverse, est arrivé presque en même temps que moi.

Je n'aurais pas eu le temps de parler à Lucien, quand même je l'aurais voulu. Mais j'étais sûr de son intrépidité, et j'avais promis à M. de Maugiron de garder le silence.

On s'est salué de part et d'autre.

Les conditions étaient réglées d'avance. Les adversaires seraient placés à vingt-cinq pas, avec la faculté de s'avancer chacun de cinq pas, et ils tireraient à volonté.

M. de Maugiron n'avait pas apporté d'armes ; on prit les pistolets de Lucien.

Les pas mesurés, Lucien et M. de Maugiron placés, on donna le signal.

Lucien abattit aussitôt son arme, et, sans s'avancer d'un pas, il tira. Il voulait évidemment se donner la chance de mettre tout de suite hors de combat son redoutable adversaire.

M. de Maugiron tressaillit, et porta la main à son cou.

La balle s'était logée dans le collet de sa redingote.

— Bien visé ! dit-il à voix haute ; il est heureux que je n'aie pas bougé ; si j'avais fait un pas en avant j'étais un homme mort.

— Tirez donc sans parler, monsieur ! a crié à M. de Maugiron un des témoins de Lucien.

L'angoisse, en effet, était intolérable. Lucien se tenait de profil, s'effaçant et se couvrant le visage de son pistolet.

Il attendait ainsi la mort, sans broncher.

M. de Maugiron s'est tourné vers le témoin qui l'interpellait, et, s'inclinant :

— On tire à volonté, monsieur, lui a-t-il répondu. Je vais donc tirer, — comme je voudrai.

Puis cherchant des yeux autour de lui :

— Voici là-bas, a-t-il dit, à quelque quarante pas, un méchant petit bouleau, maigre et tordu, et qui ne sera jamais de bien belle venue. Il vaut mieux le faire abattre tout de suite. Je vais le marquer pour le garde forestier.

Et, sans paraître viser, il a tiré.

La balle a atteint en plein le mince bouleau, qui n'avait pas assurément quinze centimètres de diamètre.

Alors M. de Maugiron a fait quelques pas vers Lucien.

— Monsieur le vicomte, a-t-il dit, après avoir subi votre injure, je ne pouvais qu'essuyer votre feu ; mais, étant l'hôte de M. de Sergy, je ne pouvais pas tuer dans sa maison le fils de M. de Sergy.

J'avais dit, de mon côté, quelques mots à l'oreille de Lucien.

Encore un peu ému et pâle, Lucien a répliqué d'une voix ferme :

— Je regrette, monsieur, l'insulte qui a donné lieu à cette rencontre. Je n'ai point à l'effacer, vous venez de l'effacer vous-même. Mais je déclare hautement que cette insulte était imméritée. Vous n'avez point triché. Seulement, je n'avais pas de prétexte pour vous provoquer, et j'en voulais un à tout prix. Voilà la vérité. Je vous la devais. Acceptez-là comme une réparation.

— Je vous remercie, monsieur le vicomte, a dit M. de Maugiron.

Et, tirant une lettre de sa poche :

— Je vous serais obligé de vouloir bien remettre cette lettre de ma part à M. le comte de Sergy.

Puis il s'est tourné vers les témoins, mais en fixant surtout son regard sur moi :

— Ai-je fait bravement, a-t-il demandé ?

— Oui, monsieur, ai-je répondu.

On s'est salué ; et M. de Maugiron s'est retiré, se dirigeant vers le village, et accompagné seulement de celui de ses témoins qui le connaît.

Robert se tourna vers Balda, toujours plongée dans une espèce de sombre rêverie.

— Voilà, dit-il, comment ce duel s'est terminé, madame ; votre auxiliaire vous a fait défaut, mais il faut convenir que vous en aviez un peu donné l'exemple ; il ne pouvait guère agir autrement et mieux qu'il n'a fait.

Balda sortit enfin de sa stupeur, et, d'une voix lente :

— Oui, dit-elle, M. de Maugiron a peut-être eu un certain courage, mais il a eu surtout la vie sauve, et, pour cette affaire-ci, l'honneur sauf. Maintenant, c'est à nous deux, n'est-ce pas, monsieur ? et il n'est pas probable que, moi, je m'en tire à si bon compte.

XLVI

CONDAMNATION INTÉRIEURE

Balda parlait avec la fermeté et la certitude d'une détermination prise. Mais quelle était cette détermination ?

Robert regardait avec étonnement cette femme étrange, qui paraissait maintenant plus calme et plus résolue que lui.

— Vous avez porté contre moi, monsieur, continua-t-elle, des accusations terribles. Je vous déclare que je ne veux pas y répondre.

Vous plaît-il, à vous, de conclure ? L'accusateur trouve-t-il bon de se faire juré et juge ?

— Le juge, madame, répondit Robert, accepte déjà une responsabilité redoutable quand il prononce sa sentence, après avoir été éclairé par une longue instruction et par les réponses de l'accusé lui-même ; mais s'improviser juge, quand l'accusé refuse de s'expliquer et de se défendre, est une témérité qui n'entre point dans mon caractère.

Balda reprit d'un ton grave :

— Il suffit. Je sais, moi, ce qu'il me reste à faire.

Elle demeura un moment silencieuse, le temps qu'on peut mettre à prononcer un arrêt de mort.

Puis, relevant la tête :

— Permettez-moi, monsieur, dit-elle, de vous faire encore une question, la dernière, et ce n'est pas moi qu'elle concerne. Fussé-je aussi coupable que vous le supposez, fussé-je plus coupable encore, vous êtes un homme d'honneur et un homme de cœur, et assurément il n'entrerait jamais non plus dans votre caractère d'envelopper dans la solidarité du crime les proches de ceux qui l'auraient commis?

— Ceci, en vérité, madame, dit Robert, n'est pas étranger seulement à mon caractère, mais aussi à mon temps. Ce sont là des iniquités d'un autre âge. Quel est l'homme qui sent et qui pense, qui ferait aujourd'hui retomber sur les innocents la faute des coupables ?

— Monsieur, poursuivit Balda, il est un être sur lequel j'avais concentré mes dernières affections avec mes dernières espérances c'est ma nièce Angelina. Vous la connaissez...

— Certes ! dit Robert, c'est une charmante et vaillante enfant. Elle a la grâce dans la bonté et dans le dévouement.

— Et vous êtes assuré, n'est-ce pas, Monsieur, que, s'il y a du vrai dans vos soupçons contre moi, Angelina n'a jamais été pour rien dans le mal que j'ai pu faire ou que j'ai pu projeter ?

— Je suis assuré du contraire, reprit Robert. Sans jamais vous accuser et vous trahir, Angelina, — j'en ai la conviction, j'en ai même la preuve, — est restée constamment attachée et fidèle à son amie Lucie ; elle n'a jamais agi contre vous, mais elle a toujours agi pour elle. Je lui en dois et je lui en ai, pour ma part, une sincère et profonde reconnaissance.

— Vous n'en aurez jamais une trop grande ! reprit Balda. Vous ne savez pas, vous ne pouvez pas savoir tout ce qu'elle a fait pour Lucie et pour vous.

— Je ne vous comprends pas, dit Robert.

— Vous ne pouvez me comprendre en ce moment, vous me comprendrez plus tard peut-être. Sachez seulement qu'Angelina n'a pas été simplement dévouée, qu'elle a été héroïque ; sachez que son amitié, elle l'a poussée jusqu'au sacrifice le plus magnanime. J'atteste le Dieu vivant que je vous dis la vérité. Retenez bien mes paroles, rappelez-vous l'heure dans laquelle je les prononce, et permettez que ce soient les dernières que je vous fasse entendre aujourd'hui.

Balda se leva, et fit un pas vers la porte pour sortir.

Robert, pensif, la regardait sans songer à l'arrêter.

En cet instant, la voix de Lucien retentit dans le salon voisin.

— Robert ! appelait-il, Robert ! es-tu là ?

Balda devint blême et se mit à trembler de tous ses membres.

— Ne répondez pas ! dit-elle à Robert d'une voix basse étouffée ; ne répondez pas !

— Pourquoi ?

— Je ne veux pas voir Lucien en ce moment ! répéta-t-elle avec épouvante.

Mais elle ne pouvait fuir ; le petit salon était la pièce la plus reculée de cette aile du château, et n'avait pas d'autre porte que celle par où elle était entrée.

Cette porte s'ouvrit.

Balda recula de trois pas.

Elle ouvrit la bouche, mais son cri s'arrêta dans sa gorge. Elle demeura béante, les bras rejetés en arrière, les yeux démesurément ouverts.

Lucien n'entrait pas seul. Sur lui s'appuyait Lucie, toute pâle et pareille à une apparition, mais souriant doucement dans sa pâleur.

Robert ne vit pas Balda, il ne regardait que Lucie.

— Nous te cherchions, dit Lucien à Robert.

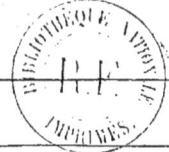

Elle est empoisonnée, dit-il. — Page 292.

— J'étais ici avec madame... reprit Robert. Comme vous êtes pâle ! dit-il à Lucie ; qu'avez-vous ?

— Rien, ce n'est rien, dit Lucie.

— Elle vit ! elle parle ! se disait Balda, ne sachant où elle en était, et si elle devait être joyeuse ou consternée.

Elle se maîtrisa pourtant, et dit à Lucie :

— Vous avez donc pu vous lever ?... Vous étiez si faible, si abattue !

— Oui, reprit Lucie, j'avais perdu connaissance, n'est-ce pas ? Je suis restée je ne sais combien de temps dans cette espèce d'anéantissement. Je commençais à me réveiller, et je rassemblais péniblement mes idées, quand j'ai entendu frapper à ma porte, et la voix de Lucien appeler : Lucie ! Ah ! je suis revenue à moi tout à fait. J'ai eu dans ma joie, la force de me lever, de passer un peignoir, d'aller ouvrir à mon frère ; et, quand il m'a eu tout dit, j'ai eu la force encore de descendre et de venir ici avec lui.

Balda, tandis que Lucie parlait, avait eu le temps de se remettre.

— Sauvée ! pensait-elle. Par quel miracle de Dieu ? Ah ! n'importe ! que ce miracle soit béni !

On entendit en ce moment les portes s'ouvrir bruyamment ; et la femme de chambre de Balda se précipita, effarée, dans le petit salon.

— Madame !... criait-elle, Madame !...

— Qu'y a-t-il, Thérèse ?

— Mademoiselle Angélina se meurt !

XLVII

L'UNE POUR L'AUTRE.

Balda jeta un cri si perçant que toute la maison en retentit.

M. de Sergy, à qui Lucien avait appris l'issue du duel, relisait, dans sa chambre, le billet par lequel Maugiron lui déclarait renoncer à la main de Lucie, quand il entendit ce cri terrible.

Il sortit, effrayé, et presque aussitôt vit passer devant lui une ombre rapide.

C'était Balda.

Elle était partie comme une flèche, avait monté l'escalier sans presque toucher les marches, et elle s'élançait dans la chambre d'Angelina.

Angelina ne s'était pas couchée ni déshabillée. Elle était vêtue comme lorsqu'elle avait quitté sa mère, et elle était étendue sur une chaise longue, vis-à-vis de son lit qui n'était pas défait.

A côté d'elle, sur une petite table ronde, était posé un verre vide, une cuiller d'argent dedans ; au fond du verre se voyait un résidu de sucre mouillé.

C'était exactement, pour l'apparence, un verre semblable à celui que Balda avait laissé sur la table de Lucie.

Angelina, au premier aspect, ne semblait point mourante, ni même souffrante. Son teint, au contraire, était plus animé que de coutume, et une flamme extraordinaire brillait dans ses yeux.

Balda se précipita sur elle, et, l'entourant de ses bras :

— Angelina ! mon enfant ! qu'est-ce que tu as ?

Puis, s'écartant pour la mieux regarder :

— Mais que disait-elle donc, cette fille, que tu te mourais ?

— C'est moi qui le lui ai dit, reprit doucement Angelina. Seulement, elle n'aurait pas dû t'effrayer. Mais il n'y a qu'un instant, j'avais très mal dans la tête et je souffrais horriblement.

— Et c'est passé ?

— Oui, je ne souffre plus. Je suis même assez bien.

— Ah ! tu vois !

— C'est égal, mère, reprit Angelina, je crois tout de même, vois-tu, que je vais mourir.

— Mourir ! es-tu folle ? Mourir, de quoi ? pourquoi ?

Robert, en ce moment, entrait vivement dans la chambre.

Angelina, en le voyant, jeta une légère exclamation, et ses yeux s'illuminèrent.

Presque en même temps que Robert, entraient M. de Sergy, Lucie et Lucien.

— Ah ! monsieur Lucien ! s'écria Angelina avec une surprise joyeuse.

Robert était déjà près d'Angelina.

— Vite! vite! docteur! lui dit Balda ; voyez, elle se croit très mal. C'est absurde, n'est-ce pas ?

Robert tâta le pouls d'Angelina, et se pencha pour regarder de près ses yeux et ses lèvres.

Balda, qui suivait avidement tous ses mouvements, le vit frémir.

— Qu'est-ce qu'elle a ? demanda-t-elle.

Robert se dressa en secouant sinistrement la tête.

— Elle est empoisonnée, dit-il.

Balda jeta un cri, et, prenant ses cheveux à deux mains :

— Empoisonnée ! c'est impossible ! — Angelina ! est-ce vrai ? Dis, parle ! Qui est-ce donc qui t'a empoisonnée ?

— Eh ! qui veux-tu que ce soit, si ce n'est moi ? dit doucement Angelina.

— Docteur !... ah !... secourez-la ! fit Balda d'une voix rauque qui s'entendait à peine.

Robert avait aperçu le verre sur le guéridon. Il le prit, le sentit, trempa le petit doigt dans le sucre en liquéfaction et mit sur la goutte sucrée le bout de la langue.

Et Balda vit un nuage de douleur passer dans ses yeux.

— Chère enfant, dit Robert à Angelina, quand avez-vous pris ce poison ?

— Avant que je vous réponde, reprit Angelina, répondez-moi, vous, je vous prie. Le duel de M. Lucien ?...

— Il est terminé. Lucien a tiré seul. Tout danger est passé.

— Ah ! Dieu soit béni ! s'écria Angelina. Maintenant qu'est-ce que vous me demandez ? A quelle heure j'ai pris le poison ? Il y a plus d'une heure. A six heures précises.

Et Balda vit Robert serrer les poings avec désespoir.

Le docteur reprit, s'adressant à Angelina :

— Qu'est-ce que vous avez éprouvé depuis une heure ? Par intervalles, des douleurs aiguës, lancinantes, dans le front, n'est-il pas vrai ?

— Oui.

— A plusieurs reprises ?

— Trois fois, dit Angelina. La dernière fois, c'est tout à l'heure,

quand j'ai fait appeler ma tante. Ah ! c'était atroce ! Est-ce que je
souffrirai beaucoup encore ?

— Non, dit Robert, vous ne souffrirez plus.

— Mais c'est épouvantable ! cria Balda. Mais qu'est-ce que c'est
donc que ce poison-là ?

Robert la regarda fixement :

— Madame, lui dit-il, c'est un poison de votre pays.

Elle leva les bras au ciel, et une indicible horreur se peignit
dans ses yeux.

— Enfin, on est à temps ? reprit-elle se cramponnant au bras
de Robert. Vous devez connaître des contre-poisons, vous ? Qu'est-ce
qu'il faut faire ?

Tous les regards s'attachaient avec anxiété aux lèvres de Robert ;
il répondit d'un air morne :

— Il faut attendre.

Lucie tomba sur une chaise soutenue par Lucien, à demi morte.

— Attendre ! s'écria Balda, qu'est-ce que ça veut dire, attendre ?
Attendre, quoi ?

— Eh bien, mais que je meure, reprit Angelina de sa voix paisible ; si je ne dois plus souffrir, tout est bien.

— Attendre ! mourir ! répéta Balda avec véhémence, mais ce
sont là des choses insensées, des choses impossibles ! Monsieur
le docteur ! vous êtes un médecin ! vous devez la sauver, vous le
devez ! Qu'est-ce que vous avez, à rester là, immobile ? Cherchez,
trouvez ! Faites votre devoir, Monsieur ! Votre inaction est quelque
chose d'abominable ! Vous n'allez pas, je pense, la laisser mourir là,
sous mes yeux, sans rien faire, sans rien essayer ? Elle, mon Angelina, mon enfant !... Ah ! au fait, vous ne savez pas... Eh bien. Oui,
c'est mon enfant, c'est ma fille ! Je suis sa mère !

— Tais-toi ! tais-toi ! s'écria Angelina, se soulevant et essayant
de lui fermer la bouche.

Mais Balda se dégagea de son étreinte.

— Je suis sa mère ! répéta-t-elle avec une énergie sauvage. Osez
me dire que vous n'allez pas la sauver à présent !

Angelina porta vivement ses yeux sur Robert, et se demandait
deux choses : si décidément elle allait mourir, et si Robert serait
sérieusement fâché qu'elle mourût. Robert courba la tête avec une

désolation profonde ; et elle fut triste parce qu'elle ne pouvait être sauvée par lui, mais contente parce qu'il était désolé.

C'était bien fini : la science de Robert était réellement et absolument impuissante. Avant tout, Angelina voulut calmer Balda et la furie de son désespoir.

— Tu vas m'entendre ! Il faut que tu m'entendes ! lui dit-elle d'une voix si ferme qu'elle imposa silence à ses cris.

Puis, s'adressant aux autres personnes présentes, mais plus directement à Robert :

— Veuillez nous laisser seules, reprit-elle. Pour quelques minutes. Vous reviendrez presque aussitôt.

Robert fit signe à M. de Sergy et à Lucien qu'il fallait lui obéir.

Lucien souleva de son bras sa sœur pour l'entraîner. Elle résistait.

— Va, ma Lucie, lui dit Angelina, je te rappellerai.

— Il n'y a donc vraiment rien à tenter ? dit Lucien à l'oreille de Robert.

— Hélas ! non.

— Et tu ne crains pas de la laisser ? elle ne va pas épuiser ses dernières forces ?

— Non, elle est dans la période d'exaltation qui précède la période de torpeur ; et la pauvre petite n'aura réellement plus à souffrir.

Les yeux égarés de Balda suivaient Robert pendant qu'il échangeait tout bas avec Lucien ces rapides paroles. Quand elle les vit se retirer :

— Eh bien ! les voilà qui t'abandonnent ! cria-t-elle à Angelina.

— Laisse ! je veux te parler à toi seule, dit Angelina.

Et, quand tout le monde fut dehors :

— Apaise-toi, mère, et écoute-moi, reprit-elle. Ne pense pas à me sauver. D'abord ce serait malheureux pour moi, et, d'ailleurs, c'est impossible.

— Pourquoi impossible ?

— J'ai bien vu dans le regard du docteur Robert qu'il n'y a rien à faire contre ce poison-là. Et veux-tu savoir ce que c'est que ce poison ? C'est celui que tu as cru donner ce matin à Lucie.

Le seul soupçon de la vérité avait déjà frappé d'horreur Balda ; la certitude l'écrasa.

C'est à peine si elle put articuler ces quelques mots ;

— C'est ce poison-là !... Comment ?... Lucie est sauvée.., toi mourante !... Je ne comprends pas.

— Mère, reprit Angelina, je te l'ai dit, tu m'aimais trop ! tu m'aimais mal ! Tu voulais mon bonheur par des moyens terribles. Tu visais Lucie et Lucien. Tu les guettais. Je t'ai guettée. J'ai surpris et deviné le secret de ce poison. Pour qui le gardais-tu ? Pour Lucie ou pour toi. Ou même pour Lucie et pour toi. Je te l'ai enlevé. A la place des morceaux empoisonnés j'ai mis des morceaux en nombre égal, et pareils de couleurs et de forme. J'ai pu ainsi sauver Lucie. Mais Lucien, je ne pouvais pas. Alors j'ai voulu mourir en même temps que lui. J'avais vu, ce matin, quelle était la dose...

Balda poussa une sorte de gémissement rauque.

— Et le reste ?... demanda-t-elle d'un air avide et farouche ; qu'est-ce que tu en as fait du reste ?

— Anéanti ! dit Angelina ; tu n'en trouveras pas trace ! Toi, mère, il faut vivre, il faut prier pour moi.

— Oh !... Oh !... gronda sourdement Balda comme eût fait une bête fauve.

Et, machinalement, bestialement, elle se mit à répéter :

— Ainsi, c'est moi... c'est moi... c'est moi !... Ainsi, ce n'est pas toi qui t'empoisonnes. C'est moi... c'est moi !

— Ne dis pas cela ! s'écria Angelina. Je ne pouvais plus vivre. Je ne meurs pas seulement pour expier ton... ton excès d'amour. Je meurs pour ne pas souffrir toutes ces tortures que tu prévoyais, que je sentais déjà. Tu m'as fait comprendre ce que j'avais dans le cœur. Est-ce que je pouvais envier Lucie ? Est-ce que je pouvais la haïr, puisque je l'aime ? Je serais pourtant arrivée là, j'y arrivais peut-être. Tu me l'as dit, tu avais raison...

— Oh ! moi encore !... cria Balda.

Ses cheveux se dressèrent sur sa tête, ses prunelles rentrèrent dans leur orbite, ses dents claquèrent, elle s'affaissa sur elle-même, et tomba la tête renversée en arrière sur le lit de repos.

Angelina se souleva, effrayée.

— Monsieur Robert ! Lucie ! appela-t-elle.

Robert rentra le premier, suivi de Lucie, de Lucien et de M. de Sergy.

— Voyez ! voyez ! dit Angelina, montrant à Robert sa mère.

Le docteur prit la main glacée de Balda.

— Elle vit, n'est-ce pas ? dit Angelina.

— Hélas ! oui, la pauvre femme ! répondit Robert après un silence.

— Mais elle est évanouie. Secourez-la !

— Elle reprendra assez tôt connaissance, dit Robert. Ayons pitié d'elle.

Et s'adressant à Angelina :

— Vous, comment vous sentez-vous ?

— Je n'ai pas de mal. Je ne souffre pas. Seulement, j'ai comme envie de dormir. C'est la fin, peut-être ? Ah !... je voudrais pourtant avoir le temps de dire adieu. — Adieu, ma Lucie !

Lucie, éperdue de douleur, ne put retenir plus longtemps ses sanglots, et se jeta à genoux, de l'autre côté de la chaise longue, couvrant de baisers et de larmes la main d'Angelina, et disant :

— Angelina ! ma petite Angelina ! ma petite sœur aimée ! ne t'en va pas ! ne me quitte pas, je t'en prie !

— Si ! il faut que je te quitte, Lucie, il faut que je m'en aille. C'est mieux, vois-tu, c'est bon !

— Que dis-tu là ? s'écria Lucie.

— Tu ne sais pas, chère Lucie, reprit Angelina d'une voix qui s'affaiblissait, je n'ai pas seulement à te dire adieu, j'ai à te demander pardon.

— Pardon ! toi, me demander pardon ! et de quoi, bon petit ange ?

Angelina reprit, et sa parole était de plus en plus lente :

— Oui, Lucie, il faut que tu me pardonnes, et tu vas voir qu'il faut pour cela que je meure. — Ah ! la vie s'en va... Je n'entends plus. Je ne vous vois tous qu'à travers un nuage... — Mais, si tu me pardonnes, Lucie, tu n'auras qu'à m'embrasser au front, je le sentirai. — Lucie !... j'ose dire cette parole-là, parce que c'est la dernière : — J'aimais celui que tu aimes.

Robert se pencha et embrassa au front la mourante. — Page 203.

Elle se tut.

Une larme coula lentement sur la joue de Lucie.

Puis elle se leva, et mit sur le front d'Angelina un long baiser.

Alors s'adressant à Robert, debout de l'autre côté du lit de repos :

— Vous aussi, embrassez-la, dit-elle.

Robert se pencha et embrassa au front la mourante.

L'enfant sourit d'un sourire de béatitude ineffable.

— Merci ! murmura-t-elle d'une voix indistincte.

Il se fit un silence, et, pendant deux ou trois minutes, on n'entendit que les pleurs de Lucie.

Tout à coup, Balda se dressa comme réveillée par ce silence même.

— Elle se tait ! dit-elle. On se tait ! Elle n'est pourtant pas morte, docteur ?

— Non, dit Robert.

— Eh bien, eh bien, ne la laissez pas mourir ! Ecoutez...

M. de Sergy inquiet, s'avança.

— Venez, Balda, vous ne pouvez rester ici.

Mais elle le regarda avec des yeux étincelants.

— Vous voulez m'emmener !... Vous ne m'arracheriez d'auprès d'elle qu'en lambeaux !

Robert montra au comte, d'un geste suppliant, Angelina expirante.

Angelina, cependant, ne pouvait plus entendre et voir que de façon très vague ; l'engourdissement mortel l'envahissait ; et Robert, qui tenait sa main, sentit par degrés la vie s'éteindre et se glacer en elle.

Balda, remuant la tête par mouvements saccadés, continua, s'adressant à son mari :

— ... D'ailleurs, vous, je ne vous crains pas. Voyez-vous, celui qui est le maître, celui que j'ai à implorer, celui qui peut tout, le voilà !

Et elle regardait Robert.

— Angelina ne m'obéit pas, poursuivit-elle, Angelina ne me croit pas, mais, lui, il a tout pouvoir sur elle, il n'a qu'à lui ordonner de vivre, elle vivra. Et puis, il a beau dire, il est si fort et si savant, il a fait des poisons une étude spéciale, il n'a qu'à vouloir pour la sauver.

Robert hocha tristement la tête.

— Ne dites pas non ! s'écria Balda, vous le pouvez si vous voulez.

Mais, pour le vouloir, je suis ce que vous attendez, ce que vous exigez. Pour que vous rameniez à la vie l'innocente, il faut, n'est-ce pas, que la coupable s'accuse ? Eh bien, je vais tout dire...

Robert, bien qu'il sentît que son effort serait inutile, essaya d'arrêter Balda.

— Malheureuse ! non, taisez-vous ! taisez-vous ! lui dit-il.

— Que je me taise ? reprit Balda avec un rire sinistre ; oui, fort bien ! je comprends. Pour que vous ayez toujours le droit de me punir si terriblement, de me condamner à la mort de ma fille ? Non, non, je ne veux pas! Tout sur moi, rien sur elle. Je parlerai. Et alors il faudra bien que vous me frappiez seule ! Ecoutez. — D'abord, la mort de madame de Sergy...

— Ah ! s'écria Robert, j'espère que la mourante n'entend pas ; mais, vous tous qui êtes ici, vous devriez vous retirer !

— Tant qu'elle vit, je ne peux pas la laisser ! dit en pleurant Lucie.

— Oui ! restez, restez ! reprit Balda ; il faut que vous soyez tous présents, pour que ce soit une expiation vraie. Je disais : La mort de madame de Sergy n'a pas été causée par son mal. La femme voilée qui est venue vous demander, docteur, si le coup d'une nouvelle de mort tuerait la malade, c'est moi. La malheureuse qui a porté ce coup à madame de Sergy et qui l'a tuée, c'est moi.

— Ma mère !... vous !... s'écria Lucien s'élançant vers Balda.

Mais Robert le retint par les bras, et lui dit un mot à l'oreille. Il s'arrêta.

M. de Sergy était tombé dans un fauteuil, cachant son visage entre ses mains.

Les sanglots de Lucie, qui pleurait et priait toujours à genoux, redoublèrent.

Balda, toute à son idée fixe, ne regardait que Robert.

— Ah ! l'homme implacable ! dit-elle, cela ne lui suffit pas encore ! Il ne bouge pas ! il ne s'émeut pas ! Il faut que j'aille jusqu'au bout. Eh bien, tenez, vous aviez raison aussi quand vous m'accusiez, ce matin, d'avoir fait le duel et voulu la mort de Lucien.

— Cela, par exemple, je vous le pardonnerais ! dit Lucien avec un douloureux sourire.

— Vous, que m'importe! s'écria Balda ; pardonne-t-il, lui ? c'est toute la question.

En ce moment, Robert surprit un tressaillement d'Angelina, et se pencha sur elle.

A l'interrogation du regard de Lucie, il répondit à demi-voix :

— Elle respire toujours, mais elle n'entend plus.

— Qu'est-ce que vous attendez encore ? reprit Balda. Ah ! puisque vous résistez toujours, cœur de pierre, je vais bien vous forcer à la sauver, vous allez voir ! Ne parlons plus de moi, de mes actes, de mes crimes ! Vous vous rappelez bien, et vous devez maintenant comprendre ce que je vous disais ce matin : je m'étais moi-même condamnée à mort, et je me levais déjà pour aller exécuter mon arrêt. Tous mes affreux desseins ont avorté, toutes vos belles espérances à vous vont se réaliser ; vous allez être heureux ; vous allez épouser Lucie... Eh bien, savez-vous à qui vous le devez ? savez-vous à qui vous devez de ne pas avoir trouvé votre Lucie mourante, comme je vois là mon Angelina ? C'est à elle ! c'est à ma fille ! Oui, sachez tout : Angelina a pris le poison que j'avais destiné à Lucie.

M. de Sergy et Lucien ne purent retenir un geste d'horreur.

Pour Lucie, elle n'était plus qu'à Angelina, épiant avec anxiété le léger souffle de ses lèvres.

— Et maintenant, dit Balda, je suis bien tranquille ; vous ne pouvez pas, docteur, ne pas sauver Angelina !

Robert, en ce moment, laissa doucement retomber la main d'Angelina, qu'il tenait.

— Elle est morte ! dit-il.

— Oh ! plus bas, Monsieur, par pitié ! dit M. de Sergy lui montrant Balda,

Mais Robert reprit à voix haute :

— Elle ne comprend pas ce que je dis.

Puis, regardant le comte et Lucien :

— Et j'ajoute : Elle ne sait pas ce qu'elle dit. — Elle est folle !

FIN.

LUGANO. — *Luina di Pazzallo*, 12 janvier-25 février 1876.

TABLE

FIN DE LA TABLE.

Clichy. — Imp. PAUL DUPONT, 12, rue du Bac-d'Asnières. (1145, 9-79.)

L'ÉTANG DES SŒURS-GRISES

1ʳᵉ Partie : **LES DEUX SŒURS.** — 2ᵉ Partie : **LE DROIT DU MARI.**

PAR

A. MATTHEY.

RÉSUMÉ

Nous sommes dans le parc immense du vieux château du Roveray, en Poitou, au bord du vaste étang, qui a reçu le nom, dans le pays, d'Étang des Sœurs-Grises.

Il est deux heures du matin. — C'est au commencement de l'automne.

Tout à coup, on entend le bruit sourd d'un corps qui tombe dans l'eau, et, attirés par le bruit, apparaissent sur la rive deux jeunes gens, deux amis, deux peintres, Camille Richard et Louis Bertrand. — Après un bal et un souper plantureux donnés par les maîtres du château aux hôtes de l'automne, amenés par l'ouverture de la chasse, les deux jeunes gens, sans prendre la peine de quitter même leur costume de soirée, sont allés se promener dans le parc, et finir ainsi leur nuit.

Inquiétés par ce bruit sinistre, ils parcourent les bords de l'étang, en se rapprochant d'un kiosque de feuillage construit sur un petit promontoire qui s'avance dans l'eau et la surplombe d'une hauteur de quelques mètres.

C'est de là que le corps a été précipité ou est tombé dans l'étang, sans être aperçu des deux promeneurs qui n'ont qu'entendu un bruit étrange, sur la nature duquel même ils hésitent.

L'un, Camille Richard, croit qu'il s'agit d'une poule d'eau, ou d'un canard, qui aura plongé, — l'autre, Louis Bertrand, montre une inquiétude et une angoisse profondes.

Brusquement, ils entendent un craquement de feuilles sèches, et aperçoivent, sous un rayon de lune, une forme blanche, la forme d'une femme, qui passe à quelque distance, sans qu'ils aient pu la reconnaître.

Ils s'élancent à sa poursuite, mais en vain. — Ils ne trouvent personne.

Ils reviennent à l'étang, prennent un canot, et sondent la pièce d'eau, sans ramener aucun cadavre.

Le matin de cette même nuit, à l'heure du déjeuner, les hôtes du château se trouvent réunis au salon du rez-de-chaussée.

Il y a là M. et Mᵐᵉ Duclerc, les maîtres du château, Honorine, leur fille aînée, âgée de 22 ans, et mariée depuis peu à M. Bissy, sous-intendant militaire en retraite, personnage grotesque, — ainsi que Camille Richard et d'autres invités.

Louis Bertrand n'est pas encore descendu de sa chambre, où il répare le désordre de sa toilette.

La cloche a sonné une première fois pour annoncer le déjeuner.

Mᵐᵉ Duclerc s'informe de sa fille cadette, Denise, âgée de dix-sept ans, qu'on n'a pas vue de la matinée et qui n'est point dans sa chambre.

— Sais-tu où est ta sœur ? — demande la mère à Honorine, Mme Bissy.

— Mais non, maman. — Est-ce que je suis chargée de garder ma sœur, à présent ? — répond-elle en riant.

— En ce moment, un domestique ouvre à deux battants la porte de communication, en prononçant les paroles sacramentelles :

— Madame est servie.

Mais, avant que l'écho de sa voix soit éteint, la porte d'entrée, située en face, s'ouvre à son tour, ou plutôt cède sous une secousse violente, et Louis Bertrand, pâle, défait, les cheveux en désordre, tenant à la main une lettre froissée, s'élance dans la salle, comme un fou.

— Au secours ! au secours ! — hurle-t-il d'une voix étranglée ! — Noyée ! Noyée !

— Qui ça ? — s'écrie-t-on.

— Denise ! — répète-t-il, les yeux hagards. — Là ! là ! — continue-t-il en montrant le papier qu'il tient. — Cette lettre... je l'ai trouvée sur ma table... Elle me dit... « Cette nuit... dans l'étang... » Ah ! il est trop tard !... Elle est morte !... Et c'est moi... !

Il ne peut achever, il chancelle, tournoie sur lui-même, et s'abat sur le parquet, la face en avant.

— Ma fille ! Denise ! noyée ! — répète Mme Duclerc, et, bondissant comme une tigresse qui sent ses petits menacés, elle s'élance vers l'étang, suivie des personnes étrangères et des domestiques attirés par le bruit.

M. Duclerc, immobile, les yeux hors de la tête, reste comme une statue, murmurant seulement :

— Ruiné ! — Je suis ruiné !

Quant à la sœur aînée, Honorine, au lieu de suivre sa mère et de se joindre à ceux qui recherchent le corps de Denise, elle regarde Louis Bertrand étendu sans connaissance, et s'approche de son ami Camille qui s'efforce de le ranimer.

Telles sont les scènes qui ouvrent ce récit palpitant, qui a eu un si grand succès dans le journal La France, succès qu'il retrouvera dans cette publication impatiemment attendue du public.

Le nom de M. A. Matthey est à présent trop connu pour que nous ayons à le présenter à nos lecteurs. — Tous ceux qui ont lu la Revanche de Clodion et la Brésilienne, tous ceux qui lisent Zoé Chien-chien et le Pendu de la Baumette, en cours de publication dans La France et La Petite République française, voudront lire L'ÉTANG DES SŒURS-GRISES.

On n'a jamais écrit un drame plus poignant que le récit de cette lutte entre deux sœurs, — lutte sournoise et sanglante à la fois, qui sème le désespoir et les cadavres sur leur route, — poussé plus loin l'analyse de ces deux passions terribles : L'amour et la jalousie ! — rendu avec plus de vérité et de relief des caractères plus saisissants, mieux pris sur le vif.

Cela se passe de nos jours, sous nos yeux.

Ce sont nos mœurs, nos préjugés, nos violences et nos ridicules.

Le rire se mêle aux larmes, chaque chapitre amènera une nouvelle surprise, une nouvelle péripétie, et l'on sent que cela est vrai, que cela a dû se passer ainsi, — que cela est arrivé, en un mot.

Nous sommes certains d'un succès encore plus grand, s'il est possible, que pour les romans précédents de M. A. Matthey. (Voir la 1re Livraison qui paraîtra lundi 22 septembre.)